JN075225

フェンリル母さんとあったかご飯
～異世界もふもふ生活～

Heart-warming Meals with Mother Fenrir

5

はらくろ
Harakuro
イラスト カット
illust : Cut

Heart-warming Meals with Mother Fenrir 5

CONTENTS

illust：カット
design：BEE-PEE

Heart-warming Meals with Mother Fenrir 5
CHARACTERS
獣 Ver.
フェムルード
（ルード）
忌み子であることから、捨てられた少年。リーダに拾われ九死に一生を得て、死んだ兄弟から白と黒の力という力を受け継いだ。趣味は料理。
フェルリーダ
（リーダ）
ウォルガード国の第三王女で、フェンリラ。ルードの育てのお母さんであり、彼を溺愛している。息子の美味しい料理で『食っちゃ寝さん』が加速中。

婚約者

クロケット

ルードが誘拐から助けた猫人の娘。お姉ちゃんから親公認の婚約者へと昇格した。おっちょこちょいな婚約者さん。

お姉ちゃん扱いの人々

イリスエーラ（イリス）

フェンリラで男装が似合う執事。クールで頼れるお姉ちゃん。

タバサ

狼人の錬金術師。変人だけどインテリのお姉ちゃん。

キャメリア

飛龍のメイドさん。優しく面倒見のいいお姉ちゃん。

お母さんたち（※自称含）

エリスリーゼ（エリス）

ルードの生みの母親で狐人のクォーター。仕事（商売）に生きるお母さん。

イエッタ

ルードのひいお婆ちゃんで、エリスの祖母である狐人。お母さんと呼んでもらっている。

妹扱いの子

マリアーヌ（けだま）

飛龍の国メルドラードの王女。甘えん坊で食いしん坊な妹ちゃん。

そのとき彼女は、気がつくと空にいた。

ほんの一瞬、意識を失っていたようだ。

状況はすぐに理解できた。彼女自身を含め三人が『落下』している。

弟のように可愛がっている、年下で純白の髪の男の子。誰よりも私を理解してくれている、同い年で漆黒《しっこく》の髪の女の子。

少々無理なお願いをするときだけ、自分を『お姉さん』と呼ぶ、ちょっとずるい王子様。都合の悪いときは、いつも笑って誤魔化そうとする、放っておけないちょっと駄目なお姫様。

絶対に守らなければならない。自分の命より大事な存在《ふたり》。

こうしている間も落ちていく。白い髪の男の子が、黒い髪の女の子の頭を抱いて落ちていく。

二人分の表面積、それによる空気の抵抗の差のせいか、自分の方が落下速度は速いようだ。もう少し、もう少しで手が届く。

――よし、手が届いた。大事な二人を抱きしめることができた。ずぶ濡れの二人は目をつむり、気を失っているようだ。とにかく今は、この状況を打破しなければならない。

自分は真紅の飛龍《フレアドラグリーナ》。炎帝火龍の末裔《まつえい》。空の覇者《はしゃ》でもある飛龍だから、空なら無敵という奢《おご》りがあった。飛龍の姿に戻れば、この状況など、容易《たやす》く乗り切れると思っていた。

慌てずいつもの通り、左手に嵌《は》まる指輪に魔力を込めて、『飛龍の姿に戻れ』と念じた――だがおかしい。飛龍《もと》の姿に戻れない。

自分の身体に何が起きているのかはわからない。状況など確かめる余裕もない。目下に迫るのは、浜辺の砂と波打ち際。

落ちていく方へ背中を向けるように、無理矢理体を入れ替える。ただこのままでは、二人を守れるかわからない。

飛龍の姿であれば、衝撃を和らげるくらいにはなった。でもそれは叶わない。

今の自分にできることを模索するべく、瞬時に頭をフル回転させる。

頭に浮かんできたのは、いつも自分に悪態をつく、自分の姪にあたる、小さな飛龍の女の子。

小憎《かわい》らしい飛龍の国のお姫様。

あの娘の背中にある、純白の翼が欲しい。姪《あのこ》にも出てきたんだ。自分にできないわけがない。

背中に意識を集中した。欲しい、欲しい欲しい欲しい欲しい欲しい欲しい。

大切な二人を守らせて欲しい――。

願いが伝わったのか、念じることでそうなったのか。自分の背中に『何か』が現れた違和感があった。

風の抵抗で、視界に入った真紅の翼。龍人化したこの姿でいながら、翼を手に入れることができた。

体中から、残った魔力を集める。翼に送り出し、それを推進力に変換する。

僅《わず》かな炎の揺らぎとともに、自分にできる精一杯で、あがなってみせた。それでも落下速度が緩やかになっただけ。

「(もうだめっ!)」

キャメリアは二人をぎゅっと抱きしめた。そのとき砂浜まで数十センチだった。

物凄い音と衝撃。背中から叩きつけられる。

「ルード様、クロケット――」

今までに味わったことのない激痛。自分の身体に何が起きたか？　そんなことより、二人を守れたかどうか？

薄れゆく意識の中。そのことだけが、彼女には気がかりだっただろう。

プロローグ

「ごちそうさまでした」

「ですにゃ」

朝ご飯を食べてお礼の『ごちそうさま』を言う。お互いの食器を重ね、立ち上がると後片付けをしようとする。すぐに二人は『家人たちの仕事を取り上げてはなりません』と仲良く諌《いさ》められる。

声の主は侍女長のキャメリア。

クロケットは、普段の料理や後片付けの一切を禁じられてしまっている。もちろんルードも、新しい料理を披露する場合を除いて、手伝ってはいけないと言われていた。

ルードはウォルガード王国《の くに》の王太子であり、クロケットは彼の婚約者。将来の王太子妃なのだから、仕方のないことなのだろう。

手持ち無沙汰な二人は、新たなターゲットを見つけ、お互いを見て微笑んだ。それは、半分寝ぼけたこの国の元第三王女である、ルードの母フェルリーダことリーダ。

二人は彼女の世話をすることにした。クロケットは、着替えを準備しにリーダの寝室へ。ルードはリーダの髪を丁寧に櫛《くし》で梳《と》かす。リーダは、『いつもすまないわねぇ……』と目を細め、気持ちよさそうに答える。

リーダの世話を終えると、今度は玄関へ向かう。そこにいたのは、飛龍の国メルドラードの王女であり、純白の飛龍の少女マリアーヌこと――けだま。彼女を胸に抱いた、執事のイリスエーラことイリス。

猫人の集落へ向かう途中の、二人を見送るためだった。けだまは猫人族の子供たちと遊んだり、皆と一緒にイリスに学んで習い事をしているそうだ。

続けて散歩に出かける、ルードの曾祖母《そうそぼ》である狐人族の長、〝瞳〟の二つ名を持つイエッタを見送る。これで見送りは一応終わり。

二人は庭先に出てくると、丸いテーブルにある、対になる椅子に座る。それは、最近よく見かけるようになった光景。

この後は、毎朝行われるルーティンワーク。クロケットの魔力制御の鍛錬《たんれん》だ。

クロケットの、魔法制御のお相手はルードの役目。毎日のようにいくらかでも、成長した感じが掴めるからであろうか？　クロケットが魔力制御の鍛錬に注ぐ熱意は、とても強いと言える。

大好きなルードに教わっているというのもある。だがそれ以上に、魔法を料理へ転用するルードの姿を、今まで見てきたからなのだろう。

煮込み料理や、焼き物。どんな素材にも、どんな量にも。そのとき最適な火力を展開してきた。クロケットが見てきた、ルードが魔法で料理を転用する姿。それは彼女の追いかける、目標でもあったのだ。

ルードは魔法――魔力制御において、天才と称されるほどの腕前を持つ。ルードが初めて魔法を顕現させたとき、あっさりとやってのけたのは驚きだったとリーダから聞いていた。

ルードは一度覚えたことを、ひたすら反復練習する。彼が幼少のころから積み重ねてきた努力の賜物《たまもの》だと、クロケットも聞いて知っている。

だから彼女は鍛錬の時間が、楽しくて仕方がない。目の前のルードに追いつきたいという、気持ちが背中を押してくれる。

「『炎よ』……えっと、これをこうして、こう——ですにゃっ！」

ルードは魔法を使う際、キーワードとなる短い詠唱だけを唱える。あとはどう具現化させるかを思い描きながら、微調整を行っている。クロケットはきっと、そんなルードの真似をしたつもりなのだろう。

「あ、そんな乱暴な——」

「うにゃぁあああああっ」

普段は指先に炎を灯し、それを消さないように長続きさせる鍛錬をしている。それが普通にできるようになっていた今。

少しでもルードに良いところを見せたいと思ったのだろう。クロケットは調子に乗って無理をしてしまった。

ルードの前に差し出した、重ねた両の手のひらの上に、大きめの炎を顕現させようと彼女は思い描いたはずだ。だが、彼女の予想に反して、やや暴走させてしまう。

これは、制御に慣れていないから仕方のないこと。結果として、クロケットの頭よりも高い位置まで炎は膨れ上がる。その結果、ちりちりと前髪を焦《こ》がしてしまったのだ。

「あぁ、もうっ。だから言ったじゃないの？」

焦げた前髪の裏。額のあたりが少々赤くなっていた。軽い火傷をしてしまったのだろう。その都度こうして、ルードが治癒《ちゆ》をしてあげる。

目をつむり、ルードに額を預ける。ルードは彼女の頬に手をあて、『癒せ』とひとこと呟く。ルードの両手が白い魔力を一瞬帯び、赤みが引いていくのがよく見えた。

だが、焦げた前髪は戻らない。あとでキャメリアに小言をもらいながら、整えてもらうことだろう。

クロケットの努力は認める。最初はゆっくりとした歩みだったが、ここ最近急に力をつけてきた。成功させると、ルードは手放しに褒《ほ》めてくれる。もっと褒めて欲しい、もっと頑張れる自分を見て欲しい。口には出さないが、クロケットの目からも、そんな気持ちが見て取れるのだ。

制御に慣れてきたからか、彼女の魔法は日に日に出力を上げていく。だからだろうか？　暴走してしまったときは、危なく感じることも少なくはない。

今は屋外だから良かったが、部屋の中で同じようなことが起きれば、さすがに困りものだとルードも思った。何か良い方法はないだろうか？

「(あー、うん――あ、そうそう。あれがあった)」

ルードはあることを思い出す。並んで座っていた長椅子から立ち上がる。

「お姉ちゃん」

「にゃんですかにゃ？」

クロケットは首をこてんと傾げながら、ルードを見上げていた。そんな真っ直ぐな目で見つめる彼女が、二人の妹のような存在であるけだまの姿に重なって見えた。だからか、ルードはくすっと笑えてしまう。

「あのね僕、良い方法を思いついたんだ」

「うにゃ？」

「よく見て、覚えてね？」

「よくわからにゃいけど、わかりましたにゃ」

すぅっと細められた、優しげな糸目の微笑み。その目はイエッタによく似ている。

ルードは右の手のひらを上にし、クロケットの前に差し出す。

「んっとね――『生けるものを育む青き水の力よ。我が前に集まり顕現せよ』」

目を閉じて、ゆっくりとわかりやすいように詠唱してみせる。

ルードならば『水よ』だけで魔法の展開は可能だが、今はクロケットに正確な詠唱を教えることが大事。だから昔、リーダから教わった正しい方法をやってみせたのだった。

大気中から徐々に水分が集まってきたのだろう。最初は雨粒のように小さかった。それは徐々にぷよぷよとした、柔らかな水の塊《かたまり》となって顕現していく。

「うにゃ？　水、ですかにゃ？」

「（そりゃ『水』って言ったもの）」

ルードは、手のひらの上に集まった、卵大の球体となったその水を、手のひらで軽く弾いてみる。

すると、まるでゴム鞠《まり》のように、手のひらから跳ねるように見えた。

「うん。水の魔法だね。こうして割らないようにしてるだけでも、十分魔力の制御になるんだ。これならさ、失敗しても火傷することはないから――」

クロケットは立ち上がると、脱兎《だっと》のように走り出す。物凄い勢いで戻ってきた彼女の手には、紙とペンとインクの瓶。

ルードは一度見たものは、忘れることは少ない。だがクロケットはそうはいかない。だからか、新しい料理をルードが披露《ひろう》すると、クロケットはそのレシピや手順を、忘れないようにメモをとる癖がある。

「ルードちゃん、ゆっくり教えてくれませんかにゃ？」

「はいはい。あのね――」

書き写した水の魔法の呪文を、口の中でもごもごと、何度も何度も繰り返してみる。

「……うにゃ。にゃんとかにゃりそう、ですかにゃ？」

「（何で疑問形なんだろう）」

「ではでは、やってみますにゃ」

「うん、頑張って」

「はいですにゃ――んー……。『生けるものを育む青き水の力よ』」

「うんうん」

「……『我が前に集まり顕現してくれませんかにゃ？』」

なぜか、手のひらを見ながら、首を傾げるクロケット。最後の部分、詠唱を間違ってしまったからか、魔法が展開されることはなかった。

「――惜しい、やっぱりこうなるんだよね」

そう言いながらルードは、つい苦笑してしまうのだった。

▼

鍛錬を始めて一時間ほど経ったのち――。

ルードとクロケットは屋敷を出て、仲良く商業区画へ。十字路のある場所まで来ると足を止める。

「じゃ、僕はこっちだから」

「私はこっちですにゃ」

またねと手を振り、それぞれの方向へ歩いて行く。

クロケットはルードの母の一人、エリスレーゼことエリスの営む『エリス商会』へ。商会は毎日、沢山のお客さんが訪れ、『猫人の手を借りたい』と言われるほどいつも繁盛している。そのためクロケットは、販売員のお姉さんとして手伝いをしている。

ルードはというと、自ら営む『ウォルメルド空路カンパニー』の建物へ。ここは読んで字の如く、ウォルガードと各国を結ぶ、空の交易を行うためにルードが興した商会である。

ルードの住む国ウォルガードと、彼の夢を乗せて空を駆けてくれる飛龍の国メルドラード。二国の名前を三文字ずつ使って名付けられた。

シーウェールズにいる、エリスの父アルフェルと母エランローズが経営する商会、ローズ商工会。そこが軸となり、ルードの生まれ故郷でもあるエランズリルドや、砂糖の町レーズシモン。狐人族の国フォルクス、兎人族の村バーナルなど。ルードに縁のある国や都市へ、盛んに交易が行われている。

細かいトラブルは毎日のように発生してはいるが、以前のような大きな事件に発展してはいない。それでも油断しないよう、前日あがってくる報告書に目を通すのが、ルードのお仕事。

一段落するとエリス商会へ行き、エリスと打ち合わせ。その後は、ウォルガード王室お抱え錬金術師で狼人族のタバサが長となる工房へ。そこにたまたまいたイエッタを交え、タバサの三人で世間話をする。

▼

そうしていると、あっという間にお昼ご飯どき——。

そこに『たまたま来ていた』ウォルガードの元女王、〝消滅〟の二つ名を持つ、フェリスと一緒にご飯を食べる。デザートを堪能しまくった彼女と一緒に、食後はそのままウォルガード王城へ。

フェリスの研究室兼私室で、魔道具や魔法の開発研究に没頭する、キャメリアの母シルヴィネにお弁当を渡す。ぺろっとデザートまで平らげたシルヴィネとフェリスを交え、あらゆる案件の打ち合わせ。

フェリスの私室を出て、リーダの母で現女王のフェリシアと、彼女の夫で王配であるフェイルズに挨拶をして王城を出る。

「ルード様、お疲れ様でございます」

「あ、うん。ありがと」

フェリシアたちの部屋を出たところで、キャメリアが待ってくれていた。彼女はずっと、それこそクロケットの魔力操作の鍛錬のときより、今の今までルードの後ろをついてきてくれている。

ただドアの前で待っているわけではなく、ルードを見送ったあとは、何らかの用事や作業を終えて、ルードがドアを出てくるときには戻って、『かならずそこにいてくれる』。有能を遥《はる》かに超えた、末恐ろしい存在であった。

その後、ルードは猫人の集落へ行く。到着すると、キャメリアは虚空《こくう》からプリンの入ったケースを取り出してくれた。ルードの姿を見た子供たちが集まってくる。

けだまと、クロケットの従妹である黒髪の猫人少女。けだまの仲の良い友だちクロメを筆頭に、犬人や猫人の子供たちへプリンを配っていく。要は『三時のおやつ』みたいなもの。イリスに子供たちを任せると、その足で奥にある屋敷へ。

「こんにちはー」

「あら、ルード君。いつもすまないわね」

この集落の元族長であり、クロケットの母へンルーダが出迎えてくれる。

集落の前面にある、広大な水田。ここでは、けだまがお世話になっているだけでなく、ルードたちの主食であるお米を作ってくれている。

前にあった場所で作られていた環境とは違い、学園にある研究室から農地管理の専門である研究者たちが派遣されている。そのおかげもあり、以前の数倍の収穫量となっているそうだ。

ヘンルーダとお茶を飲みながら、世間話と『困りごとはないか？』などの相談を終えると、子供たちに見送られながら集落を後にする。

▼

そうこうしている間に日が傾いてくる――。

クロケットと並んで夕食を摂《と》ると、ルードはカンパニーの私室へ。一日の報告を受けると、安心してカンパニーを出る。自らチェックをしておかないと、仕事が終わった感じがしないのだという。母子二代にわたる、貧乏性で心配性だ。そのあたりは実にリーダそっくり。

屋敷に戻るとやっと風呂へ。自室へ戻ると、机を前にして椅子に座る。キャメリアがお茶を出してくれた。夏場は冷たいものを。冬場は温かいものを。

以前は、『仕事のしすぎです』と、キャメリアに心配されたが、今は呆れられて何も言われない。

「では、何かございましたらお呼び下さい。あまり遅くなりませんよう――」

「あー、うん。大丈夫、わかってるから。お姉ちゃんにもおやすみって伝えてね。あ、魔力消費の件、お願いね。無理をさせないように、ゆっくりと。ほぼ抜けてしまうくらいでね？」

キャメリアも魔術という概念の上であれば、魔力を制御することに関しては、一流と言っても過言ではない。彼女が傍につき、クロケットへ魔力を消費させる。

エリスの侍女である、クレアーナを師と仰ぐ彼女は案外スパルタだ。彼女がついていれば、暴走させる心配もないから安心だ。ルードの希望通り、魔力残量が安全圏になるまで、魔力を搾り出させてくれることだろう。

「お任せ下さい」

「それじゃ、お願いね」

「はい。おやすみなさいませ」

「あはは。まだ、寝ないんだけどね」

キャメリアがそっと退室。ここからやっと、ルードの自由時間。ここ最近は、眠くなるまである研究に没頭することにしていた。

曾祖母のフェリスから隔世遺伝したのか？　ルードも立派な凝り性だ。理解できない、納得いかない事柄があれば、突き詰めてしまうのはよく似ている。

ルードは今、大きく二つのテーマに沿った研究に没頭していた。

一つ目は、『水や食物の種別、産地により、含有する魔力の量の違いについて』。

こちらの世界でも、『空気が美味しい』という表現が使われている。それは実際に、味覚を感じるわけではないが、環境や匂い、気分によってそう感じることがあるのだろう。

だが、水や食物は違う。実際に味があり、美味しさを感じることが可能だ。ルードが一番最初に不思議に思ったのは、リーダが感じる『肉の美味しさ』というものだった。

ルードは小さなころより、リーダから『本国《ウォルガード》で食べた、タスロフ肉の串焼きは美味しかったわぁ』という話を聞いて育った。ルードが育った、通称『魔の森』で獲れる、魚や山鳥、山猪なども けっして美味しくなかったわけではない。

彼女の記憶に残る味は、どれだけ美味しいものだったのだろうか？　実際にルードは、似たような形で、山鳥の焼きとりや山猪の串焼きをよく作っていた。山鳥も山猪も野性味溢れ、味も濃く歯ごたえも素晴らしいと思えるものだった。

ルードが料理を作るようになり、リーダの『美味しいものを食べたい』という欲求は、更に加速していったようだ。もちろんルードが作った料理は、リーダは嘘偽りなく、『美味しかったわルード。いつもありがとう』と、手放しで褒めてくれる。

だが時折物思いに耽るように、『……あのねルード。本国でよく食べた、あの串焼きも、とても美味しかったの。いつかルードにも、食べさせてあげたいわ』と、呟くことがあった。

その串焼きは、エランズリルドやシーウェールズの城下町で売られているようなものと、同じようなものなのかもしれない。ただ、リーダが何度も思い出すように言うくらいだ。

ウォルガードに初めて連れてきてもらったとき、実際にルードも食べることができた。リーダが言うように、味が格段に違う。後日、串焼き屋の店主の話から、『タスロフ種というものは、ウォルガードで飼育されている肉用の猪種』だと知った。

味の違いは、串焼きだけではなかった。ウォルガードにある水も玉子も、今まで食べたものの中では、別格の味。ルードは、ウォルガードの技術水準の高さに驚かされたものだ。

だがその事実は、少し違っていた。それは、飛龍の国メルドラードでわかったこと。

メルドラードでクロケットと一緒に町を歩いていたとき。そこにも串焼きがあり、『どの国にもあるんだね』と関心を抱いたことがあった。

匂いの誘惑に負けて、買って食べてみると、その味に驚いてしまう。それは、歯ごたえも味わいも、タスロフ種の肉に負けずとも劣らない。

メルドラードでの食習慣は、元々の姿の関係もあり、肉食が主であった。そこで驚く事実があった。それはウォルガードと違って育てた肉用の獣ではなく、狩猟により獲られた肉だったということ。肉だけでなく、ルードたちがその場で採取した、野草や水などの味も格段に違っていたのだ。

ルードは、ウォルガードとメルドラードの共通点に着目した。両国とも『大気中の魔力含有量が高い』土地柄だったのだ。

けだまと、キャメリアと出会ったあの年からずっと、ルードはある仮説に対して研究を続けている。それは『美味しいものには、魔力が多く含まれているかもしれない』というものだ。フェリスに話すと、とても興味深いと褒めてくれるほどのものだった。

もう一つのテーマは、クロケットの身に降りかかった『魔力酔い』について。

種族を問わず、動植物に至るまで例外なく、身体の中へ魔力を直接的または間接的に取り入れていると言われていた。生きてる――いわゆる生命活動を行っているだけでも、魔力は微量に消費されているらしい。

クロケットは先日、魔力酔いを起こして倒れてしまった。その原因ははっきりしてはいないが、もしかしたら、年齢または身体的成長が要因だと思われるのだ。

その証拠として、ウォルガードに住むフェンリルやフェンリラは、小さなころに魔力酔いという発熱症状を引き起こす。そこで初めて、親から魔力を消費する方法を教わるのだという。

ルードは、小さなころから魔法を使っていた。そのせいか、枯渇《こかつ》することはあっても、魔力酔いの症状に悩まされることがなかったのだ。

クロケットが倒れた際、ルードの気持ちの高ぶりによって力の暴走が起きた。そのとき偶然、右目の能力が発動した。それにより、彼女の亡くなった父ジェルミスとの邂逅《かいこう》が叶った。

彼は『クロケットは生まれつき、魔力をうまく扱えないみたいだね――』と言っていた。それは暗に、猫人族も魔法や魔術に準ずる魔力の消費を行っているということになる。

エランズリルド近隣の森よりウォルガードへ、猫人の集落を丸ごと移転させたことがあった。それでもヘンルーダを含めた猫人たちは、クロケットのように倒れることはなかった。

クロケットは、体内で魔力が飽和状態に陥ることにより、魔力酔いを起こしてしまう。その対処として、誰かが魔力を吸い取るか、魔法などで消費させることで一時的に状態を脱することができる。

ジェルミスがクロケットの身体の内側へと旅立つ際、彼と約束を交わしたルードは、クロケットに魔法を教えることになった。現在は朝晩、彼女の状態により、ルードやキャメリアのような魔法に卓越したものが傍にいる状態で、クロケットに魔力を消費させるよう努めている。

クロケットの魔力酔いの症状は次の通りだ。頬の紅潮《こうちょう》に始まり、目の充血。鼻腔からの出血（いわゆる鼻血）を経て、体中の発熱が起きる。身体が熱に耐えられなくなると意識を失い、昏睡《こんすい》状態に陥ってしまう。

昨晩はキャメリアにお願いし、寝る前に尻もちをつくほど（魔力の枯渇に近い状態になるまで）消費をさせてから寝かせてもらった。このように朝はルードが、夜はキャメリアが面倒を見ている状態。

そのおかげか今朝の彼女は、やや頬の紅潮がある。目の充血もあるが、枕元を鼻血で汚すことはなかった（ルードが確認したわけではなく、キャメリアから報告を受けた）。もちろん発熱も、昏睡状態に陥ることもない。クロケットの、身体の調子はそこまで悪くはないようだ。

ただそれは、あくまでも一時しのぎ。早急にクロケットの身体の秘密を解明し、安心して毎日を過ごせるようになって欲しい。それがルードの願いでもあるのだから。

クロケットの中にはジェルミスが、彼女の内側から症状を抑えてくれているはずだ。同時に彼のおかげで、クロケットがそれまで行使できなかった魔法を、魔力操作を行えるようになった。

その証拠に、前夜まではなかったはずの、彼女の二本目の尻尾の存在。おそらくは、その尻尾こそ、ジェルミスがいる証拠なのだとルードは思っていた。二本とも彼女の意思で動かすことは可能なのだが、一本は間違いなく彼のものだろう。

どちらか？　――と言われたら判別はつかない。それでもそれがきっかけで、クロケットは魔力制御を行えるようになったのだから。

『含有する魔力量と味の関係性』と、『クロケットの魔力酔い』。ルードにとってこの二つは、眠る時間を多少削ってでも、突き詰めたいと思っていた研究テーマだった。

ルードと同じ〝悪魔憑き〟であるイエッタにも聞いてみた。彼女は齢《よわい》千年を優に超える。その長きにわたり〝見る〟力を使っていた際、あのような黒猫の姿を見ることが少なかったという。いないというわけではなく、ウォルガードのある大陸では見ることがなかったという話だった。

少なくとも、ジェルミスは自らの意思であの姿になった。ということはクロケットたちも、ルードのように『獣化《じゅうか》』することが可能なのかもしれない。

ただ、猫人の集落と馴染みの深いリーダは、長年共に生きたヘンルーダたちが、あの姿になったことは見たことがないのだという。

ジェルミスから、『黒い猫人は、とても珍しい種族。海の中央にあるという、お世話になったとされる国に行けばヒントを得られるだろう』という話を聞いている。

バーナルに住む兎人族の男性は、ランドルフと同じように全身毛で覆われている。ただ、それはルードたちのような完全な獣化というわけではなさそうだ。もちろん、妻ナターリアが、ランドルフのようになれるかどうか。ルードも、興味がないとは言えなかった。

フェリスが解き明かした事実。それは『耳と尻尾のある獣人種の姿こそ、魔力の消費を抑えることが可能』であり、『獣化したフェンリラやフェンリルの姿は、それ以上の効率の高さである』ということ。

これらの事柄の、見通しが明るくなりさえすれば、クロケットの体質も怖くはなくなると、ルードは思っていた。

ルードやクロケットの生まれ育った、猫人の集落のあった魔の森と、ウォルガードで得られる魔力の量は段違いである。そのため、大気中や水、食物に含まれる魔力の量が多いことも、要因の一つだと考えられるだろう。

とにかく解決策が見つかるまで、魔力の少ないシーウェールズに滞在させるのも手だと思っている。彼女も仲良くしてもらっていた、ミケーリエル亭もあるから、精神的にも悪くはない。少なくとも、ウォルガードに移住する前は、この症状が起きる気配もなかったのだから。

だが、それを提案したとして、ルードと離れるのを良しとしないクロケットは、首を縦に振ることはないだろう。彼女が朝晩しっかりと、魔力を消費しさえすれば、今現在は一時的に凌ぐことができることを彼女も知っているのだから。

▼

翌日、朝食の前――。

ルードの部屋にキャメリアが起こしに来る。今朝のクロケットの状態の報告があった。頬の紅潮はややあるが、目の充血は見られないとのこと。昨夜より状態はよさそうだ。

クロケットには、『食後の魔力制御鍛錬の予定はいつも通り』と伝えるよう、キャメリアにお願いをする。ルードは顔を洗い、居間へ降りてくる。

珍しくリーダが、眠そうな表情をしていない。それどころか、横に座るエリスに耳打ちされ、凄く困ったような表情をしているではないか？

『ほら、リーダ姉さん』

『わかってるわよ。でも、わたしが言っても良いのかしら？』

『私がそうだったから、見ていられないの。このままだったらまた、前みたいに失敗することになるかもしれないの。私が言えないの知ってるじゃない？　それならリーダ姉さんが言わなくて、誰が言うというの？』

双子のように似ている彼女たちだからか。まるで第四王女が、第三王女の背中を押しているような。気の強い妹が、やる気のなさそうな姉をつついているような。そんな感じがしないでもない。

『わ、わかったわよ――』

エリスの言わんとしていることはわかっている。仕事のしすぎで、クレアーナからお小言をもらうような。そんな彼女の立ち位置が、ルードと似ているから言い出しづらいのもよくわかっている。

リーダは渋々了承するような感じ。背中を押したり慰めたりすることはあっても、ルードを叱ったり窘《たしな》めたりするのは苦手なのだ。

大きく息を吸って、体中で大げさに息を吐く。もう一度吸って、息を軽く止める。ようやく踏ん切りがついたようだ。

「ルード。ちょっとそこへ座りなさい」

「座ってるけど」

ルードはリーダを見上げる。少々首を傾げるように。とても切羽詰まったようでいて、『お願いだから、空気を読んでちょうだい』と言っているような、リーダの目はそんな困った表情。目を見て気持ちを察するルードだから、リーダの救難信号のようなものを受け取った。

「（あー、うん。そういうことね？）はい」

一度立て膝《ひざ》になり、ぺたんと正座する。背筋を伸ばして、リーダとエリスを見た。リーダの目は『ありがとう。助かるわ』と言っていた。口には出さないが『はい、母さん』と、ルードは目を伏せて答える。

キャメリアも何かを察して、ルードのやや右後ろに座る。クロケットは『うにゃぁ。ルードちゃん、にゃにやら叱られる前みたいですにゃ、そんにゃかんじがしますにゃ』と、尻尾をぶわっと膨らませて、その場から逃げていく。勘が良いというか、何というか。

「ルード」

「はい」

「あなたね。仕事のしすぎよ」

「はい？」

「朝から晩まで。休みなく働いて。そんなことでは、いつか倒れてしまうわ」

「あ、はい……」

リーダの目は『私にはわからないの。でもね、エリスがそう言ってるのよ。お願い。わかって』と懇願《こんがん》の色。ちらりちらりと二、三度エリスを見ている動きをしているから、なんとなく察する。

キャメリアは、ルードの後ろで同意するように、『まったくもってその通りでございます』と頷いている。

エリスはキャメリアが同じ意見だと知り、同じように満足げに頷いていた。彼女らは、いわゆる仕事大好き《ワーカホリック》。ルードと同じだからこそ、自分で言えないからリーダに代弁してもらっているのだ。

板挟みに遭っている、ルードとリーダ。やはり母子は似るものなのか？

キッチンの影からこっそりクロケットが覗き見て、ぶつぶつと呟いていた。『触らぬ神にたたみいわしですにゃ』と、イエッタからの受け売りなのだろうが、どこかずれて間違っていた。

「だからね、ルード」

「はい」

ルードが話に合わせてくれているのがわかると、少しだけどや顔になるリーダ。

ルードは窘められているような、ふりをする。ちょっと上目遣いで、困ったような表情を作りながら。

「仕事なんてね、どうにかなるものよ。この国を見なさい。わたしが百何十年もいなくて、王女が不在でも、回っているでしょう？」

「（あー、うん）はい」

やっとルードは、エリスが休ませたがっていることを理解した。

「お母さまと、フェリスお母さまがいれば、どうにでもなるわ。わたしたちもいるんだし。ね？エリス」

「えっ？　私何も言って――」

急に話を振られて、しどろもどろになるエリス。

「山に囲まれてばかりいないの。クロケットちゃんと一緒に、たまには海でも見ていらっしゃいな？」

「あ、うん。でもいいのかな？」

「いいわよ。わたしが許します。エリスが休みなさいって言ってるんだから、間違いないわ。ね？」

リーダの、してやったりという表情。キャメリアは、言語変換の指輪を外す。

「ぐぎゃぎゃ《まったくです》。ぐぎゃぎゃぎゃ《休めば良いんですよ》」

ルードだけに聞こえるように、小さくそう言った。

「（キャメリアだって、休んでるところ、見たことないけど？）」

心の中でツッコミを入れるルードだった。

▼

それから一時間ほど経って――。

たまには休むのも必要。仕事のしすぎで、注意しても聞きやしない。そうキャメリアから小言をもらう。

ルードも丁度いいから、シーウェールズの東側でも見てこよう。今日は日差しもそんなに強くない。ウォルガードから離れている間は、クロケットの身体の症状も和らぐだろうと思っていた。

「それじゃ、いってきます」

「リーダお母さま。エリスお母さま。いってきますですにゃ」

ただの散歩なのだからと、見送りはリーダとエリスだけ。

「ゆっくりしていらっしゃい。なんなら、シーウェールズで温泉に浸かってゆっくりしてくるといいわ」

「そうね。父さんと母さんとこに泊めてもらってもいいんだし。ミケーリエルさんのところでもいいと思うわ」

確かに潮風《しおかぜ》で身体がべたつく可能性もある。美味しい海産物でも食べながら、温泉でゆっくりしてくるのも悪くない。

ジェルミスが言っていた『海の中央にあるという、お世話になったとされる国』と、アルスレットが教えてくれた、シーウェールズの本国のこと。あの海域には、一つしか国がないと聞いていたから。

ルードは『うまく見つかればいいな』という、軽い気持ちで探してみようと思っていた。

「では、まいります」

ルードとクロケットは、キャメリアの背に乗ってゆったりと上昇していく。下を見ると、エリスは商会の方へ歩いて行く。リーダは屋敷へ。きっと二度寝でもするつもりなのだろう。

ウォルガードの広大な農地を抜け、これまた広大な深い森を抜ける。陸路じゃなく空路で、その上キャメリアの翼だ。

クロケットを乗せているから、最速で飛ばなくても、思ったよりあっさりとシーウェールズを横切っていく。帰りに寄ればいいと、若干左に進路をとって、城下町をやや右斜めに見ながら、東の海に抜けていった。

この海を抜けると、広大な大陸があるのは話に聞いている。だが、そこにたどり着いてしまうと、目印になるものを見逃してしまう。

キャメリアには、できる限りゆっくり飛んでもらった。

フェンリルと狐人の血を引くルード。猫人族のクロケット。二人は同じ獣人種だが、生まれ持った性質が若干違う。

犬人族や狐人族の最上位種に位置するフェンリルも、猫人族も薄明薄暮性の性質を持つ種だ。二人とも、明け方や夕暮れ後のように薄暗い時間外であっても、視界を閉ざされることはなく活動できる。

嗅覚はフェンリルであるルードの方が遙かに優れている。その一方、動体視力は猫人族であるクロケットの方が優れていたりする。

青く、ところどころ白く光る海面。キャメリアの背に乗って移動していることから、その海全体を一つの動きとしてとらえると、ある違和感を感じたのだろうか？

「ルードちゃん、あそこ。にゃんだかおかしくにゃいですかにゃ？」

クロケットの指差す先に、点在する三つほどの小さな小島。ゆっくり飛んでもらっているとはいえ、この広大な海原からよく見つけたものだ。

「あ、ほんとだ。キャメリア、高度を落としてくれる？」

「はい、かしこまりました」
▼

大海にある小島にて――。

「ルード様。お茶が入りました」

「あ、うん。お姉ちゃん、一度戻ろ」

「はいですにゃ」

防風林のような林があり、その木陰にはテーブルと椅子。色とりどりの焼き菓子。素焼き色の茶器に入った水出しのお茶。これだけ見たのなら、誰もこの場が無人島状態になっているとは思わないだろう。

このセットは全て、キャメリアが〝隠して〟持ってきたもの。何せ彼女の虚空には、物資の積まれた馬車の客車が、丸々数台積まれている。

ルードが最初に聞いたときは、『馬車三台分程度』だった。クロケットに負けずと、キャメリアも日々鍛錬を続けていることもあり、今はどれだけ格納できることだろう？

心地よい風と、潮の香り。メトロノームのようにある種のリズムを刻む、波の寄せる音。秋の日差しは強くはなく、快適そのものであった。

「のどかだねぇ……」

のど越しの冷たい、お茶を一口。『ほぅっ』と贅沢《ぜいたく》にため息をつく。

クロケットが前歯で固めの焼き菓子をかじる音。奥歯で小気味よい音を立てながら、美味しそうに頬を手のひらで押さえる。

「ですにゃねぇ……」

とても幸せそうな微笑みを浮かべていた。

キャメリアは、少なくなったお茶を注ぎ。クロケットには『おやつなのですから、食べ過ぎないように』と、さりげなくツッコミを入れる。

「わ、わかっていますにゃ。甘いものは、別腹にゃんですにゃ」

そんなクロケットに、耳打ちをするキャメリア。

『太るわよ？　クロケット』

『そ、そんにゃこと言わなくても――』

この島の周囲は、歩いても十数分程度の大きさ。そんな小島が、見える範囲にあと二つある。

ルードの見る先には、船着き場のように整備された場所があった。船着き場側は、海の底が深くなっており、大きな船も停泊できるような感じだ。

間違いなく人の手が入っているのはわかる。それなのに、ここのどの島にも、建物が存在しない。

船着き場の先には、〝記憶の奥にある知識〟で調べたら〝ブルーホール〟と呼ばれる、海の底へ繋がるような、大きな深い藍色《あいいろ》の穴があった。その大きさは、半径十数メートルはあるだろうか？

「あ、うさぎ」

「――どこ？　ですかにゃ？」

ルードは指差す。その先には、白波が立っている。

「ううん、違うよ。あの白波がね、白い山うさぎが跳ねてるように見えるなって」

「えぇ、確かにそう、見えなくもないですね」

キャメリアも同意してくれた。

「確かに、そうですにゃね。白い、ランドルフさんにゃら、きっと沈んでしまいますにゃ」

「あぁ、確かに――って、何気に酷いこと言うよね？　もしかしたら、ランドルフさん。泳ぎが上手かもしれないじゃないのさ？」

「そ、それはそうかもしれませんにゃ。ナターリアさんにゃら、すいすい泳いでしまいそうではありますにゃ」

ナターリアの名前は、『ニャターリア』にならない。以前クロケットに聞いとき、『それは失礼だからですにゃ』と笑っていた。

「あー、うん。それは言えてるかも」

ここにいない、兎人族の族長とその旦那さんを持ち上げて言う。クスリと笑い始める二人。

「――でもさぁ。ここじゃ、なかったのかな？　海底にある王国ってさ、どこにあるんだろうね？」

「海底にある王国、ですかにゃ？」

あのとき、クロケットも同席してはいたが、彼女には難しい話になってしまい、『ちんぷんかんぷん』な状態になってしまっていた。

「うん。ネレイドとネプラスが住む国なんだって。アルスレットお兄さんに見せてもらった海図には、三つの小島の店が目印になってるって、書いてあったんだけど」

まぁ、もしここでなかったとしても。ルードたちはゆっくりと休むことができている。この後夕方までゆっくりと、この緩やかな時間を過ごしてもいいと思っていただろう。

日が落ちる前に、シーウェールズへ向かい、美味しい海産物と、潮風で固まりつつある髪を洗い流して、温泉にゆっくり浸かって。数日は休んできなさいと言われていたのだから。

そんなときだった。クロケットの尻尾、二本ともが『ぶわっと』膨らんだ。

「うにゃっ。あそこに大きな魔力が感じられましたにゃっ！」

彼女が指差したのは、船着き場の先。大きな藍色の穴があった場所。

その界隈《かいわい》では、嵐でもないのに、海の中が渦巻き、まるで何かが水流を操作しているかのような高波が起きる。

ルードはもう間に合わない。そう思ってクロケットを守ろうと、胸に抱き寄せる。キャメリアは、慌てて駆け寄り、二人に手を伸ばす。

そんなルードたちを、暴力のような規格外の高波が包み込む。あっという間に三人をのみ込んでしまった。波が引いた後には、ルードたちがいたはずの場所。そこにあったテーブルも椅子も、何一つ残ってはおらず、流されてしまったようだ。

第一話　ここはもしかして？

ルードは目を覚ました。視界に入ってくるのは、藍色といってもいいほどの深い青。さっきまで見ていた秋晴れの空とはまったく違う色。

仰向けになっているのに気づく。手を握ると、砂を握りつぶしたような感触がある。手を見るとそこにはやはり砂。それどころか、手の甲や腕にも、砂が張り付いていた。

身体を起こそうとすると、少々気だるさを感じた。これに似た状態を知っている。それは魔力を使いすぎたときに感じるものだ。

砂地のような地面に肘をつき、身体をよじって右を向く。驚いた。ルードの視線の先には、クロケットが倒れているではないか？

慌てて起きると、砂地に足を取られるのを気にせず走り出す。ルードの腕のように、彼女の姿もまた砂まみれだった。まるで、海で泳いだあとに砂場を転げ回ったかのように。

クロケットの傍に膝を折る。砂地とクロケットの隙間。背中と頭の裏に手を差し入れると、上半身を優しく膝の上に抱き上げる。

クロケットの頬も髪も、砂まみれだった。するとゆっくり目が開いていく。

「お姉ちゃん、大丈夫？　痛いところ、ない？」

「――うにゃ。だ、大丈夫、ですにゃ。ルードちゃん」

「うん。どうしたの？」

「ルードちゃんの顔、砂だらけ、ですにゃ」

そう言って微笑むクロケット。だが、抱き上げていたルードの背後に、見慣れないものを見つけたのだろう。

「ルードちゃん」

「うん、お姉ちゃんもね、砂まみれなんだ。でもどうしてこんな――」

「あれ、にゃんですかにゃ？」

クロケットが指し示す場所。ルードの背後の砂地に、あり地獄のような凹み。まるで隕石でも落ちたような、クレーターが存在していた。

クロケットは鼻をすんと動かす。同時に何かを嗅ぎ取った。

「――っ！」

クロケットはルードの膝の上から背中を起こし、一気に立ち上がる。そのまま身体を前方に傾斜させたかと思うと、彼女らしからぬ勢いで、駆け出していった。

ルードも慌てて彼女を追った。するとそこには、割座――いわゆる女の子座りでぺたんと座り込んでいたクロケットの姿。

彼女の目の前には、うつ伏せに倒れていた、キャメリアの姿があった。ルードたちと同じように砂まみれの彼女。背中から伸びる深紅の翼は、飛龍のときの彼女の翼そのものだった。だがそれはあり得ない方向へ、痛々しく折れ曲がっていた。

「……どう、しちゃったのかな？　キャメリアちゃん。どうしちゃったのかな？」

震える声。いつもの『にゃ』口調ではない。ルードが初めて見るような、余裕のないクロケットの姿。怯えるような彼女の言葉。

ルードはクロケットの左側に座る。

「キャメリア？」

彼女に語りかけたが、反応はない。横顔を見ると、いつもの健康的な褐色の肌艶《はだつや》がない。肩と背中が若干動いているから、呼吸はあるが意識はなさそうだ。

「ルードちゃん。キャメリアちゃん――」

「大丈夫だから。お姉ちゃん」

ルードたちが無事でいられた理由。全身砂だらけの自分たち。砂地に開いたこの大穴。キャメリアの怪我の具合から察するに、どれだけ急を要する状態かもわかっている。

「ちょっと痛いかもだけど、ごめんね？」

優しくキャメリアの翼を折りたたむ。彼女を仰向けにさせて、再び寝かせる。ルードは、キャメリアの右手にそっと両手を添える。

ルードは魔法を教わった小さなころから、幾度となく治癒の魔法を使ってきた。膝をすりむいたり、指先を怪我したり。果てはクロケットが舌先を火傷したときにまで。

どれくらいの怪我なら、どれくらい魔力を注ぐ必要があるか。そのさじ加減がある程度わかっている。

だから先程のキャメリアの状態であれば、通常の方法では間に合わない。病に倒れたエリス。毒に倒れた叔父でありエランズリルド国王のエヴァンス。長きにわたり衰弱《すいじゃく》していったイエッタを思い出す。

彼女らのときも例外なく、残りの一滴まで使い切るような方法で、治癒した経験から判断できたのだろう。

「ありがとう、キャメリア。きっと僕たちを守ってくれたんだよね？　だから僕がちゃんとやるからさ」

目をつむり、一つ大きく息を吸う。

『癒せ。万物に宿る白き癒しの力よ。我の願いを顕現せよ。我の命の源を、すべて残らず食らい尽くせっ！』

毎日魔力制御の鍛錬を欠かさない、クロケットには見えただろう。ルードの全身から白い魔力が湧き上がり、それは両肩、両腕、両の手のひらへ走って行く。

ルードの両手を通じ、キャメリアの右手から伝わる。そのまま彼女の全身に広がって、柔らかな白い光で包んでいった。

折れてしまっていた深紅の翼は、元通りに。彼女の顔色も戻っていく。その様子にルードは体中の力が抜け、キャメリアのお腹に倒れ込んでしまう。

何も残っていない。ルードの魔力は、カラカラに枯渇しているはずだ。瞼《まぶた》も重たく、指先を動かすにも少々辛い。

顔を『よっこらしょ』と左に向ける。すると、彼女の胸あたりが、規則的に上下しているのがわかった。もう、大丈夫だろう。

「もう、大丈夫だと思うよ。僕は大丈夫だからさ、キャメリアをお願い」

それでもやり切った感。これでひとまず安心だと、実感できていた。

「ありがとう。ありがとうですにゃ」

砂だらけだったはずのルードの右頬に、クロケットは軽くキスをする。

クロケットはそのまま、キャメリアの頭側に座る。頭を優しく持ち上げると、自らの膝の上に乗せた。

キャメリアはクロケットの膝を枕に、ルードはキャメリアのお腹を枕代わりにしている。

「あ、なるほどね。でも僕、これはこれでちょっと恥ずかしいんだけどさ……」

それでもルードは、身動き一つ取れない以上、甘んじて今の状態を受け入れることしかできなかった。

ルードがキャメリアのお腹に倒れ込んだときの、重さで気づいたのか？　それとも、治癒の魔法が効いたからなのか。キャメリアの目がゆっくりと開いていく。それはクロケットの目にもはっきりと映っていた。

「きゃ」

「――きゃ？　でございますか？」

「キャメリアちゃんっ！　――良かった。本当に良かった」

クロケットのその言葉と、キャメリアの話す振動が彼女のお腹に伝わってわかった。

「うん。本当に良かったよ」

「クロケットったら。あ、ルード様のお声も。大丈夫でしたか？　――って、なぜそのような場所で？」

キャメリアは自分のお腹に倒れ込んだまま、苦笑しているルードを見て驚く。とりあえずひと安心。ルードはそう思ったのだった。

▼

キャメリアが目を覚ましてややあってから――。

ルードの嗅覚に反応がある。先程までは、三人以外の匂いはまったく感じられなかった。だが今は違う。人種や獣人種。その他の人の匂いまで漂ってくるのがわかる。

それどころか、気配が近くなっている。これは小さなころから、リーダに連れられて狩猟を教わっていたから肌で感じることができたのだろう。

「――様」

ルードの耳に、女性の声が聞こえてくる。

「だから言ったじゃないの。きっとまた、被害に遭ってしまったの――」

被害？　いったい何のことを言っているのか？

ルードたちは、キャメリアが落下した際に作ってしまったクレーターのせいで、周りを見渡すことができない。なにせ深さが一メートル以上あるのだから。

匂いが近い。二人のようだ。いや、その後ろにも沢山の人たちの匂いがある。

「ほら、私が言った通りじゃないの――あの、大丈夫ですか？」

クレーターのような大穴の縁に立つ、女性の姿。逆光で表情がよく見えないが、銀髪の長い髪が揺れているようにも見える。

その女性に並ぶように、もう一人女性の姿が。

「姫――いえ、お嬢様。お忍びなのですから。自重なさって下さい」

「あのねぇ。お忍びとか言ってる段階でバラしているようなものでしょう？　町のみんなだって、もう知ってるわよ」

「――あ、いえ。そういう話ではございません」

まるでコントのような掛け合い。ルードたちもクスリと笑ってしまいそうになる。

「あの、お怪我はされていませんか？」

最初に声を出していた、若そうな女性。

「あ、はい。僕とお姉ちゃんは大丈夫です。ね？」

「はいですにゃ。ご心配、おかけしましたにゃ」

「こっちの――んっと、僕が寄りかかっている人は、僕が治癒したので、大丈夫だと思い――」

「治癒魔法を使われるのですかっ？」

「あ、はい」

「それはとても希少《きしょう》な――」

「こほん――ひ、……お嬢様」

「あ、そうだった。ティリシア、こちらの方々を詰め所へ」

「はい、かしこまりました」

柔らかな手ぬぐいを借りて、体中の砂を落としてもらう。キャメリアは、クロケットの肩を借り

て移動することに。一方ルードは、ティリシアと呼ばれた女性に抱きかかえられる。いわゆる『お姫様抱っこ』状態。

男の子として屈辱的だった。恥ずかしくて恥ずかしくて、顔から火が出てしまいそうだった。だが、魔力枯渇による身動きがまったく取れない複雑な状況下。

「ルードちゃん、ここはじっと我慢ですにゃ――『うぷぷぷ……』」

「ルード様、その、本当に申し訳ございません――『クロケット。見た？　見ましたよね？　あのルード様の、恐ろしいまでの可愛らしさ……』」

ここは間違いなく、『ありがとうございます』と感謝すべきであり、けっして文句など言える立場ではない。

「う、うん……」

そんな悶え苦しむルードを見て、クロケットとキャメリアは笑いを堪《こら》えている。

先行する女性がくるりと回れ右。薄い青のワンピースを、両手で軽くつまんで持ち上げ、綺麗な所作で一礼。

「あ、すっかり忘れてたわ。こんな状況で申し訳ないですけど――改めまして。ようこそ、ネレイティールズへ。私はレラマリン。ご挨拶が遅れてしまって、ごめんなさいね」

この人こそ、ルードが『生涯の友』と呼び、信頼関係を結んだ少女との出会いだった。

▼

親衛隊、詰め所にて――。

先程レラマリンという女性の挨拶《あいさつ》にあった、ネレイティールズという名称。それはルードがアルスレットから聞いたことがあるものだった。

砂浜を歩き、町中へ抜ける。途中、沢山の人が見守っていた。やはりルードたちのように、被害に遭ってここへたどり着く人が多いということなのだろうか？

ティリシアが足を止めた。そこは石造りの二階建て。立派な建物の前。

「こちらが、わたくしどもの詰め所でございます」

やっと詰め所に到着したようだった。『これでやっと、この羞恥の状況から解放される』そうルードは思っただろう。

ティリシアがルードを抱えたまま、建物に入ろうとしたとき。

「ティリシア、私はこのまま屋敷へ戻ります。あとはいつも通りよろしくお願いしますね」

「レラマリン様、今後は――」

「はいはい。わかってるわ。お説教はまたあとでね。では皆さま、こちらで失礼いたします」

ルードは思った。ティリシアはおそらく、『お忍びなのだから、出歩く際にはもう少し気をつけるように』と言うはずだったのだろう。ルードは力の入らない手を無理矢理伸ばす。それでも届かない、空を切ってしまう右手。

「あ、その。ありがとうございました」

「いえ、お大事になさって下さい」

レラマリンは再度振り向き、ルードたちに笑顔で手を振る。踵《きびす》を返し、走り去っていったのだった。

「ほんっと、あのお転婆《てんば》――こほんっ。いえ、そのっ、失礼いたしました。では、ご案内いたしますね」

「あ、はい。お願いします（今、お転婆って言ったよね？）」

レラマリンという女性は、見た目以上に活発なのだろう。

仕事中を除き、ルードがウォルガードを出歩く際、イリスやキャメリアなどの家人がついてくることはほぼない。普通王族が城下に出る際は、従者を伴うのが常識。

そもそも歩いて出ることなどありえない。そんな常識も、ルードは知らなかったりするのだった。

フェリスを始めとする、ウォルガード王家が特殊すぎるとも言えるだろう。

詰め所の入口を通る際、縫製のしっかりした、指の関節一つ分の高さほどある、スタンドカラーのような襟《えり》をした薄い青の上着。ルードの目線では腰から下はよく見えない。おそらく制服なのだろう。皆、同じような服装に武具を身につけた、若い女性や若い男性とすれ違う。彼らは、踵《かかと》を鳴らして直立不動。ティリシアに敬礼をする。

ティリシアはおそらく、位の高い立場なのだろうと思う。同時に、レラマリンという女性は、大店の子女とは思えない。おそらくは、貴族に準ずるご令嬢なのだろう。ルードの頭はぐるぐる回る。

奥の部屋に案内されたルードたち。執務や会議をする場所ではなく、宿直室のよう。ベッドが二つ置かれた、飾り気のない静かな部屋。

キャメリアはベッドに腰掛け、クロケットも隣に座った。ルードは一度ベッドに寝かされる。背中の後ろに大きな枕に似たクッションを置いてもらい、それに寄りかかるような感じで身体を起こさせてもらった。

ティリシアは、ルードたちの前に椅子を持ってくる。そこに座ると、背筋を伸ばした。

ルードは改めて、彼女の姿を見る。茶色がかったダークブロンドの髪。先程の隊員と思われる人たちと同じ上着。腰から下は膝下のタイトな同色のスカート。その下に、タイツのようなぴったりとした、濃紺の生地で踝《くるぶし》までのズボンという、珍しい服装だった。

「改めてご挨拶させていただきます。わたくしは、ネレイティールズ王家直属の、親衛隊に籍を置かせていただいており、親衛隊長を務めさせていただいています。ティリシア・ローゼンバルグと申します」

ティリシアはやはり、ただの兵士ではなかった。親衛隊長であり、家名があるということは、おそらくは名家か貴族の出なのだろう。

「あ、はいですにゃ。ルードちゃん。どうしましょ……」

ルードは立ち上がろうとするが、やはり身体に力が入らないようだ。クロケットは『ルードが座れるように、隣で支えた方がいいの？』と言っているのだ。

「お姉ちゃん、無理しなくていいよ。魔力の枯渇で、身動きが取れないもので。この姿での挨拶になります。申し訳ありません」

「いえ、構いません。お二人とも身動きが取れないのですから」

「ありがとうございます。僕の名はフェムルード。フェムルード・ウォルガードと申します。ルードとお呼びください。黒髪の女性は、僕の婚約者でクロケット。隣にいる赤髪の女性は、僕の家で侍女長をしてもらってるキャメリアです」

「ですにゃ」

「ルード様の家人でありながら、このような――恥ずかしく思います……」

クロケットはキャメリアを支える。キャメリアはルードたちの後ろに控えられなかったのが、ある意味屈辱《くつじょく》的に思えたのだろう。だがルードたちの、そんな気遣いなどどこ吹く風。

目の前にいるティリシアは、先程までしっかりと親衛隊長の職務を全うしていたはずだ。だが、今の彼女は口を半開きにし、瞬きを忘れてしまったかのような呆然とした表情。

〝目が点になる〟というイエッタが使った言い回しを思い出す。ルードは『あ、もしかして今、そういう場面？』と思っただろう。

ややあってティリシアは再起動。反射的に立ち上がっていた。

「今、ウォルガードと仰いましたよね？　すると、あ、あの『消滅』――あ、あのっ」

「あー、ここでもやっぱり。僕の曾祖母は結構有名なんですね。すみません、その認識《ウォルガード》で間違いないです。それで、申し訳ないのですが、一応僕も『お忍び』ですので、あまり大げさにしないでいただけると助かり――」

「大変失礼いたしましたっ！」

ルーが言い切る前に、ティリシアは深く腰を折ってしまった。

「だから、その――あははは……」

こうなってしまうと、ルードは苦笑する以外方法がない。ルードの言葉に折った腰を戻してはくれたが、直立不動のまま動けないでいるティリシア。

「ルードちゃんもこう言ってますにゃ。そうしてもらえたら、嬉しいですにゃ」

「はいっ。了解いたしました」

椅子に座り直し、目の前のカップとソーサーを持ち、カチャカチャと音を出しながら、なんとかお茶を一気飲み。深く息を吐くと落ちついたのか、この国に起きている現状を説明し始める。ティリシアの説明ではこうだった。

海面の上、小島にある船着き場。あそこから見えた、青く薄暗い大きな穴。そこは、長く深い回廊になっており、ルードたちのいたあの浜辺に通じている。

この国に住むネレイドやネプラスたちは、水の魔法に精通している。彼らが砂浜まで、船を誘導していた。そのように、交易が行われていたそうだ。

ただその大穴の途中に、魔獣化した海洋生物が棲《す》み着いてしまった。その魔獣はとても巨大に成長しており、この国のものでは対処しきれないでいた。

この海域は元々、魔力の濃い地域だった。魔獣が居着いてから現在に至るまで、魔力が薄くなってしまっている。

魔獣は餌を求めてなのか？　七日から十日に一度、あの場所から移動していた。ただ困ったことに、二日もしない間に、戻って来てしまうらしい。

その僅かな間に大慌てで船を通し、今まで凌いできたそうだ。だがここ最近、魔獣が移動する気配がなく。困り果てていたところなのだという。

ルードは今まで、魔獣を目にすることはなかった。だが、魔獣についての話は耳にしたことがある。獣などが魔力にあてられ、ごく稀《まれ》に魔獣化することがあったそうだ。ルードもよく知る、山猪や山鹿なども魔獣化することがあるらしい。

狼人族の狩猟に長けたものなら、かろうじて対応は可能だろうと言われていた。もちろん、攻撃に特化した能力を持つフェンリラ、フェンリル、飛龍たちなら、難しくはないかもしれない。

「そうだったんですね。魔獣ですか……」

「はい。間違いございません。おそらくは、ルード様とクロケット様、キャメリアさんの魔力に魔獣が反応した。そう考えるのが妥当かと思われます」

そのときに何らかの影響で大波が発生し、のまれてここに流されてきた。そうとしか考えられないそうだ。

「情けない話でございますが、我々もあの魔獣が移動することを、期待するしかない状態でして……」

「そうですね。僕も何かできることがないか、考えてみようと思います。それであの、魔獣と関係ないことで、大変申し訳ないのですけれど」

暗くなってしまっていた雰囲気を打破しようと、ルードが違う話を切り出す。

「はい。何でございましょう?」

「レラマリンさん、でしたっけ?」

「はい。ひめ――いえ、お嬢様のことでしょうか？」

「（今言い直したよね？）どことなく、僕の知り合いに似ているんです。だよね？」

クロケットを見て、同意を求める。

「はいですにゃ。レアリエールさんや、アルスレットさんに、とっても似ていますにゃ」

「やっぱりお姉ちゃんもそう思った？」

「はいですにゃ」

「あの、……今おっしゃっていたお名前ですが。もしや、シーウェールズ王家の……？」

「はい。僕たち、シーウェールズに住んでいたことがありまして。そのとき家族ぐるみで仲良くしてもらっていたんです。もしかしたら、アルスレットお兄さんの言っていた、従兄妹さん、なのかな？　――って」

けろっと笑顔でそう答える。

「あの、我が国とシーウェールズ王国との関係は、その――」

もごもごと言い出しにくそうにしている。やはりルードの思った通りだった。間違いなく彼女は、ネレイティールズの王家の出なのだろう。

「僕、一度会ってみたいと思ってた人がいるんです。年齢的には、レラマリンさんより少し下、なのかな？　多分妹さんだと思うんですけれど――」

「いえ、ひめさ――いえ、あーもう。誤魔化しても仕方ないですね」

「あははは」

「姫様には、ご姉妹《きょうだい》はいらっしゃいませんが？」

「えっ？　だって、僕と同じ年のお姫様がいるって聞いたんですけど」

「姫様はつい先日、十五歳になられました。ルード様と同い年だったのですね」

「嘘っ？　僕、この冬が明けたら十六、ですよ？」

ルードは『ずるい』と、思っただろう。なにせレラマリンは、ルードより顔一つ分背が高い。

確かに、アルスレットもレアリエールも、ルードより背が高い。いやそれより、クロケットやキャメリアより、ルードが低いだけ。

フェリスやタバサ。黒色飛龍のラリーズニア（フェリス以外実際は、ルードよりも少しだけ大きいのだが）を除いたら、けだまや猫人の集落にいる子供たち以外、ルードより背の低い人はいないから。

理不尽。不公平。ルードは誰に文句を言ったらいいのか、わからなくなってしまう。

「ほらほら、ルードちゃん。機嫌をにゃおして下さいですにゃ」

「そうです。背の低いくらい、どうだというのですか？　それを補って余るくらいに──」

「ルードちゃんは可愛らしいのですにゃ」

「はい。その通りでございます」

「「ねー」」

『いや、そんなこと言われても。慰めにもならないんだってば……』

そう小声でぶつぶつと呟きながら、落ち込んでしまう。

そんなルードがとても可愛らしく見えたのだろう。魔獣の件で、申し訳なさそうにしていたティリシアも、ほっこりとした表情でルードを見ているのだった。

第二話　お姉ちゃんの必殺技。

城下町、表通りにある大きな宿屋の一室。

「――ルード様のことを、これより報告してまいります。遅くとも明日の正午までには、王室より使いの者を来させます。それまで、ごゆっくりお休み下さい」

「はい。何から何まですみません。助かります」

「いえ、職務ですので」

一礼して出ていくティリシア。彼女の表情はとても穏やかだった。

おそらくは、『ルードを愛でる』という、クロケットやキャメリアと同じ気持ちになれていたからなのだろう。反面、ルードは少々拗《す》ねてはいた。

どちらにしても三人は、長期滞在を余儀なくさせられた。王家より使いが来るまでの間、ルードたちが滞在したとして恥ずかしくないこの宿を紹介してもらった。

少々高めだが、しっかりとした造り。身分の高い旅行者も利用すると聞いている。

そのため利用客に対し、余計な詮索をしないでくれるとのこと。ルードたちにとって、とても助かる気遣いだった。

それより何より、ルードとキャメリアが、魔力の枯渇により身動きが取れない状態だ。ここに来るまで結局、ティリシアに抱きかかえて連れてきてもらった。

ルードとしては二度目の屈辱的な、辱《はずかし》めだったのだろう。もちろん、男の子としてだ。

「どっちにしてもさ。僕とキャメリアは、魔力が回復するまで大人しくしていなきゃならないね」

「はい。申し訳ございません」

「いいってば。僕たちを助けるために、無理をしたのはわかってるんだから。そうでしょ？」

「ですにゃね」

「いえ。それが私の務めでございます。それよりもルード様。私のようなものに、貴重な魔力を使ってまで——」

「キャメリアは僕の家族だし、僕の大切なお姉さんの一人でもあるんだからね？」

レーズシモンの一件で、ルードはキャメリアも姉のように思っていると公言していた。

「はいですにゃ。お姉ちゃん仲間《にゃかま》ですにゃ」

「はいその、ありがとうございます……」

「さて、差し迫った危機が、着々と近づいている。最低限、這ってでも歩けるようにならないと、恐ろしいことになりかねないんだよね……」

ルードの言う恐ろしいこと。それはシーウェールズに住み始めた朝。生まれて初めて、フェンリルの姿になって『粗相をしてしまった』ことを言っているはずだ。

それは男の子の沽券にかかわること。絶対に、二度と許されない。もしそうなってしまったら、それこそしばらくの間、立ち直れなくなってしまうと思っているくらいに、焦りの表情が見え始めてきていた。

クロケットの手を借りて、用を足すなど、できるわけがないのだから。

「ルードちゃん」

「ん？」

「魔力の補充。方法がにゃいでもありませんにゃけど？」

クロケットはにやりと笑う。ちょっとだけ、いたずらっ子のような、恍惚《こうこつ》という表情を浮かべた。

それもそのはず。

クロケットは右の指先を、自分の唇に添える。ルードもそれを見て、察してしまった。

「無理無理無理無理。僕には絶対に無理」

「そんにゃ。私のこと、お嫌いですかにゃ？」

「そういう意味じゃ、ないんだってば。でもね、僕にはまだ早いというか、何というか……」

そう言ってルードは俯《うつむ》き、頬を真っ赤にして目はクロケットの反対を見てしまう。

クロケットの提案はおそらく、ルードの祖母のフェリシアがやってくれたように、クロケットの口から直接魔力を吸い出せばいいのでは？　――ということだった。

「ほんの冗談ですにゃ。……んー、にゃったら。こう、できませんかにゃ？」

クロケットは手のひらを上に向ける。やや上を見ながら、思い出すように呪文を詠唱する。

「『生けるものを育む青き水の力よ。我が前に集まり顕現せよ』でしたかにゃ？」

するとクロケットの手のひらに、ゴム鞠《まり》ほどの水の球体。

「んー、そうしたら、こんにゃこと。できませんかにゃ？」

クロケットは、水球にそっと口づけをする。割れないことを確認すると、一度離して深呼吸。再度口づけをすると、そこから『魔力さん、出ておいで』という気持ちで念じ、一気に息を吹き込むようにする。

するとどうだろう？　水の中に、クロケットの髪の色そっくり、漆黒の色に染まってきている。

それはとても濃密な、良質な魔力の塊に見えた、感じたことだろう。

「うにゃ。にゃれてないことをすると、頭がくらくらしますにゃ……」

そのままルードの頭の傍に膝を折る。ルードを膝枕の状態にすると、クロケットはルードを見下ろす。とびっきりの笑顔でこう言った。

「ルードちゃん、あーん。してくださいにゃ」

「えっ？」

「これにゃら、恥ずかしくありませんにゃよね？」

「あ、うん……。あーん」

頬を染めながら、ルードは口を開けた。一度二度、かじるように、軽く咀嚼《そしゃく》したあと、飲み込んでいく。それを二度に分けて。

クロケットの用意した『魔力玉』とも言える物体。それは思った以上に甘かった。奥歯が浮いてしまいそうになるほど、激甘だった。

食道を過ぎ、胃に落ちたあとだった。そこから全身に魔力が行き渡るような、そんな感覚を覚える。右手、左手が動く。両足首も、膝も動く。まだまだ足りないけれど、ルードは慌てて身体を起こした。もう、限界だった。

「お、お姉ちゃん。なんだかわからないけど、僕ちょっと行ってくるね」

そう言って、風呂場の脱衣所の右側にある、トイレに駆け込んでいった。

「にゃはは。すっごく、我慢してたんですにゃね」

「話はリーダ様から聞いております。過去に一度、粗相をしてしまって、悔しそうにしていたと。とても可愛らしかったそうですね」

「そうなんですにゃ。可愛かったですにゃー」

羞恥に悶《もだ》え苦しむルードの姿は、リーダやクロケットにはとても可愛らしく見えてしまったのだろう。

「キャメリアちゃんも、どうですかにゃ？」

「いえ、その。私にも『あーん』はその、少々ハードルが高すぎてですね」

イエッタの悪影響なのか。キャメリアまで、この世界の人では使わないような言い回しを使う。

確かに姉妹のように仲の良い二人だったとして、二十歳を超える女性である。キャメリアには、ケーキなどをシェアしたり、食べさせ合ったりするような習慣がなかった。だから恥ずかしいと感じたのだろう。

そこでクロケットは考えた。同じことが、同じ効果が出る方法はどうすればいいのか？

「あ、これにゃらいいかもですにゃ」

そうして、身動きの取れないキャメリアの頬を、両手で挟むようにする。そのまま『むむむむー』と、念じる。数秒後――。クロケットの触っていたキャメリアの頬の内側から、何やら甘いものが溢れてくる。

「これにゃら、恥ずかしくありませんにゃよね？」

流れてきた、どろりとした感のあるクロケットの魔力。それを恐る恐る咀嚼して飲み込んだ。

「あ、はい。とても甘いんですね……。驚きました」

注いだ魔力の量は、ルードに食べさせた魔力玉の数倍はあっただろう。キャメリアの魔力は、一気に回復してしまった。

そうしている間に、ルードはトイレから出てくる。彼は『間に合った……』という安堵《あんど》の表情をしていた。実際、堤防決壊の手前だったのかもしれない。

気がつけば、キャメリアは完全に回復しているようだった。

「（飛龍の方が、回復するの早いのかな？）」

そう思ったルードだった。

「ルードちゃん。まだ足りにゃいですよね？」

「あ、うん……」

クロケットは膝の上をばんばんと叩く。彼女の笑顔は『さぁ、頭を乗せてくださいですにゃ』という、有無を言わさぬ何らかの強制力が働いているような感じがする。

後ろを向いて、笑いを堪えるキャメリアの背中を見ながら。ルードは仕方なく、クロケットの膝に頭を乗せる。

こうして、あと数回、クロケットから魔力玉を食べさせてもらい、ほぼ回復することができた。

「ところでさ？　大丈夫なの？」

「にゃにがですかにゃ？」

「僕たち二人に魔力を分けてくれたんだ。その、辛くなかったの？」

キャメリアを見ると、同意するように頷いている。リーダたちに比べたらそうでもないのだろうが、ルードもキャメリアも内包する魔力の総量は、けっして少なくはない。

そんな二人の魔力を、ある程度以上回復させることができたのだから。ルードが心配してもおかしくはないのだ。

ところが、クロケットに視線を戻すと、彼女はけろっとした表情。

「んにゃ。大丈夫ですにゃよ？　こうして、ルードちゃんのことを思うだけで、ほこほこと魔力が溢れてくるんですにゃ。だからこうして、適度に散らさないと、ね？」

クロケットは手のひらに大きな水球を出し、弾いてお手玉のように楽しんでいる。

二人に魔力を補充してもなお、余裕がありすぎるクロケットの魔力総量。ルードも大概だが、クロケットもある意味大概なのかもしれない。

第三話　城下町で見た、不思議な光景。

借りた部屋の窓から差し込む明かりも、まだ夜のものではない。ティリシアの話では、外の時間に合わせて、魔道具によって国全体の明かりを調整しているのだという。

この国は、ある部分でウォルガードよりも進んでいる。町の明かりを一例として、各所でルードも見たことがない魔道具が、普通に使われているようだ。

窓から見下ろす城下町。それはシーウェールズの町と遜色《そんしょく》がない。それだけしっかりとした、明かりがあるということ。ここがある意味、『洞窟の中と同じ』だとは思えない。

窓を開けた状態で、大気の流れも感じられる。おそらくは、魔道具による維持管理がなされているのだろう。

同時にあたりの気温は、ルードたちのいた浜辺で感じた、秋口よりかなり低い。もしかしたら、水深の影響もあるのだろうか？

そうであれば一年を通じて、暑さで苦しむことがない。暖を取る心配だけすればいいということになる。

そんなことを考えていたとき。

「晩ご飯まで、まだまだ時間があるはずですにゃ」

クロケットはそう言って、ルードの手を引く。キャメリアをちらっと見ると、ただ苦笑しているだけ。

「そうだね。散策でもしてこよっか？」

「ですにゃ」

明日の正午あたりまでに、ネレイティールズの王室《このくに》より、『正式に使いが寄越される』と伝えられた。あれだけのことがあったばかりだ。ティリシアに言われたように、ゆっくりと休むべきなのだろう。

「あ、忘れちゃダメだった。えっと『狐狗狸ノ証ト力ヲココニ』」

『ぽんっ』という小気味よい音と共に、煙がルードを包む。すぐに煙は消え、そこには狐人の耳と、ふさふさの大きな尻尾。

シーウェールズで、すれ違った犬人族が、ルードから、フェンリルとしての匂いか何かを感じ取って、本能的に『服従の印』が動いてしまう。

端から見たら、犬人がその場に急に倒れるという構図。そんなことが複数回あったことで、ルードは学習していたのだ。

ただこの姿にも難点がある。

「もふもふですにゃっ。いい匂いですにゃっ」

こうして、クロケットが抱きついて、髪の毛に顔を埋めてくる。満足するまで彼女は、ルードを離してくれない。

これはルードが、フェンリルの姿になったときも同じ。忙しくないときは、ルードはされるがままになることにしていた。

　クロケットが満足し、ルードたちが部屋から出ると、キャメリアがしっかりと施錠をする。軽く会釈をし、先に宿の受付へ向かって行く。外出を伝えに行ってくれるのだろう。

　階段を降りて一階へ降りる。すると、受付にいた女性が見送ってくれる。

「いってらっしゃいませ」

「ありがと」

「ですにゃ」

　キャメリアは、正面玄関の横で待機していた。ルードとクロケットが通り過ぎると、受付に一礼をし、そのまま後ろへついていく。

　身動きのとれなかったルードたちは、詰め所から宿まで馬車で送ってもらった。そのせいか、この町を足で踏みしめるのは、これが初めてだったりする。

　初めてシーウェールズへ来たときに感じたような、活気のある賑やかな町。宿屋のある場所は、商店が軒《のき》を連ねる地域より少し離れている。

　それでも人の往来は多い。もちろんルードたちのような獣人種もいる。中にはルードたちも見たことのない種族の人たちもいるようだ。

　ここはシーウェールズの本国とされている場所。ティリシアから、彼女はネレイドだと聞いていた。ということは、人種のように見える人たちは、もしかしたらネレイドやネプラスかもしれない。

シーウェールズでは感じられなかった違和感が、ここにはあった。それは屋根の上や、塀の上。そこに鎮座する、黒く小さな獣のような姿。

ルードは、同じ〝悪魔憑き〟であるイエッタから、『猫』という獣の存在を教えてもらっていた。〝記憶の奥にある知識〟からも情報を得ており、その姿を知っていた。

それでもルードは驚いた。それは、あの日クロケットの胸から内側へ沈んでいった、彼女の父ジエルミスの変化した姿にそっくりだったから。

くるりと見回しても、軽く十匹以上はいるだろう。気持ち良さそうに丸まって寝ていたり、大きな口をあけて欠伸《あくび》をしていたり。背中を丸めるようにして、伸びをしていたり。

色は違うし、大きさも違うが、兎人族の村バーナルの周囲にも、似たような獣はいた。だが、大きさが数倍あった上に、これほどに毛並みが良くはない。もっと好戦的で、獰猛《どうもう》な獣だったはずだ。もしかしたら、ルードたちのいた大陸にはいなかった獣の可能性もある。ただ、どの猫っぽい姿も、『にゃぁ』という鳴き声を発していない。

イエッタから、クロケットの『にゃ』は、『猫という可愛らしい獣の鳴き声』に似ている。そう教えてもらったのだが、どこからもそんな鳴き声が聞こえないのだ。

「ルードちゃんルードちゃん」

「何？　お姉ちゃん」

「あっちから、とてもいい匂いがしますにゃ」

ルードの前を行く、クロケットはまったく気にしていないようだった。

右手に魚の塩焼き。左手には、果物を冷やしたもの。交互に食べては、ルードを見て微笑む。そんな彼女の口元についた『おべんとう』を、ルードは手ぬぐいで拭う。

「ほら、慌てないでいいんだからね？」

「ふぁいですにゃ」

晩ご飯まで時間があるからと散策に出たのはいいけれど、クロケットの食べっぷりは見事なものだった。

「クロケット。それ以上食べてしまったら、晩ご飯を食べられなくなりますよ？」

キャメリアは、普段であれば『クロケット様』と呼ぶ。ただ、今のように窘めるときだけは、呼び捨てにすることが多くなっていた。

それはクロケットが、キャメリアから『様づけ』で呼ばれるのが好きではないから。公の場でない限り、そう呼ばないようにとお願いされたのだ。

キャメリアとクロケットは、同い年だ。ただ、クロケットの方が先に生まれたはず。それでもキャメリアにとって、『手のかかる妹』か『ちょっとだらしない姉』のように思えてしまう。クロケットもそれを楽しんでいるように思えるのだから、ルードもちょっとだけ笑ってしまうことがある。

そんなときだった。目の前にいたはずの人が、両側に避けるのが見えた。人々は皆、その方向に手を振っていたり、軽く会釈をしたりする。

ルードたちの正面から現れたのは、一匹の黒い猫。ただその姿は、屋根や塀の上にいたような姿とは一線を画していた。

皆、ジェルミスと同じような大きさだったのだが、その黒猫だけは違っている。大きい。笑ってしまうほどに大きい。

その大きさは、人々の膝から下くらいの大きさ。体高が四十センチは超えているだろうか？　メルドラードでリーダとイリスが狩った、岩猪に負けない大きさだった。

その上、特徴的な部分があった。その黒猫の左目には大きな傷がある。右目は碧眼《へきがん》だが、左目は曇ったような、どこを見ているのかわからない瞳をしていた。

おまけに、背中には大きな布包みを背負っている。ルードたちはつい、足を止めて呆然と見入ってしまう。

「にゃ、にゃんにゃんですかにゃ？　あの――」

「あー、うん。僕もよくわかんないや」

振り返ってキャメリアを見る。普段、ポーカーフェイスを装っている彼女ですら、呆然としているではないか？

その巨大な黒猫は、ルードたちの前に来るとピタッと足を止めた。お尻を地面につけて座る。ルードから見て右側。左の前足を顔の横に上げ、くいっと招くように動かす。その大きな口から声が聞こえた。

『猫々《みょうみょう》』

黒い靄《もや》がかかる。それはまるで、ルードたちがよく使う、化身の術に似ていた。靄が晴れるとそこには、片膝をつき、頭を垂れていた大柄な初老の男性。

彼の頭には、クロケットそっくりの耳があった。初老と思われた理由は、彼の髪にあちこち白髪のようなものが混ざっていたから。

「――まさか、このような場所でお目にかかれるとは、思っておりませんでした」

ルードはキャメリアを振り返り『知ってる？』とアイコンタクト。だがキャメリアは首を横に振り、目は『知りませんよ』と言っている。

顔を上げると、やはり初老の男性。彼の左の目には、額から頬にかけて刀傷のような古傷があった。

彼の右目が、ルードを見ていない。ルードではなく、クロケットに向けて、頭を垂れていることが、ルードにはすぐにわかった。

彼は顔を上げると、クロケットの右手を両手で掬《すく》い上げる。すると、自らの額《ひたい》にそっとあてる。

そんな彼の頬には、右目から涙が伝っていた。

「あなた様には、姫様の面影がございます。もしや、〝ケティーシャ〟という名を、ご存じではないでしょうか？」

「うにゃ？　けてぃーしゃ、ですかにゃ？　よくわかりませんにゃ」

クロケットは首をこてんと傾げて、『知らない』といつも通りの調子で、老紳士に返答するのだった。

第四話　黒い猫人族の秘密。

あれから大騒ぎするわけでもなかったが、周りの人からは注目を集めてしまっていた。

老紳士はクロケットの目の前から立ち上がろうとしなかったため、どうにもならないと判断。仕方なく、人気の少ない横道へと移動してきたというわけだ。

ただ困ったことに、ルードのことを『お付きの方』と勘違いをする。キャメリアが訂正させようとする。

キャメリアにルードは、言語変換の指輪を外すように促す。

『キャメリア、いいんだ。僕がこんな格好してるから。狐人に間違ってもらえたのは、化身が完璧だったからだと思うんだよ』

そう言ってルードは、舌を出しながらウィンクをした。

『（こんな可愛らしい表情をしたって、騙されー―今回は許してあげましょう）わかりました。ここはルード様に乗せられてあげましょう』

『ありがと』

やはり、オルトレットはクロケット以外見ていない。ルードとキャメリアの二人は呆れてしまう。

「お姉ちゃん。ここだとマズいからさ、部屋に戻ろうよ？　またあとで、買い物に来るといいからさ？」

「むー。わかりましたにゃ。ここは我慢しますにゃ。私たち、部屋に一度もどりますにゃ」

「はいっ。お供させていただきます」

▼

ルードたちが借りている宿屋の一室にて――。

ルードは唯一の知り合いでもある、ティリシアを呼んできてもらおうと、『龍語』でキャメリアに指示を出す。未だルードにしか理解できない、飛龍が使うその言葉。ルードの困り果てた表情に、キャメリアはある程度理解していたのだろう。会釈《えしゃく》を一つして、部屋を後にした。

その間に、オルトレットにはテーブルを挟んで座ってもらう。ルードがお茶を入れて、ついでに先程買い込んだ、美味しそうなお菓子も添える。

全力で走ってきたのだろうか？　さっさと戻ってくるキャメリアの息は少し弾んでいた。

その場で頭を下げるオルトレット。

「先程の無礼をお許し下さい。わたくしはその昔。今は亡き猫人族――ケットシーの国、ケティーシャ王国の王家に、執事としてお仕えさせていただいておりました。名をオルトレットと申します。できればあなたのご尊名をお聞かせ願えないでしょうか？」

クロケットはマイペースだ。お茶をすすり、焼き菓子をぽりぽり食べて。

「うにゃ？　オルトレット、さんですかにゃ？　私は、クロケットという名前《にゃまえ》ですにゃ」

彼女から名を教えてもらえて、どれだけ嬉しかったのだろう？　右目に涙を浮かべ、半分男泣きしている。上を向き、涙が流れないようにしつつ、次の言葉を紡いだ。

「クロケット様でございますね。わたくしめにご尊名をお教え願えて、至極光栄に存じます。申し訳ございませぬが、お一つだけお教え願いたいのですが？」

「にゃんですかにゃ？」

「はい。『アメリエーヌ・ヘンルーダ・ケティーシャ王女殿下』と、『ライフェン・ジェルミス・ケティーシャ殿』。この二つのお名前をご存じありませんか？」

間違いなく、クロケットの母ヘンルーダの名前。同時に、クロケットを中から支えてくれている、彼女の父ジェルミスの名前で間違いないだろう。

ルードは左手の小指を指差し、『龍語でそのまま』というジェスチャーをする。

『ヘンルーダお母さん、お姫様だったんだね。ということは、お姉ちゃんもその血筋？』

『えぇ。間違いないかと思われます。確かに、品のあるお方だとは思っておりましたが』

「うにゃぁ？　ヘンルーダ――お母さんのにゃまえ、そっくりですにゃ。でもでも、お母さんが王女様にゃわけ、にゃいじゃないですか？　にゃまえが似てるだけで、誰かと勘違いしているんですにゃ」

ルードとキャメリアは『そのままだよ（ですよ）っ』と、同時にツッコミを入れてしまう。

クロケットの的はずれの謙遜《けんそん》にも、天然さ加減そのもののその返事は、当のオルトレットには肯《こう》定《てい》の言葉にとらえられたのだろうか？

「――そうでございましたか。やはり……」

　オルトレットの涙腺は崩壊。完全な男泣き状態だった。

　扉がノックされ、やっとティリシアが到着する。

「失礼いたします。ティリシア・ローゼンバルグでございます。入室の許可をよろしいでしょうか？」

『ティリシアさん来たから、指輪つけて』

　ルードの言葉に、キャメリアは急いで指輪をつける。

「あ、はい。入ってもらって」

「かしこまりました」

　老紳士は不思議に思っただろう。ティリシアの声に、使用人だと思われた少年が応えたのだ。

　ドアが開く。ティリシアが入ってくると、クロケットではなくルードに向かって深く一礼をする。

それもオルトレットには不思議で仕方のないものだっただろう。

「フェムルード様。お忙しいところ失礼いたします」

「ルードでいいって言ったじゃないですか？　それよりティリシアさん」

「はい、そうでございました。ルード様、先ほどオルトレット殿が伺ったと報告を受けました。私としては、明日正午辺りを予想していたのですが。それより、まだ報告に上がっていないのが、不思議で仕方なかったのです」

　ティリシアは、ちらりとオルトレットを見る。ルードに視線を戻すと、申し訳なさそうな表情になってしまう。

「すぐにでも報告をしようかと思っていたのです。それでも、報告書がですね、今回はかなり特殊なケースになってしまいまして、枚数もそれなり上になってしまって。つい先程――」

「はいはい。落ちついて下さい。キャメリア、お茶を」

「はい。どうぞ、ティリシア殿」

ティリシアは、冷たく入れてもらったお茶を一気飲み。大きく息を吸い込み、大げさに吐く。やっと落ちついたのだろう。

「オルトレット殿。つい先程、王家に報告したばかりのはずですが――」

ティリシアの顔を見て、表情をやわらかくしたオルトレット。おそらく二人は顔見知りなのだろう。

「おや？　ティリシア殿ではございませんか？　どうされました？」

「どうされました？　――じゃありませんよ。ウォルガードの王太子、フェムルード・ウォルガード殿下に、お会いに来られたんですよね？　それなのに、いったい何をされているのですか？」

まくし立てるティリシア。彼女からの情報を噛み砕いて理解したのか。オルトレットはぽかんとした表情になっている。

要は国としての対応で、『やらかしてしまった』のである。目の前にいる狐人族の少年が、実はウォルガードの王太子であることなど、予想もできないだろう。

ルードは犬人族への気遣いもあり、姿を偽装していることを告げる。

「――僕は元々、狐人とフェンリルの混血なんです。どちらかというと、フェンリルの血が濃いんですけどね。ですからこうして、狐人の姿にもなれるんです。では、証拠をお見せしますね？

『祖の衣よ闇へと姿を変えよ』」

呪文の詠唱と同時に、黒い霧がルードを包む。その霧が晴れると、そこには大きな身体の純白のフェンリル。ルード本来の姿がそこにあった。

「これが僕。フェンリルの姿です。おわかりになりました？」

クロケットは慣れていた。だがオルトレットは大変だっただろう。犬人族や、狼人族、狐人族のような、フェンリルと同種の血統とも言える種族ほどではないとはいえ、今のルードの姿では、猫人族でも『服従の印』を行ってしまう。

ある日猫人族全員で、本能的に見送ったとき、ルードの絶望感。リーダは慣れているとはいえ、ルードにはちょっときつかった。あまりにも可愛らしい仕草だったので、直視できなかったのである。

そんなルードの、フェンリルとしての本能的な威圧感。オルトレットには大変だっただろう。これに負けてしまうと、この体躯でクロケットのように『あのポーズ』をやってしまうのだ。そこには長年、男として執事として生きてきた矜持《きょうじ》のような、防波堤のような抵抗力だったはずだ。

「こ、これは素晴らしいです。わたくしも過去に一度、同じような気配をもたれた女性とお会いしたことがございます。ところで、フェムルード殿下」

「ルードでいいですよ。僕の母は、ウォルガードの元第三王女フェルリーダ。曾祖母は元女王のフェリス。狐人の母はエリスレーゼ。曾祖母はフォルクスの大公、イエッタ。これである程度理解していただけるかと思いますが？」

「いやはや何と恐ろしい。『消滅様』と『瞳様』の――道理で」

「あははは。それはね、僕が凄いんじゃなくて、曾お婆様二人が凄いだけです」

　ここでも二人の二つ名は伝わっているのだろう。その証拠に、ティリシアの表情は青ざめていたのだから。

「ご謙遜を。ルード様もかなりのものを感じました。先程までの姿は、確かに偽装。不躾《ぶしつけ》で申し訳ないのですが、ルード様。その、クロケット様とはどのようなご関係で？」

「あ、はい。僕の家族で、大切なお姉ちゃんで、その、僕の婚約者です。僕はまもなく十六歳。十八歳になったら、その、けっ、結婚する約束になっていまして……」

「ですにゃ」

　クロケットは両手のひらで頬を押さえると、真っ赤になってしまっていた。照れ隠しに、ルードを後ろから抱きしめて、背中に顔を埋めてしまう。

「それはとても、ありがたいことでございます。あの超大国、ウォルガードの王太子妃様に、本当の意味でお妃様になられるのですね。良い縁《えにし》を結ばれました。もし、この縁があのときに結ばれていたのなら……」

「そんにゃ、お妃様だにゃんて。でもでも、私はお嫁さんにしてもらうんですにゃ。ね、ルードちゃん」

「あ、うん。そうだね」

　クロケットの照れた姿を見て、好々爺然《こうこうやぜん》とした笑みを浮かべるオルトレット。ルードには彼の目を見てわかってしまう。クロケットのことを思ってくれているのだろう。嘘のないとても嬉しそうな、喜んでくれている感じが見て取れる。

ちょっとほのぼのとした空気になったおかげか、ティリシアが落ち着きを取り戻したようだ。

「オルトレット殿。その、何か用事があって来られたのではないですか？　私は明日辺りに、王室から使いが送られてくるかと思っていたのですが？」

ルードがなぜこの場に、自分を連れてこさせたのか？　ここでやっと、それを全うするために、オルトレットへツッコミを入れることができた。

あまりの出来事に、オルトレットもうっかりしてしまったのか？　困り果てた表情をしているティリシアを一度見て、ルードに視線を送るオルトレット。ルードは事情を何となく察していたので、苦笑している。オルトレットがこの場にいるのは、ただの偶然だと思っていたからだ。

「――はっ、……申し訳ございません。つい嬉しさのあまり、失念しておりました。わたくしは現在、このネレイティールズ王家にお世話になり、執事長を任されております」

「（本音言ってるし。なるほどね、それでなんだ。イリスと似た感じの服装や佇《たたず》まいは）そうでしたか」

「はい。わたくしどもの、女王陛下と王女殿下より、ルード殿下へ、是非にお越し下さいとのことをお伝えすると同時に、明日、わたくしがお迎えにあがると伝えに来た次第でございます。ですが、美しい猫人の女性の噂を聞き、つい探しに出てしまったという――」

オルトレットの目を見たらわかってしまう。ティリシアの話に合わせて、現場合わせで乗り切ろうというそんな焦りが。

「そうだったんですね。では明日、三人で伺ってもよろしいのですか？」

ルードは苦笑した。

「はっ。そちらの……」

「彼女も僕のお姉ちゃんで、侍女長のキャメリアです」

「わたくしと同じような匂いのする女性だと思っておりました。どうぞ、ご一緒にお越し下さい」

キャメリアは、ルードの言葉に反応して『お姉ちゃん、お姉ちゃん』と呟きながら、頬を赤く染め、両手で顔を隠すように照れまくっていた。

ルードからお姉ちゃんと呼ばれるのは嬉しい。それでもまだ慣れていないのだろう。

第五話　男子だけの秘密の話。

ルードたちが宿泊する宿に、オルトレットがいたことなどの、情報の錯綜により若干パニックを起こしていたティリシア。それでもなんとか落ち着きを取り戻し、ルードたちへの連絡事項の再確認をオルトレットと交わすことができたようだ。

「ふにゃぁあああ……」

『クロケット。はしたないですよ』

つい、欠伸《あくび》をしてしまったクロケットにだけ聞こえるように、注意するキャメリア。

この、淡々としたティリシアの説明が続く雰囲気、正直クロケットには退屈だったかもしれない。

その上、散策の途中に楽しみを中断させられてしまったことを思い出す。

うずうすと、じっとしていられない感じがルードにも伝わってくる。

「キャメリア、お姉ちゃん連れてさ、先に行っててくれる？　後から追いかけるからさ」

キャメリアは、ルードの『先に』という意味を汲んでくれたようだ。これから大事な話があるのだろうと予想したのだろう。

「かしこまりました。クロケット様。先にまいりましょうか？」

「はいですにゃ。ルードちゃん、先にいってますにゃ」

「うん。ありがと」

ひらひらと手を振り、ルードは二人を見送る。ティリシアも報告が終わり、部屋を後にしていた。

ややあってから。

「あの、僕――」

「はい。わたくしも〝そう〟させていただこうかと、思っていたところでございます」

ルードが全てを言う前に、察するような返事をする。

オルトレットはその巨躯からは想像できないほど、繊細な仕草でお茶を入れ直す。ルードはお茶を飲み、一息ついてお礼を言う。

「美味しいです。まるで、ヘンルーダお母さんに入れてもらった、お茶のようです」

「えぇ。姫様には、わたくしがお教えさせていただきましたので」

この受け答えで、全ての話は繫がった。

「お姉ちゃんは、気づいていないかと思います。理解していたのは、僕とキャメリアだけです」

「えぇ。そのようですね」

「ジェルミスお父さんは、お姉ちゃんが生まれたあと、数日のうちに、亡くなったと聞いています」

「……さようでございましたか」

遠い目をするオルトレット。

「――信じられないかもしれませんが。僕は先日、亡くなったジェルミスお父さんと話をしたんです」

「……と申されますと？」

「お姉ちゃんの尻尾。あのうちどちらかは、おそらくジェルミスお父さんのものです。お姉ちゃんは魔力酔いという、魔力の暴走で倒れてしまいました。お姉ちゃんの、魔力の暴走を抑えるために、内側から支えてくれている証拠だと、僕は思っているんです」

「そうで、ございましたか。ジェルミスは、わたくしの甥《おい》でございました。あやつは何と？」

「はい。実は――」

それはとても、長い話だった。ルードはあの夜にあったことを、事細かに話す。

もちろんルードが持つ、特殊な力を説明する。その力のおかげで、眠っていたクロケット以外は、実体を持たない魂だけのジェルミスと話すことができた。もう一度、ヘンルーダが彼とお別れをすることができた。

クロケットの身に起きた熱病のこと。それは彼女の体内に内包する、魔力の暴走によるものだったということ。クロケットは魔力をうまく扱えなかったこと。彼女を助けてくれたのは、ジェルミスだったということ。

ジェルミスがクロケットの内側へと旅立つ際、ルードだけに話しかけてくれた古いケットシーだけに伝わる言葉。それはヘンルーダも知らないという、ルードだけに教えてくれたもの。

その昔、ヘンルーダとジェルミスたちが、東の海を渡ってきたこと。彼らを手助けしたという国が、東の海のどこかにあったということ。

クロケットとヘンルーダたち、黒髪の猫人族がどのような秘密を持っていたか。ジェルミスの親族が生きていたら、何か知っているから尋ねて欲しいと言われたことなど。

「あやつは、最後までそのような……」

「はい。とても幸せだったと言ってました。僕の母からもそうだったと聞いています」

「我々の祖国、ケティーシャを襲ったあの事件は、今から四百年以上前のこととなります――」

「そ、そうだったんですか……（わからないもんだね。まぁ、フェリスお母さんも、イエッタお母さんもあれだけ若いんだから。獣人ってそうなんだろうね」

「えぇ。こう見えてわたくしも、千年の齢を重ねているのです」

驚愕の事実。ヘンルーダたちが海を渡ったのが四百年以上前。

リーダも知らなかっただろう。ヘンルーダは少なくとも、四百歳を超えていた。リーダと年齢的にあまり変わらない。もしかしたら年上かもしれないということが判明した。

「僕は前に、お姉ちゃんと許嫁《いいなずけ》の間柄になりました。そのとき、ヘンルーダお母さんから、猫人族の集落を任されたんです。オルトレットさんが姫様と呼んでいたのは、もしかして？」

「えぇ。ヘンルーダ姫様でございます。ケティーシャ王国最後の王女ということに、なりますね」

ルードは勘がいい。ジェルミスに以前聞いた話と、オルトレットが言う『最後の王女』という言い回しで、ケティーシャ王国というものがどういうものか、改めて気づかされただろう。

「……やはりそうだったんですね。ジェルミスお父さんは、『黒髪の猫人は、とても珍しい』って言ってたんです。シーウェールズに、家族ぐるみで仲良くしてもらっている、三毛色の髪を持つ女性を知っています。彼女もまた、お姉ちゃんのような黒髪を見たのは初めてだと言っていました」

「そうでございますね。珍しいというのは、間違いないと思われます。そもそも、我々ケットシーは、ケティーシャに住む猫人の中でも希少種でございました故――」

ルードたちをフェンリルと呼ぶように、クロケットたちもまた、ケットシーと呼ばれていた。オルトレットの話は、昔話のように続いていく。

海を越えて先にある、遙か東にある大陸。魔力の物凄く少ない山間にある、猫人だけが暮らす小さな国があった。

人口はおよそ二百人ほど。王家と、その血に近しいものだけ、黒髪を持つ猫人がいた。それが黒妖精猫人族《ケットシー》であり、猫人の祖と呼ばれていた。

「わたくしは元々、公爵家の次男でございました。家督を継ぐことはなかったもので、王家の執事として長年勤めさせていただいたのです。もちろん、姫様の教育係として、幼きころから良くしていただきました。ジェルミスは、兄の息子。公爵家最後の嫡男。姫様の許嫁でございました」

・ルードとクロケットの間柄のような関係だったのだろう。
「ヘンルーダお母さんは、僕が小さなころに着ていた、服を作ってくれたんです。母さんが少々不器用だったもので、とても助かっていたといつも言ってくれました」

リーダは、魔法も料理も、知識量だけは豊富だった。実践はやや苦手だと、本人も言っていた。

「えぇ。姫様は本当に、手先が器用でございました。特に、縫い物は得意で、自ら侍女たちに手ほどきをなさっていたほどでございます」

「へぇ。それは凄いですね」

「もちろん、勉学も魔法も得意でございました。いずれ女王として君臨するため、様々なことを学ばれていたと、記憶しております」

そのあたりは、リーダそっくり。ただ違うのは、魔法が得意だったという話だけ。

「ケットシーの一族は、体内に宿す魔力量が多く、また、魔力を身体の外から取り込むことに優れております。更に、取り込んだ僅かな魔力を、体内で増幅して育み続けることができるのです。そのせいもあり、毎日ある一定以上の魔力を消費しないと、そのうち具合が悪くなり倒れてしまうこともあるのです」

「あー、うん。なるほど。身体の中に取り込んだ魔力を増やしてしまうんですね。そっかそっか……。僕たちが暮らしているウォルガードは、とても魔力の多い地域です。僕たちがシーウェールズから引っ越したあと、お姉ちゃんが魔力酔いを起こして、倒れてしまったんです」

「そのようなことがございましたか。我々は、子供が大人になろうとするとき、その兆候が身体に出るのです。そのとき親は子に魔力を使うべく、魔法を教えるのです」

オルトレットの話は、以前リーダの母フェリシアから聞いたことに似ていた。

「お姉ちゃんはまだ、そうなっていなかったのかな？　今お姉ちゃん、二十歳だから。それで魔力の濃い地域に来ちゃって、取り込んだ魔力が多すぎて、倒れちゃったということなのかな……」

「いえ、先程ルード殿下のお話に出ていた、『クロケット様は、魔力を操るのが苦手』というジェルミスの話が鍵になっているかと思われますね。おそらくは、軽い兆候が出ていたはずですが、魔法を教えてもうまく発動させられなかったのかもしれません」

「あ、今日なんですけど。お姉ちゃんは、僕とキャメリアに魔力を分けてくれたんです。それでも辛そうな感じがなくて、凄く元気そうにしていたんですよ」

「はい。クロケット姫様は王家の血筋ですので、先程おっしゃられていた程度でしたら、ほぼ瞬時に回復してしまうと思われます。我々ケットシー同士で、魔力を分け与えるという習慣がなかったもので、その行為自体に驚きはしたのですが、ね」

「良かった。お姉ちゃんの症状は病気なんかじゃなく、生まれ持った体質。とにかく毎日、魔力を消費させないとダメなんですね？」

「さようでございます」

オルトレットが肯定したことで、ルードはクロケットの体質改善は諦めることにした。それよりも、日常的に魔法を使わせる方法を考えなければならない。

彼女自身、自分が今いる場所の魔力が多いのか、そうでないところか。それを判断し、自分で魔力の管理ができるようになってもらうしかないのだ。

オルトレットとの会話で、ルードの知らない、クロケットやヘンルーダたちのことを知ることができた。その上で、ルードはケティーシャが亡国となった理由に興味がないわけではなかった。だが、それは今知らなくても良いことだと思った。いずれヘンルーダか、オルトレットから聞くこともあるだろう。

ルードは、ヘンルーダのことも『お母さん』と呼んで大事にしているからこそ、一つだけ確認しておかなければならないことがある。

「オルトレットさん。どうして今まで、猫人の集落へ行かなかったんですか？」

ルードはまだまだ子供だ。そのせいだろう。普通の人が聞きにくいことまでストレートに聞いてしまう。

オルトレットは、ルードのその真っ直ぐな瞳には嘘はつけなかった。まるで、見透かされたような気持ちになっただろう。

「それはですね、事件《あのこと》を思い出して欲しくありませんでした。もちろん、この国への恩を返さなければならないと、思ったのも事実でございます。生きていればいつか、お目にかかれると信じていました。こうして、クロケット様のお姿を拝見できたのです。わたくしはそれだけで十分でございます」

「あの、余計なことを言ってしまい、すみませんでした」

「いえ。もっともな疑問でございますので」

「ヘンルーダお母さんは僕の家族です。お姉ちゃんの母親なんです。なので、どうしても聞いておかないと。僕の中で、わだかまりが残ってしまうと思ったんです。これでもし、お姉ちゃんから何かを聞かれても、説明できますからね」

オルトレットからの説明で、クロケットの体質が、病ではなかったことがはっきりした。それだけでもここへ来た甲斐があったというもの。

「あ、そうだ。ところでですが」

「はい。何でございましょうか？」

「あの、先程のオルトレットさんの姿。もしかして、町中にいた黒い小さな人たちも？」

「はい。我々ケットシーの、化身の姿でございます」

やはりそうだった。町中にいた黒猫たちは、猫人の別の姿。化身だったのだ。

第六話　ケットシーたちの努力と、お姉ちゃんの別腹。

オルトレットから、猫人の化身について聞いた。

「ルード殿下」

「あの、殿下はちょっと」

「では、ルード様と――こちらへ」

「あ、はい。それでいいです」

オルトレットは口元に笑みを浮かべる。そのまま窓まで歩いて行くと、そこから指差す。

「あれが見えますか？」

「はい。あの姿、猫人さんなんですよ――って、えぇえええええっ！」

驚いた。正直言って驚いた。

ルードが見たのは、先程もよく見かけた黒い小さな猫の姿。屋根に乗って、まるで日向ぼっこでもしているかのような。そうかと思えば、軽く伸びをして手を舐めて顔を擦る。

すると、彼か彼女かはわからないが、慣れた感じに後ろ足で立ち上がる。背筋を伸ばして、そのまますたすたと歩いて行ってしまうではないか？

それはまるで、岩猪が二足歩行で歩いているようなもの。猫人の姿ではない、あの姿で、ルードは自分がフェンリルのときのように、四本足で歩いて行くものと思っていたから。

「ちょっと待って。あ、あ、歩いてる」

「えぇ。歩きますとも」

「いや、その。僕も化身であの姿になりますが、それでもその、後ろ足で歩くようなことはできませんって……」

座ることはあっても、歩くことはない。もちろんリーダもそうだった。

ルードが驚きから落ちついたあと、オルトレットからあの姿になっている理由を聞いた。

ケットシーは黒妖精猫人族とも言われる。彼らは、食事や飲料、大気中から効率よく魔力を取り入れることができる。

それはこの希薄になっているネレイティィールズでも、例外ではない。

クロケットや、今のオルトレットの姿でも、魔力の吸収は可能だ。だが、枯渇寸前である場合、化身した姿でいた方がより吸収率が高いそうだ。

リーダがウォルガードの外で、フェンリラの姿でいたのも、それが理由となっていると言えるだろう。ルードも魔力が枯渇しているときは、あの姿の方が楽だったという覚えがある。

フェンリルは化身——獣化するとき大きくなる。だがケットシーは獣化すると、小さくなるようだ。種族の個体差というものがあると思うが、ルードにとって実に興味深いことだ。

「そういえば、あの背中に背負っていた布袋は、何だったんですか？」

「この服でございます」

「あー、やっぱり」

「はい。化身となったあとは、服より小さくなってしまうが故」

「そうなんですね。僕たちは逆なんです。身体が大きくなるので、服を破損してしまうんですよ。僕の曾祖母の、フェリスお母さんが作ってくれたのがこれなんです。『祖の衣よ闇へと姿を変えよ』」

ケットシーの化身と同じ、黒い靄が包む。晴れると同時に、純白のフェンリル姿になる。

「この首輪のようなものが、服を変換したものらしいです」

どっこいっしょと後ろ足に体重をかけて座る。『戻れ』と、念じると、また靄が包む。靄の中で首輪を握りつぶす。すると、服が元に戻ってくれる、とても便利な呪文効果だった。

「戻る瞬間に、首輪を握りつぶすと、元の服装に戻ってくれるんです」

「ほほぅ。実に興味深い。わたくしたちは、こうして」

右手を顔の横に上げて、くいくいと手招きするように動かす。

『猫々《びょうびょう》』

黒い靄がオルトレットを包む。何やら中で忙しそうな、布の擦れる音が聞こえる。

霧が晴れると、先程の巨大な黒猫が姿を現した。

「――と、こうなるわけでございます。左手を上げて『猫々《みょうみょう》』と唱えると、人型に。右手を上げて『猫々《びょうびょう》』と唱えると、化身するというわけでございます」

ルードたちフェンリルが使う化身。前に狼人族の族長ガルムから聞いた化身。オルトレットの言う化身の意味合い。微妙に似ているようで違うところもあった。

何やら、右手左手を間違うと効果がないとか。昔のケティーシャ王家の術者が考えたらしい。魔力の循環が関係しているとのことだった。それは、イエッタの教えてくれた、狐人族が使う化身をする際の祝詞《のりと》に似ていた。

「そういえば皆さんは、魔力の回復が早いと言ってましたよね？　ですが、町中で見かける人は、僕たちの姿ではなく、化身した姿しか見ていません。それはなぜでしょう？」

オルトレットは窓を閉め、ドアを開けてこの階に人がいないことを確認する。再びルードの前に戻ると、眉《まゆ》をひそめて話を続ける。

「ルード様も、ティリシア殿から、魔獣の話を伺っていると思うのですが」

「はい」

「この海域は元々、魔力の濃いところでございました。ですが今は、東の大陸と同様、魔力が乏しい状況にあります」

「はい」

「この国はいわば、水の中に大きな鍋を逆さまにし、沈めているようなものとお考えください。その中で、我々は生活をしています。すると、魔力以外に枯渇するものが出てくるのです」

確かにこの城下には空があり、その高さは百メートル以上はあるらしい。その上には、また深い海。その上の方に、魔獣が張り付いていると聞いていた。ならば、オルトレットが大きな鍋と例えたのは言い得て妙なのだ。

「あ、そっか。呼吸が苦しくなって……」

そこでルードは言葉に詰まり、俯いてしまう。それは、それだけ巨大な鍋の、上から下まで『ルードたちは落ちてきた』はず。それをキャメリアが身体を張って守ってくれたのだ。

あの空の上から落ちて、無事でいられるわけがない。そう思うと身震いが起きる。同時にキャメリアをもっと労わなくてはと、ルードは思っただろう。

ルードが何かを思っていることくらい、オルトレットも気づいていた。ルードが顔を上げると同時に、話を再開してくれた。

「さようでございます。この国には、『循環の魔道具』と名付けられたものがあります。それは魔力を触媒とし、海の水より呼吸に必要な成分を抽出してくれるのです。そうして我々は呼吸をし続けることができる。このような説明で、おわかりでしょうか？」

「はい。ありがとうございます」

ルードも初めて聞く魔道具の名前。そもそも、ルードたちのいるウォルガードなどでは、使う必要もない魔道具だから、知らなくて当たり前なのだろう。

ルードは〝記憶の奥にある知識〟からの情報により、この世界の大気には、人が呼吸するのに必要な成分があることを知っている。その物質名も、その昔ルードと同じような〝悪魔憑き〟が広めたことで、イエッタの知る名称がそのまま使われていることも、タバサを通じて教えてもらった。

ルードはすぐに『海水から取り込む。……そっか、なるほど。〝酸素〟なんかのことだよね？』と思っただろう。その上でルードは、推論を述べていく。

「あの、もしやと思ったのですが。魔獣は、周辺から魔力を取り込んでいる。そのせいで、魔力が大幅に減ってしまった。魔道具は文字通り、魔力を元に動く道具。僕の侍女、キャメリアが着けている指輪のように、『循環の魔道具』はおそらく、自動的に魔力を吸収して動くものなのですね？この海域の魔力が減衰していることで、魔道具の動きが弱くなってしまった。そういうことでしょうか？」

「はい。ご明察でございます。人は僅かながら魔力を消費しております。周りより微量な魔力を取り込み、増幅することが可能であるのが我々ケットシー。そうして体内にため込んだ、意識的に消費すべき魔力を全て、魔道具へ注いでいるのです」

この広く見える空は、大気の循環から昼夜に見えるような光源の制御まで。人の生活になくてはならないものが、魔道具とはいえ人の手によって管理されている。

魔獣の引き起こした問題は、ルードたちのように巻き込まれる人のことだけではなかった。より多くの問題が、これから発生するのだろう。

「そっかぁ……。お姉ちゃんって、凄い人だったんですね」

ルードとキャメリアに魔力を分け与えていながら、平気な顔をしていたのはこんな理由からだったのだ。

オルトレットは丁寧に礼を言い、王宮へと戻っていった。

ルードは窓から町を眺める。ところどころに、ケットシーの姿が見えていた。

あのようにぼうっとしているように見えて、実は魔力の回復を待っている。移動した先で、魔道具に魔力を注いでいる。

魔獣が居座る前は、自然と動いていた魔道具も、今はケットシーがいなければ動きが悪くなる。同時にルードたちの呼吸も、苦しくなってしまう。

明日迎えがくるという、王家からの使い。この先考えられる問題に対し、ルードはいったい、どんな手伝いができるのだろう？

「……あ、お姉ちゃんたちを追いかけなきゃ」

ルードは部屋を出て、クロケットたちの後を追いかける。もちろん、匂いを頼りに探せば、足取りを追うのは難しくはないのだった。

▼

外の明かりが落ち、晩ご飯を食べた後の話――。

ルードたちが宿泊しているのは、この階に三つだけある大きな部屋。ドアを入るとリビングがあり、その先には二つの寝室が用意されている。

トイレと風呂も別にあり、ちょっとしたベランダも完備されていた。まるで一流ホテルのスイートルームのようなものだ。

このネレイティールズは、シーウェールズの本国とされる海洋国家であり、海洋資源の豊富な国でもあった。その上、船舶による交易が盛んで、珍しい物資も入ってくるのだという。

そのおかげか、夕食の海の幸は美味しかった。まるで初めてシーウェールズに来たときに食べた、ミケーリエル亭でのご飯のように。満足感の多いものだったのだ。

ルードは温かいお茶を飲み、クロケットから散策した町の話を聞いていた。

「それでね、ルードちゃん」

「うん」

「とっても珍しくて、美味しいお魚《さかにゃ》もあってね。もう迷っちゃうくらいだったんですにゃ」

『手当たり次第に食べていただではありませんか……』

小声でぼやくキャメリア。

あの後、ルードが追いかけたのだが、宿屋の前で鉢合わせ。散策という買い食いに満足して、戻ってくるところだったらしい。幸い、ルードが一緒でなくても、十分に楽しんでくれたようだった。

クロケットはルードと同じように、キャメリアの入れてくれたお茶を飲んでいる。お茶請けなのだろうか？　何やら袋から取り出し、小さな欠片を口の中でほおばっていた。

彼女は口に一つ放り込むと、奥歯でコリコリ囓《かじ》る。頬に手を当て、とても満足そうな表情をする。ウォルガードの家では、食後のプリンなどの甘味を、けだまと一緒に食べるのはよく見かけた風景。

「(もしかしたら、あれかな？)」

一時期タバサの工房で試作され、あまりにも甘すぎたせいで製品化を見送られた『激甘ミルクチョコレート』。けだまですら、ひとつ以上食べることはなかった。だが、クロケットだけは美味しそうに頬張っていた。そんなことがあったのだ。

「美味しそうに食べてるけど、それどんなものなの？」

「うにゃ？　ルードちゃんも、食べますかにゃ？　――はい、あーん、ですにゃ」

ルードはいつも通り、言われるままに口を開ける。そこに放り込まれた、いびつで小さな欠片。持っていた先入観で、目をつむって襲ってくる物凄い甘さを覚悟したのだが……。

「あーん。んむ？　……ん？　あれ？　甘くない――ってか何だこれ？　魚の香りがする。でも、んー……、味がよくわかんないな」

確かに香りはとても良い。噛めば魚の濃縮されたような味がしみてくる。だが、ルードには、それほど美味しいとは思えなかった。

奥歯で噛み砕き、すりつぶすように堪能すると、クロケットはそれを飲み込む。鼻から息を吐き、残り香を堪能するかのような仕草まで見せている。

「……んふーっ。うにゃ？　私はこれ、大好きですにゃ」

ルードはもう二粒だけもらう。今度は手に乗せてみた。

爪の先ほどの大きさで、形は不揃い。表面に粉がふいていて、それも良い香りを出していた。

「何だろうね。魚だとは思うんだけど、燻製《くんせい》みたいな香りもするし……」

「よくわかりませんにゃ。お店で見たとき、とってもとっても良い香りで、『これですにゃ！』と思いましたにゃ」

同行し、実際にお金を払ったキャメリアから聞いてみた。それはけっして高いものではない。量り売りされていて、小麦の半分ほどの値段しかしない。本来はこのように食べるものではないと言ってたが、クロケットが気に入っていたので、深く追求はしなかったそうだ。

「――買い求めた商店の位置は覚えております。明日、お時間があるときにご案内できるかと」

「うん。ありが――ちょっ。お姉ちゃん待って」

ルードは慌てて、クロケットの鼻先に手ぬぐいをそっと押し当てる。しばらく圧迫してから、離すとそこには――。

「うにゃ？　あれ？　血、ですかにゃ？」

そう、クロケットの鼻の下には、鼻血出ていた。それも、危うく服の胸元へ垂れてしまいそうなほどに。

よく見ると、彼女の目が充血していて頬も赤い。まるでお酒を飲んで、酔っているかのように。

今までこんなことは——いや、あった。それはクロケットが初めて魔力酔いで倒れたときと同じ症状。

無理矢理にでも魔力を使わせないとダメだと思った。ルードはそのまま手を引き、風呂場へ連れて行く。

「お姉ちゃん。水。水で大きな球を作って」

「うにゃ。んー、『生けるものを育む青き水の力よ。我が前に集まり顕現せよ』でしたかにゃ?」

風呂桶の前に手をかざす。ルードに言われたように、大きな水の球をイメージして。

「うん。いい感じ。もっと作って、落として。ここなら濡れたりしないからさ?」

「はい、ですにゃ」

何度も作っては、風呂桶に放り込む。空っぽだった風呂桶は、あっという間に満杯になっていた。

その頃には、クロケットの頬の赤も落ち着き、目の充血も治まっていた。

ルードはクロケットの頬に手をあてる。

「『癒やせ——』。どう? 変な感じしない?」

無理矢理止めてはいけないと思って、ある程度自然に止まるのを待って、治癒の魔法で治療する。

これでおそらく鼻血は止まっているだろう。

「はい。大丈夫ですにゃ」

クロケットが魔力の枯渇を感じたのは、ルードに魔法を教わり始めた最初のころだけ。だからこの状態でも安心は出来ない。

ルードは念のために、クロケットのように水の魔法を行使する。それはもちろん全力でだ。何度か繰り返したとき、ルードは尻もちをついた。

魔力が枯渇したようだ。そのあと、クロケットに魔力を分けてもらう。彼女の目から充血が消え、これでやっと一安心できるだろう。

「ごめん疲れた。キャメリア、あとはお願い」

椅子に座りぐったりとしてしまう。キャメリアに手招きをするルード。キャメリアがルードに近寄り、言語変換の指輪を外す。そのままルードの口元に耳を寄せる。

『あのね、たぶんあれを食べたからとしか思えないんだ。お姉ちゃんには、今日はもう食べさせないようにしてね？』

ルードは飛龍にしかわからない言葉で呟く。

『はい。かしこまりました』

キャメリアは、クロケットのところへ戻る。言語変換の指輪を指に戻した。

「クロケット、ルード様はもうお休みになるそうです。あなたも今日は、ルード様と私に魔力を分けたのです。お風呂に入ってゆっくり休むこと。いいですね？」

「うにゃぁ。まだあまり、眠くにゃいんですにゃ」

「クロケット」

「うにゃ？」

今度はクロケットの耳元に囁《ささや》くように言って聞かせる。

『明日は、この国の王室へ招かれると思われるのですよ？　もちろん、ルード様の婚約者としてです。朝早くから準備をしなければ、ルード様に恥をかかせることになってしまいますが？　それでもよろしいのですか？』

『よ、よろしくありません……』

『わかればよろしい。ほら、お風呂に入りなさい。ゆっくりと肌を磨くのですよ？』

『わ、わかりましたにゃっ』

小走りに風呂場へ向かうクロケット。『ふぅ』とため息をつくキャメリア。

そんな彼女を見て、『苦労かけるね』と龍語で話す。キャメリアは、『愛すべき家族であり、妹のようなものですからね』と苦笑する。

キャメリアは明日のために、虚空から衣装箱を取り出す。そこからルードの礼服と、クロケットのドレスを何着かずつ、壁に備え付けられたクローゼットにかけていく。

明日の準備とは言え、彼女の仕事はこれから始まるのであった。

ルードは寝室のベッドに大の字に寝た状態で、目をつむる。そのまま先程のクロケットの状態の変遷を思い出していた。

食後はリラックスしていた。いつも通り、散策で楽しかったことを話してくれる。ここまではいつも通りだった。

お茶を飲みながら、あの袋に入った、固い魚の加工品を囓り始めてから状況は変わっていたのかもしれない。

クロケットにとって、一番の大好物には、魚介類と鳥肉。甘いものは別腹である。ルードは肉全般と、米を炊いたご飯。味噌《みそ》汁。

多少好みは違ってはいても、美味しいものは美味しいと楽しめるのがルードたちだった。

ただ、今回のクロケットがお気に入りになり、間食でぽりぽりと囓っていたものは、ルードにはそれほど嵌まるようなものではなかった。

ルードに家では、出汁《だし》を取る際によくつかう海藻がある。それを味見したときの感じと、似ていたような気がする。

クロケットが囓っていたものも、あの海藻も、出汁を取るものなはずだ。ということは、それ自体に強い味がついているわけではないということ。

あの海藻も、表面に旨味のしみ出た粉が吹いていて、噛んでいたら味がしみてくるのは知っている。ただ、顎《あご》が疲れるのが難点だ。

ルードが以前から調べ始めていたことがある。それは『美味しいものには魔力が豊富に含まれている可能性がある』という仮説。

とにかく、朝早い内にクロケットが買い物をした商店に顔を出し、その正体を聞いてみることにした。サンプルになる程度買い込んで、戻ってくるころには、出迎えの準備を始めたらいい頃合いだろう。

クロケットが風呂場にいるとき。ルードはキャメリアを見て、右手の小指を指差した。『指輪、外して』という意味だ。ルードはぼそっと言う。

『あのね、お姉ちゃんは黒妖精猫人族《ケットシー》という種族だったよ。あのとき倒れてしまったのは、病気なんかじゃなかったんだ――』

オルトレットから教わった、ケットシーの秘密。その中でも、キャメリアには覚えておいて欲しいことを言う。

『そのような状態だったのですね？　なるほどそれで、私とルード様に……』

それどころか、魔力が枯渇する心配すらない状態。

『お姉ちゃんは気づいてないというか、理解してないけどさ。ヘンルーダお母さんは、直系の王女様だったんだろうね。娘のお姉ちゃんも、もちろん直系。ということは、僅かな魔力を増幅してしまうんだってさ。減らないわけだよ……』

『…………』

『だからキャメリアもね、遠慮しないで魔力を分けてもらってね。そうしないと、きっと、使い切れないからさ』

第七話　その瞳に映るものは？

ウォルガード王国にある、ルードたちの屋敷――。

もう晩ご飯になるという時間だ。しかし、待てども待てどもルードたちが帰ってこない。

「おっかしいわね。晩ご飯になるのに、ルードたちが帰ってこないのだけれど？」

兎人族の村などで起きた一件のあと、リーダはルードに対して若干過保護になっている感があった。

「リーダ姉さん」

「なによぅ？」

ちょっと拗ね始めた感じのリーダ。そんなリーダの隣に座るエリス。

「温泉にでもゆっくり浸かってきたらいいじゃない？　――って言ったのは誰だったかしら？」

エリスもリーダも、ルードの母。二人は姉妹の契りのような約束をし、姉と呼び妹と呼ぶ間柄になった。

実年齢は、リーダの方がエリスの十倍以上。こうなってしまうと、エリスの方が落ち着いている。まるでエリスが姉で、リーダが妹のように見えることも少なくはない。

「あ、うん。それはわたしだわ。しまった。きっと今晩はゆっくりしてくるのね。あの子、頑張りすぎるきらいがあるから。いい機会なのよ。二三日《にさんにち》いえ、一週間ほどゆっくりしてくるといいんだわ。そう思わない？」

「えぇ。そうですね。一週間くらいゆっくりって、リーダ姉さんも言ってましたからね？　――って、あら？」

イリスの膝の上で、けだまが彼女のおなかをよじ登るように手を伸ばす。

「ね、ね。ルードちゃん、帰ってこないの？　お姉ちゃんもそうなの？」

「あのですね、けだまさん。ルード様たちは、ちょっと仕事を頑張りすぎて、疲れていたのを知っていますよね？」

イリスも今回の事情はよくわかっている。だからけだまにもきちんと説明ができるのだ。

「うん。知ってるの」

ちょっとふくれっ面になりながらも、そう答える。

「なので、リーダ様がゆっくり休んでくるといいと言われたんですよ。ほら、シーウェールズには、あたたかい大きなお風呂があったのを覚えているでしょう？」

「うん。あったの」

「ゆっくり休んで、元気になったらすぐに戻って来ますよ。それまで、ルード様たちに褒められるよう、いい子でいましょうね？」

「うん。わかったの。いい子になるの。まけないのよ？」

「はいはい。明日も皆さんと一緒に、沢山ご本を読んで、沢山遊びましょうね」

「うん。わかったのーっ」

イリスに連れられて、お風呂へ。

「仕方ないわね。エリス、飲むわよ。付き合いなさい」

「はいはい。確か今日は揚げ物だったはず。それならあのお酒ね？」

エリスも飲む気満々であった。

そんな家族のやりとりを見ていたイエッタとフェリス。今夜も晩ご飯をごちそうになりに来ていた。

美少女と見間違うほど幼い姿のフェリス。妖艶《ようえん》ともいえる、妙齢《みょうれい》の容貌を持つイエッタ。王宮にあるフェリスの研究所兼私室に残って、研究に没頭しているシルヴィネ。

三人はほぼ同い年。三人とも、優に千年を超える年を重ねている。このように、獣人種や飛龍というのは、見た目からは判断できない。

「ルードちゃんのこと、心配なのはわからなくもないんだけど。リーダちゃんったら、少々過保護になっちゃったのよねぇ」

お茶碗に山盛りにされたご飯を目の前に、揚げ物にかぶりつき、もぐもぐしていたフェリス。

「こうして見ると、うちのエリスが姉に見えるのもまた、不思議なものですね」

器用に箸《はし》で小さく割いて、口元へ揚げ物を運ぶ。後から追うように、きゅっと杯を煽るイエッタ。

彼女らもルードたちが外出しているのはもちろん、泊まってくることもあり得ると報告を受けている。

「(もごもご。ごっくん)ねぇイエッタちゃん?」

口の中のご飯をのみ込んで、イエッタを見る。

「なんでしょ？　フェリスちゃん」

どこを見ているのかわからないような、糸目のイエッタ。

彼女らはお互いを『イエッタちゃん』『フェリスちゃん』『シルヴィネちゃん』と呼び合うほどに仲が良く、種族を超えた親友のような間柄。

「ちょっと〝見て〟もらえる？」

「えぇ。ちょっと待ってくださいね？」

フェリスは自分の孫、リーダの不安を取り除いてあげようと、イエッタにあるお願いをする。

イエッタは箸を箸置きに置く。両手を太股の上に置くと、眉が動く。要は目をつむったというわけだ。

「……あら？　ちょっと遠いのかしら？　んっと――」

瞬間的にイエッタの魔力が膨れ上がり、彼女の周りには揺らぎが発生していた。同時に彼女の腰下から伸びていたふさふさの尻尾。今まで一房だったのが、瞬時に九つへと置き替わっている。

彼女は狐人族の頂点であり、九尾の尾を持っていた。ルードと同じ〝悪魔憑き〟のため、この世ならざる魂の持ち主で、特異な能力を所有する。

ルードが持つのは〝記憶の奥にある知識〟による〝知る〟能力。イエッタが持つのは、全てを見通す〝見る〟能力。彼女の二つ名『瞳のイエッタ』は、この能力の噂からついたとされていた。

「どう？」

「そうねぇ。あ、いたいた。宿屋、かしら？　あちらも夕食時なのでしょう。お魚料理をいただいているみたいだわ」

「ほほー。なるほどなるほど。やっぱり泊まってくるわけね」

「えぇ。そうでしょうね。クロケットちゃんが、大きなお口を開けて、お魚をぱくりと。キャメリアちゃんが、口元を拭っているわ。ほんと、微笑ましいこと」

イエッタの口ぶりから、『ルードの目を通して、クロケットとキャメリアを見ることができている』ということらしい。魔力の消費と引き換えに、瞳から瞳を通じて、その場の景色を見通す。これが彼女の〝見る能力〟なのだろう。

「なら、心配はなさそうね」

「えぇ。それでも、シーウェールズより離れている感じがするのですよ。これはもしかしたら」

「そうね。ルードちゃんの言ってた、〝あそこ〟にたどり着いたのかもしれないわね」

イエッタは尻尾を一房に戻す。おちょこにお酒を注いで、晩酌《ばんしゃく》を再開するのだった。

▼

ネレイティールズ、ルードの宿泊する宿屋の一室――。

ルードたちがここにやってきた次の日。ちょっと遅くなった朝食が済んだあと、ドアがノックされた。

「ルード様。オルトレット殿がいらしたようです」

キャメリアがドアを開けて確認する。

「あ、うん。早いね。入ってもらって」

予定の昼辺りという時間よりも、若干早い到着だった。

「かしこまりました」

キャメリアがドアを開ける。するとそこには、巨大な隻眼の黒猫。だが、少しだけ違和感があった。昨日背負っていた着替えを背負っていなかった。

「うにゃ？　おおきな猫しゃん、ですかにゃ？」

クロケットも、イエッタから猫の話は聞いていたのだろう。

「朝早く申し訳ございませぬ。ルード殿下に、ご報告がございまして」

オルトレットの黒猫姿から、黒い靄が立ちこめる。その霧が晴れると、昨日見た執事服をまとった彼の姿があった。

「――うにゃぁっ！　びっくりですにゃ。オルトレットさんだったんですにゃ」

「あははは。そうだねって――あれ？　化身の言葉を……」

「化身の言葉、ですかにゃ？」

確かにオルトレットは、左腕を上げて『猫々』と唱えていない。

クロケットは知らないのだ。魔力増幅の量が多すぎる彼女には、教えていいかどうか迷っていたから。

「はい、そうでございます。あの後、ルード殿下より教わりました、例の呪文を試してみたところ」

「あー、そういうことですか。『化身の術』が発動したんですね？」

「はい。実に便利でございます。着替えを持って歩かなくても良いのですから」

ということは、クロケットも化身が可能。そういうことなのだろう。

『オルトレットさん。お姉ちゃんに化身させても、大丈夫でしょうか？　昨日から悩んでいたんです』

ルードは、以前ジェルミスが使っていた、『古代ケットシー語』とも言える言葉で話しかけた。

それは、クロケットにもキャメリアにも理解できないものだ。

『確かに、利点は少ないかと思われます。どうしてもクロケット様がなさりたいというのであれば、時期を見てお教えするのがよろしいかと』

『そうですね。ありがとうございます』

「うにゃ？　化身の術ですかにゃ？　たしかルードちゃんが……。んっとたしか――」

「あ、ちょっと待って――」

「『祖の衣よ闇へと姿を変えよ』でしたかにゃ？」

クロケットの周りを、彼女の髪の色。濡れ羽色の魔力の靄が包んでいった。

ルードが止める間もなかった。クロケットはこのときだけ、流ちょうにつっかえることなく、呪文を詠唱してしまったのだ。

その靄が晴れると、ベッドの上には、二股に尻尾が分かれた、長毛種の黒猫が鎮座していた。

「にゃ？　うにゃ？　ぐわーっとにゃにかが流《にゃが》れ込んできますにゃ」

「ダメダメダメダメだって。お姉ちゃん、『元の姿に戻れ』って念じて、今すぐやってっ！」

「は、はいですにゃ。むむむ……」

「オルトレットさん、後ろ向いて。キャメリア、姿が戻ったら首輪を握らせて」

「はいっ、かしこまりました」

オルトレットとルードが、クロケットに背を向ける。

「頬の赤さと、目の充血を確認して。それと――」

ドアの方を向いた瞬間だった。ルードがキャメリアへ確認の指示を言い切る前に、クロケットの姿は元へ戻る。予想通り、裸に首輪の状態だった。

「うにゃ？　あにゃ？　にゃんで裸にゃん、ですかにゃ？」

「あぁもうっ。その首輪をぎゅっと握って下さい」

「こう、ですかにゃ？」

キャメリアは呆れる表情で、クロケットに首輪を握らせる。ちょっと強く握ると、服が戻ってくれた。

「ルード様。もう、大丈夫でございます。今のところ、『例の兆候』はありませんでした。早めに戻させたのが良かったのかと思われます」

「良かった……。お姉ちゃん、魔法は気をつけて使わないとダメだってば」

「うにゃぁ。びっくりしましたにゃ。私、猫じゃんににゃってしまいましたにゃ」

今回のことでわかったこと。クロケットの母ヘンルーダは、ケティーシャ最後の王女で間違いはない。クロケットもまた、間違いなくケットシーだった。

彼女の魔力酔いは体質であり、自ら魔力を消費させるしか方法がないことも理解できた。

オルトレットの話では、獣化しているとき、魔力を放出する方法はない。ケットシーには、ルードやリーダたちのような、生まれ持った能力はないとのこと。

獣化することによって、俊敏さは上がったとしても、腕力が上がるわけではない。同時に、魔力を放出して何かができるわけでもないらしい。

かなり昔、魔法に卓越した女性がいたらしいという、言い伝えは残っているそうだ。ついこの間、タバサがクロケットの尻尾を見て『そういえばその昔、大魔導師と呼ばれた猫人族の女性がいたという文献を読んだことがあります。その女性は、尻尾を二本持っていたとありましたね』と教えてくれたことがあった。

それを聞いて、『私もいつか、大魔導師さんと、呼ばれてみたいですにゃ』と、クロケットの鍛錬に熱が入ったのは言うまでもなかった。

魔法使いであり、幾度となく魔力の枯渇を経験してきたルードにとって、クロケットのような体質は羨ましくはある。だがその反面、意識的に魔力を放出しなければならないデメリットもあるのだから。

▼

クロケットが誤って獣化してから小一時間——。

ちょっとしたハプニングはあったにせよ、オルトレットの用事は『ルードたちを迎えに来た』というもの。オルトレットは、『興奮しすぎてつい忘れておりました』と平謝り。

キャメリアが常時、ルードたちの礼服を持っていてくれたから、今回のような急な招待にも対応ができるというもの。

クロケットは割り当てられた自室で着替え中。ルードはそれほど時間がかからないから、後でいいということになっていた。

テーブルでお茶を飲みながら、大人しく待つルードとオルトレット。昨日は、ケットシーについてや、獣化についての話題が中心だったこともあり、話が途切れることはなかった。

お互い微妙に無言状態が続いたからか、どちらから話しかけることもしなかった。

そんなとき、彼女たちがいる部屋から声が聞こえてくる。

『――だから言ったではありませんか？』

『ちょっと待ってほしいですにゃ。このっ、このっ。どうして？　ボタンが、うまく留まってくれにゃいんですかにゃっ？　そ、そうですにゃ。背も伸びてますにゃ。それにきっと、洗ったから、縮んでしまったんですにゃ。滅多に着ないドレスだから、ほんと、困ってしまいますにゃ』

『洗って縮むような、安い生地なわけないでしょうに……。それに食べすぎてはなりませんと、あれほど――』

『お説教はあとで聞きますにゃっ。それよりも、ここをこうして、こう縫い直して――』

ルードは吹き出しそうになっていた。オルトレットも、内ポケットから手ぬぐいを取り出し、口に当てて我慢している。お互いに目が合い、苦笑する二人。

そのときルードの視線は、オルトレットの古傷にあった。

「オルトレットさん」

「何でございましょう？」

「そっちの目、見えてるんでしたっけ？」

ルードから見て右側。オルトレットの額から左の頬にかけて、走る刀傷のようなもの。

「いえ。残念ながら、見えてはおりません」

ルードは席を立ち、オルトレットの横で足を止める。

「ちょっと触りますね」

「はい。構いませんが？」

不思議そうな表情をする。

ルードは左手を彼の額に、右手を彼のこめかみあたりに添える。

『癒せ』

ルードが手をかざしたあたりが、僅かに光を発した。

「ルード殿下？　今、何をなさいました？　もしや？」

「あ、はい。ちょっと待って下さい。んー、これじゃ弱いのかな？」

傷は確かに古い。傷とそうでない部分の境目が、若干目立たなくなる程度だった。

今の詠唱の程度だと、昔から自身でつけてしまった切り傷や擦り傷。クロケットが料理で誤って切ってしまった傷などが治ったはず。

きょとんとした、彼の左の瞳は濁ったまま。光を感じさせない状態。

「んー、やっぱりこっちかな？」

「ルード殿下」

『癒せ。万物に宿る白き癒しの力よ。我の願いを顕現せよ』

「もしや貴方は、治癒の魔――」

そのときクロケットの着替えをしているはずの部屋のドアが開く。

「ルード様。クロケット様のお召し替えが整いま――」

『我の命の源を、すべて残らず食らい尽くせっ！』

部屋から出てきたキャメリアの驚いた顔。尻もちついて、後ろへひっくり返る瞬間。そんな『やっちゃった』、といういたずらっ子のようなルードの顔。

「「あっ」」

声が重なった瞬間、キャメリアはその場から走り出していた。すんでのところで、ルードを抱き支える。

「ルード様。いくらクロケット様が魔力を分けてくださるからと言って……」

「ごめんね、つい」

キャメリアの瞬発力にも驚いただろうが、それよりもオルトレットは違うことに意識を持って行かれていた。

「はて。おかしいですね。白昼夢でも見ているのでしょうか。見えるのです。長い間諦めていた、見えなかった左目に、クロケット様が映っているのです。お美しゅうございます。まるで、若き日の姫様のように」

「そんにゃ。お姫様だにゃんて……」

クロケットには『お姫様のように』と聞こえたのだろう。扉を開けて、外に一歩出たあたりで、両の頬に手のひらをあてて、くねくねと身体をよじりながら、照れまくっていた。

「――クロケット様の、美しいお姿が作用したのでございましょうか？」

反射的に『いや違うから』と、ツッコミを入れそうになるルードとキャメリア。そんな二人に向き直るオルトレットは、右手を左胸に当てて。

「いえ、ほんの冗談でございます。ルード殿下、申し訳ございませぬ。このような老骨に、貴重な魔法など……」

冗談であると口にし、謙遜してはいるが、彼の目には落ちんばかりの滴が溜まっていた。それを落とさなかったのは、わずかに斜め上を向き、服の袖で拭ったからだろう。

「（無理しちゃって……）あー、うん。その、古い傷は、完全には治らないみたいですけど、中でうまく動いていなかったところは、治ったみたいなので、良しとしましょうよ？」

そう、力なく笑うルード。キャメリアは、ルードを抱き上げて自らが椅子に座り、その膝の上にルードを座らせる。動かないように、ずれ落ちないように、腰のあたりから両手を回してしっかりと抱き留める。

「クロケット様。後先考えない駄目なルード様に、魔力をお願いします」

「あ、はいですにゃ」

ルードの隣に座って、彼の両頬に両手のひらをあてて、目をつむって念じる。同時にルードの頬から、舌全体、喉《のど》に、とても甘いものが流れ込んでくるのを感じた。

水玉に魔力を注いだ食べさせ方では、お腹いっぱいになってしまう。だが、この方法であれば、一気にいくらでも入ってくる。そのおかげか、あっという間に、枯渇していた状態から脱することができていた。

オルトレットも、魔力の補充方法は初めて見るのだという。王室に務めるものや、親衛隊の隊員にも、年に数回、魔力の枯渇で倒れる者もいるとのこと。その際に役立つと、感心していたのだった。

ルードは魔力の枯渇から回復し、オルトレットの状態を見る。彼の左目にある表面上の傷は、あまり変わっていないように見える。だが、瞼に隠れた瞳の輝きは右目と同じようになっていた。

そのときに込めた気持ちと。魔力の多さが反映されているように思ってはいる。フェリスやシルヴィネなら、ある程度説明ができるのかもしれない。だが正直ルードには、治癒魔法がどのように作用して治しているのか理解できていない。

ただ困ったことに、その左目もクロケットの姿を追っているようにしか見えない。まるでルードを初めて見た、リーダの父フェイルズや、エリスの父アルフェルと同じ感じがする。

それはルードにはわからない感情。ヘンルーダの娘を、自分の孫のように見てしまう状態。いわゆる『爺馬鹿』というようなものだったのだろう。

ルードは、キャメリアの膝の上に座らされ、がっしりとまだ離してはくれない手を見て苦笑する。

隣のクロケットに目をやると、艶《つや》のある漆黒――烏の濡れ羽色とも言える見事に整えられた髪。唇に薄く紅を入れ、頬が染まる美しさ。

いつも身につけている普段着とも言える、イエッタのデザインしたエプロンドレスに似たくすみ一つも見られない見事な生地で仕立てられた服。多少肌寒く感じるネレイティールズだからか、ルードの色の純白のレースに縁取られたケープを羽織っている。

「遅れちゃってごめんなさい。それ、綺麗だね、お姉ちゃん」

「うにゃぁ……」

言葉を口にしたルードも、褒められたクロケットも反対側を向き、頬を染めて俯いてしまった。

第八話　もしかしたらできるかもしれません。

ルードは動けるようになった。礼服に着替えて、宿屋の裏手からオルトレットが用意した馬車で城下を進んでいく。

それほど遠い場所ではないせいか、ほどなく到着してしまった。さすがに王城へ歩いて行くわけにはいかないからだろう。

「――えっ？　ここが王城《そう》なんですか？」

「はい。左様でございます。ルード様」

馬車から降りたルードは、オルトレットの黒猫姿を見たときと同じか。それ以上の表情で驚いていた。

それは仕方のないことだったかもしれない。なにせ、ネレイティールズの王城は、今までに見たことのないものだった。

二階以上がない。平屋建てで、横にとにかく広い。おまけに思ったよりもお金がかけられていない建材にも思える。

城下町には、二階建て以上の建物はあった。だがそれ以下の、平屋の建物を見ることはなかった。まさかここで見ることになるとは思っていなかっただろう。

よく見ると、王城は岩盤のある行き止まりに沿って立てられている。その岩盤は高く、見上げてしまうほどの高さがあった。

オルトレットから詳しく聞いていなければ知らなかったのだが、砂浜の端には、循環の魔道具が設置されている。今日も交代制で、ケットシーたちが魔力を注ぎに通っているのだという。いずれ、ルードたちも現場を見に行くつもりではあった。

なぜこれだけの場所に、この高さの王城だったのかが理解に苦しむところだ。きっとルードの知らない理由を元に、建てられたのだろうとしか思えない。

親衛隊の詰める門が見当たらない。間違いなくここは開け放たれている。一応、ルードたちも『お忍び』で訪れているのだが、裏側から入る感じはまったくなさそうだ。

馬車を降り、オルトレットを先頭に王城の内部へ足を進める。足を進めるにつれて、徐々に湿気と涼しさが増してくる。力なく開いてしまうような、ドアが目の前に通せんぼ。

「フェムルード王太子殿下をお連れいたしました」

オルトレットが声高に言う。

すると、扉の奥から優しそうな男性の声。

「どうぞ、入っていただいてください」

オルトレットがドアを引く。何やら、取っ手が左側にあり、そこから右側へ力を加えると、扉ごと右へスライドする、引き戸のようだった。

ルードたちよりもオルトレットが先導して中に入る。ルードたちも遅れずにゆっくりと入るのだが、ここでまた、あまりに予想の範囲外だったのか、再び呆然としてしまった。

もちろん、同行していたクロケットも、キャメリアでもそうだった。文化の違いはある程度は吸収できる。それでもこれは驚く。なにせこうだ。

謁見の間と思われる玉座の正面に、おおよそ直系で四十メートルはある、池というか、プールというか。水浴びをする場所があるのだから。

「あれ？　これって？　あれれ？」

「ルードちゃん。真ん中《まにゃか》に、池がありますにゃ」

「あ、うん。これはさすがに予想外だったかも」

レラマリンと同じ髪色髪質。見た目の年齢はエリスほどの女性。おそらくはこの国の、現女王陛下。そして、右にいるのが王配殿下だと理解はできた。なにせ、女王と思われる女性の左には、ニコニコ微笑みを浮かべているレラマリンがいるのだから。

プールと思われる水槽の、周りをゆっくりと迂回しつつ、玉座へとたどり着く。

玉座だと思われたのは、そこだけ足場から乳白色の美しいテーブルがせり上がってくる。おそらくは魔道具なのだろう。同時に、ルードたち三人分の椅子もだった。

ルードとクロケットは、一緒に揃って一礼をする。真ん中の女王と思われる女性に促されながら、二人も着席することとなった。ルードが左に、クロケットが右に。

オルトレットは、目の前にいるレラマリンのやや後ろに控えていた。もちろん、キャメリアもルードのやや左後ろに控えている。

何やら茶葉の香りがするところから思うに、ルードたちは謁見《えっけん》ではなく、形式的な食事会として招待されたと思われるのだ。

「お初にお目にかかります。私は、レラエリッサ・ネレイティールズと申します。お目にかかれて光栄に存じます」

椅子から立ち上がり、横にずれて深く一礼をしてくれる。挨拶が終わると、再び一礼をし、椅子に腰掛ける。

「あ、はい。フェムルード・ウォルガードと申します。ルードとお呼び下さい」

「はい。では失礼いたしまして、ルード殿下とお呼びさせていただきとうございます。ルード殿下と、お母さまのフェルリーダ王女殿下のお噂は、兄のフェリッツ、義姉のクレアーラから、シーウエールズにおきまして、とてもお世話になっていたと伺っておりました」

「あ、そうなんですね。僕も、アルスレットお兄さんから勉強を教えてもらったんです。その際、ここのことは教えてもらってました。私事ですが、近いうちにお伺いさせていただく予定だったんです」

「それはよくいらっしゃいました――と申せない事情でありますのが、歯がゆいところでございます」

魔獣騒ぎのことを悔やんでいるのだろう。その気持ちは十分にわかるつもりでいた。

「いえ。僕たちも、親衛隊長のティリシアさんに助けられました。僕は僕たちでできることを模索しようと思ってます」

「ありがとうございます。申し遅れました。私の右が、夫のマグドウィル。左が一人娘のレラマリンです」

マグドウィルはその場に立ち、深々と頭を下げる。レラマリンはその場でウィンク。

「これ、レラマリン。王女がそれでは、駄目でしょう？」

ルードは苦笑して返す。クロケットもそうだった。おそらくは、緊張をほぐしてくれているのだろう。

ルードはある程度慣れてはいるが、クロケットはそうではない。いくらウォルガードの方が格上になるとはいえ、ルードに恥をかかせてはいけないと、緊張しまくっていたのだから。

そんなクロケットを見て、舌をちろっと出す。もちろん、レラエリッサから怒られる。

「ご丁寧にありがとうございます。右から、僕の婚約者でクロケット。僕の左後ろに控えているのが、僕の家人のキャメリアです」

ひと通り挨拶が終わったところで、オルトレットの指示で、料理が運ばれてきた。いずれもクロケットの好みに合った魚介料理の数々。肉が少ないのは、おそらくは女王一家の好みの問題かもしれない。

食事が始まる。よく見ると、レラエリッサも、マグドウィルも、シーウェールズの二人によく似ている。

「フェリッツ義兄《にい》さんと、似ている？　そう思われましたよね？」

「あ、はい。そっくりだと思います」

「ご存じかもしれませんが、私はフェリッツ義兄さんの従弟で、妻は――」

「はい、アルスレットお兄さんから伺っております。フェリッツ陛下の妹君だそうですね」

ルードたちも、シーウェールズに住んでいたときは、家族ぐるみで仲良くさせてもらった。その言葉から話は楽にはずんでいった。

「ルード君、で良かったかしら？」

「はい。かまいませんよ」

「これ、レラマリン。ルード殿下に何という言葉使いを――」

「構いません。確かに僕はウォルガードの王太子です。ですが、此度は公式に訪問させていただいたわけではありません。その、巻き込まれてしまったとのことですから。偶然お邪魔したのに、あまり気遣いをされるのも心苦しいというか何というか。謁見だと思っていたので、少々緊張しておりましたが、昼餐会へのご招待にしていただいて、僕も気分が楽になれているのです」

ふんす、と勢いをつけてレラマリンが続ける。

「そうなの。ウォルガードと私の国では、釣り合いがとれるわけがないわ。お母さまだって、お父さまだって、慌てて席を設けるのに、右往左往してたじゃないの？」

こう言われてしまえば、レラエリッサも、マグドウィルも、斜め下を見ることしかできなくなってしまう。

「いえ。いいんです。聞けば僕と同じ——十五歳には見えませんけど。同い年ですよね？　でしたら、僕もあまり堅苦しいのは苦手なので、肩の力を抜いていただいた方が助かります。それに僕『これでも一応、お忍びなものですから』」

そう微笑むルードに、レラマリンは乗っかることにした。

「そうだったんですね？　私も、同い年の人とこんなに話ができるのは生まれて初めてです。ところでルード君」

「はい？」

虚《きょ》を突かれるルード。少々気の抜けた声になってしまった。

「驚いたでしょう？　謁見の間の前に水場があるなんて、ね？」

「はい。驚きました。ね、お姉ちゃん」

「はいですにゃ」

間違いなく、レラマリンは猫人族に伝わる言い方で、『猫人を被っている』はずだ。確かティリシアも、『お転婆』と言いかけていたはず。

レラエリッサも『この子ったら……』という、困った表情になっている。おそらくはこれが、レラマリンの素の表情であり性格なのだろう。ルードはそう思っていた。

「ルード君。私たちネレイドとネプラスはね、口や鼻からの呼吸でも魔力を取り込めるのだけれど、身体の表面——というより、ここの部分にある器官。恥ずかしいから見せられないんだけれどね。そこからから海水に含まれる魔力や、呼吸に必要なものを取り入れることができるわけ。いざというときに、民のために動かなきゃだから、魔力をより効率よく定期的に吸収しておくため、沐浴《もくよく》をすることにしてるの」

シーウェールズは、ウォルガードやメルドラードのように、魔力の濃い地域ではない。あの日レラマリンが海にいたのは、運動のためとは言っていたが、きっと魔力を同時に摂取していたのだろうと、ルードは思っていた。

彼女が今、沐浴をする必要がなくなっているとしたら、ウォルガードの魔力の濃さが助けになっている可能性もある。

ルードは交流の証に、キャメリアに持ってきてもらった、持ち出し用の氷室に入った、プリンを振る舞った。

「シーウェールズには、こんなに美味しいものがあったのね。レアリエールお姉さんもずるいわ。そうだ。この機会に言ってしまおっかな?」

「はい?」

「にゃんですかにゃ?」

「あのね、ルード君。クロケットお姉さん。私とお友達になってくれませんか?」

「はい、喜んで。僕は同い年の友だちがいなかったので、大歓迎です」

「はいですにゃ。私もどうぞよろしくお願いしますにゃ」

勢いも助けたとはいえ、一大決心的な部分もあったのかもしれない。レラマリンは両手のひらを胸に当てて、深く息を吐いた。

「良かった。あのね、ルード君」

「はい？」

「お友達になってもらってね、早速で悪いとは思うんだけれども」

「うん」

「お願いがあるの」

「それはどんな？」

交易の場合でも、何らかの技術供与だとしても、元々シーウェールズの姉妹国だ。フェリスに相談すれば、悪い返事は返ってこない。ルードはそう踏んだ。

「力を貸してほしいの。この国の入口に取り憑いた魔獣がいるわ。それを退ける方法をね、一緒に考えてくれたらすっごく助かるわ」

それはとてもストレートな願いで、それでいてルード任せなお願いではない。『お願いがある』と言いながら、そのお願いが『力を貸して欲しい』という。それでいて『一緒に考えてほしい』というは、十分に考慮に入れて良い誘い文句だっただろう。

ルードも現状、魔獣の話を聞いて何もしないわけにはいかない性質だったのだから。

▼

レラマリンとルードの、初顔合わせから数時間後――。

ルードたちには、心地よい時間を過ごしてもらいたいという気持ちを込めて、レラマリンは昼餐会という形式をとってルードを迎えてくれた。そのおかげか、クロケットが気疲れすることなく過ごすことができた。

レラマリンとクロケットも、さほど年が離れてはいないため、話題も尽きることはなかったようだ。時間も遅くなったということがあり、クロケットは先に帰って休むことになるのだが、ここで問題が発生する。それはレラマリンが言った、ちょっとした言葉だった。

「クロケットお姉さん。宿屋に戻られるんですよね？　オルトレット、気をつけてお送りするのですよ？」

「はいですにゃ。また明日、ですにゃ」

そんな、仲の良い女の子同士のやりとりだったのだが。

「あの、大変申し上げにくいのですが……」

オルトレットのこの一言から始まった。

「どうかいたしましたか？」

オルトレットが確認のために振り向いた先は、レラマリンの母レラエリッサであった。

「昨日一日は、準備不足として許していただけるかとは思うのです。ですが、このまま姫様、いえ、クロケット様を、宿屋にお届けしてもよろしいのかと思った次第でございます」

「…………」

レラエリッサは、考えた。ルードがあまりにもフレンドリーに受け応えしてくれるから、忘れていた部分があったのかもしれない。それでも、徐々に顔色が青ざめていく。

「オルトレット、王宮内にある客間――いいえ、貴賓室《きひんしつ》へ案内なさい。宿への荷物の回収は、キャメリア殿を連れてティリシアを向かわせなさい」

ルードは何を慌てていたのかと？　首を捻ってしまっている。

反面、オルトレットは安堵の表情を浮かべ、クロケットの足下へ跪《ひざまず》いて顔を上げる。

「姫様。お部屋の準備が整うまで、この爺の話し相手になっていただけたら、幸いでございます」

「そ、そんにゃ。お姫様だにゃんて……。あにゃ？　でも、お姫様だにゃんて……」

一度部屋に戻ろうとしていたレラマリン。彼女も、自分の母親が焦っていたのがちょっとわかっていなかったようだ。

「お母様。急に、どうしたのですか？」

首をこてんと傾げるちょっと『おばか』な娘に、レラエリッサは少々口元を引きつらせながらもレラマリンの前に立つ。すると、頬を両手の親指と人差し指でつまみ上げ、左右に引っ張ってしまう。

「あだだだだだだだだだ――」

ほんの少しだけ溜飲《りゅういん》が下がったのだろう。『ふんっ』と鼻息を吐くと、手を離してあげた。

「いったぁっ――どうしたって言うのよ？」

「あのね。おばかなあなたの頭でもわかるように教えないと駄目かしら？」

「へ？」

「我がネレイティールズと、ルード様のウォルガード。国だけでなく、家格も段違いなのはわかるわよね？」

「う、うん」

「このままクロケット様とルード様を宿に戻してみなさい？　皆様は本来、うちの国にとって、国賓扱いですよ？　国際問題に発展してもおかしくない扱いをしようとしていたの？　わかる？　レラマリン」

「……あ」

「あ、じゃないわよ。学業の成績だけが、重要じゃないの。あなたは頭が良いから放っておいたけど、あなたよりも上の存在は、私たちだけだから。私も悪いのよね……。きっと、兄さんも義姉さんも、ドツボに嵌まったんだわ。苦労人のアルスレットちゃんはいいとして、あそこには、レアリエールちゃんがいるもの……」

ルードは思い出した。フェリッツの青ざめた顔と、反射的に行った見事な五体投地を。

「（あー、そういえば。そんなこともあったなぁ）」

こうしてこの日の晩から、王宮の部屋を用意され、そこに滞在することになった。

けちょんけちょんに叱られたレラマリンは、レラエリッサにはしょんぼりしたように見せていた。それでも彼女の目を盗んで、ルードにこっそり『明日、昼前に使いを出すわ。そのあと打ち合わせしましょうね』と伝えたのだった。

▼

翌日昼前、王宮内ルードの宿泊する部屋にて――。

「ルード様。レラマリン殿下より、お言伝がございました」

「ん、なんだろ？」

ルードは朝食後、レラマリンから呼び出しがあるまで、自室でオルトレットから聞いたケットシーについての考察を、自分で書類としてまとめていた。

「はい。『魔獣対策の会議を始めたいと思いますので、食堂にてお待ちしております』とのことですね」

昨日聞いていた魔獣の件。ルードもとにかく、詳しい情報がないと対策を立てようがないから。

「わかった。食堂ってどこだかわかる？」

「はい。ご案内いたします」

ルードはキャメリアについていく。

「そういえばさ。お姉ちゃんどうしてるの？」

「はい。朝食後ですが、オルトレット殿が甘いものを手土産に、クロケット様の言うところの『猫しゃん』姿でお見えになりまして」

「あー、うんうん。もふもふしてるわけだ」

確かにあの姿なら、クロケットも気に入るだろう。オルトレットも何とかしてクロケットに気に入られたい、そう思っているのかもしれない。

「はい。ご満悦でした。お互いに」

「あははは」

ルードたちの滞在しているブロックの廊下を抜けると、十字に交差する角を左に折れる。今のところを右に折れたその突きあたりには、昨日レラマリンと再会した謁見の間がある。ルードたちが進む先、突きあたり近くに食堂はあった。

ここは扉があるわけではない。入口から見える場所に、ルードを呼び出した本人、レラマリンが座っている。こちらに気づいたようだ。

「ルード君、おはよう。こっちこっち」

「では、私はここで」

「うん。ありがと」

キャメリアは、ルードに一礼。背中を見送り、ルードが着席したところで、クロケットのいる部屋へ戻っていく。

辺りを見回す。ここは広く、同じ高さのテーブルが並んでいる。おそらくは、王宮に勤める者たちや、親衛隊の隊員たちも利用するのだろう。

「ルード君、お茶でいい？」

「あ、うん」

レラマリンは、厨房があると思われる場所との境。カウンターに両手をつき、中へ向けて声をかける。

「お姉さん。お茶もうひとつお願いー」

彼女がお姉さんと呼んだのは料理人か、それとも給仕の一人なのだろう。

「はいよ」

奥から小気味よい返事が返って来る。待たずにお茶がレラマリンの前に用意された。いわゆる町中にある食堂のセルフサービス的な感じ。おそらくここは、レラマリンやレラエリッサたちではなく、城勤めのものが利用する食堂なのだろう。

「はい。ルード君」

「ありがとうございます」

カップに入れられた、温かく香りの良いお茶。ルードは受け取ると、香りを胸いっぱいに吸い込む。うん。良い香り。口当たりも優しい、渋みの少ないお茶だ。

「さて、と。どこから話せばいいものかしらね……」

レラマリンは眉をひそめ、呆れるというか、困るというか。そんな複雑な表情をする。

「ルード君は、魔獣の姿は見ていないわよね？」

「はい。魔獣がいたこと自体、ティリシアさんに聞いて初めて知ったくらいですね」

「なるほどね。えっと、んー。あのね――」

この国の大きさや、海面までの位置関係を、レラマリンは簡単な図解を手書きして説明し始めた。

「ここがこの国。こんな風にね、鍋をひっくり返したような感じになっているわ」

昨日、オルトレットが説明した内容に似ている。

「それでね、上に船着き場があったでしょう？」

「はい。確かにありました」

「そこから深い穴が見えたわよね？」

「あー、うん。そうですね」

「私たちネレイドやネプラスはね、水の魔法を得意としてるのね」

「はい」

「商船がこうあったとして、商船の下をね、こう低くする感じに海水を制御するの」

海水面と船を描き入れる。船の下に、四角い落とし穴を追加する。

「こうして、一段落とした状態で、上も気泡で包んでしまうのよ」

「あー、なるほど。あの船はそうやって」

「こうすれば、ここの回廊をね、誘導することができるのよ。こうして私たちは、交易を続けてきたわけなのね」

深海ともいえる深さにある、この城下町に係留された商船が、どうやってここまで来たのか、これで納得がいく。

「でもね、この回廊の入口付近に、こんな感じ。通行を妨げるようにね、魔獣が棲み着いてしまったの。わかる？　私は絵があまり上手じゃないものだから、わかりにくいかもしれないけれど、我慢してね？」

正直、ルードよりかなり上手だ。文字を書き入れなくても、何なのかはっきりと理解できる。それでいながら、魔獣が大きな丸と、数本の腕のようなものでしか表現されていない。

「あのね、魔獣はその。見たらわかるけど、あまり美しいものじゃゃ――うらん。正直言って、結構不気味なの。あの『どこを見てるかわからない目』、小さいのはまだいいんだけれど、あれだけ大きいと、直視し続けたら背中がぞわっとするのよね。それでね——」

海棲の軟体動物であるはずのものが、魔獣化してあの場所を占拠してしまった。

ネレイドもネプラスも、水の魔法に長けた者が多い。だが、海棲の動物に海水中で水の魔法がどれだけ効果があるか？

「例えばね。海底にいるエビ知ってるでしょ？」

「はい。僕もエビは大好きです」

ルードも大好物だ。

「あれを獲るのに、水の魔法でどうやったらいいと思う？　水の球をぶつける？」

ルードは魔法を得意とする、どちらかというと魔導師に近い存在。そんな彼が、海底にいるエビを、魔法でどのようにして捕獲するのか？　あれこれシミュレートしてみたが、まったく方法が思い浮かばない。素直に銛や網などを使った方がいいとしか思えないのだ。

「あー、そういうことですか。はい。水中じゃ水の魔法——ううん。風も火も、土も。魔法はまったく効果がないでしょうね」

水流を操作したとして、自分にまったく影響のない攻撃ができるか？　おそらくは無理だろう、ルードはそう思っている。

「そうなのよ。私たち海の一族がね、海棲軟体動物に、馬鹿にされてるの」

こちらでも『馬鹿にされる』のような表現を使うようだ。きっと〝悪魔憑き〟が広めたのだろう。

「おかしいでしょう？　ネレイドもネプラスも、海を統べた覇王の末裔だなんて言われてるのよ？　ばっかじゃないの？　――って。だってさ、あの魔獣には手も足も出ないのよ？　おまけに私、王女様よ？　お姫様よ？　指をくわえて見てるしかできないの。何も偉くなんてないの。情けないったら。ほんと、砂浜に穴掘って隠れてしまいたくなるわ……」

言葉を増やすごとに、ネガティブになっていくレラマリン。ルードにはレラマリンにここまで言わせる魔獣がどれほどのものか、自らの目で確認したくなってきていた。

「あの魔獣が棲み着いたのは、今から三月ほど前の話。前はね、七日から十日ごとに移動して、二日ほどで戻ってくる動きがあったわ。漁師さんたちはね、『餌《えさ》を求めて動いてるのかもしれない』って言ってたの。私たちは見張りを立ててね、二日の間の一日ほどだけ、船を行き来させていたの。でもね、ルード君たちが巻き込まれてしまった十日前から、まったく移動しなくなったって報告が入ったわ」

「そうなんですね――ということは、近くに餌があるかもしれないんだ……」

「それでね、これまでのように船を行き来させられなくなってしまって二週間ほど経つのね。……正直な話、いつまで物資が持つか予想ができないの」

レラマリンが言うには、国で備蓄している穀物は、昨年までのものが豊富にある。だが、それ以外は先の見通しが立たない状況。

ティリシアやオルトレットからの話より、元々魔力の豊富だったこの国も、魔獣のせいで魔力が乏しくなっているという。

ケットシーたちがいるから、大気循環の魔道具はまだ動かすことができている。だが、今後どこに弊害が出るかわかったものではない。

猫人の集落は以前、食べるものが枯渇してしまった。飛龍の国、メルドラードも同じことが起きてしまった。ネレイティールズでも同じことが起きないとも限らない。

「(駄目だ。早く魔獣をどうにかしないと)――と、とにかくですね。遠目からでいいから、案内してくれませんか？　もしかしたら僕が、なんとかできるかもしれません」

「――本当？」

「あくまでも『かもしれない』ですから。僕まだ、この目で見てないので。それと実際に、やってみないとわからないんですよね」

少々投げやりになっていたレラマリンの表情が、若干だが明るくなってくる。昼食あとに早速、ティリシアを伴って浜辺に行くことになった。

第九話　魔獣の正体は？

親衛隊所有の馬車にて――。

初めての打ち合わせが終わり、昼食を摂ったあと。王城を出て、ルードたちが倒れていた浜辺へ向かっていた。

「歩けばいいじゃないの。近いんだから」

そう文句を言うレラマリン。

「珍しく女王様の許可をお取りになったかと思えば、それですか？　姫様、此度はいつもの『お忍び』ではありません。ルード様たちにも歩けと申されるのですか？　ただでさえ――」

親衛隊隊長のティリシアが諫める。

ルードは『（いえ別に、歩いてもいいんですけどね）』と苦笑しながら二人のやりとりを聞いていた。隣に座るクロケットも『ですにゃ』と、眉を八の字にする。

ウォルガードの王太子と、その婚約者。ルードもクロケットも、ウォルガード本国では何の制限もなく自由に出歩いている。自由すぎるという意味では、二人も大概なのかもしれない。

「あー、はいはい。私が悪かったわ。ごめんなさい」

レラマリンは食い気味にごめんなさいをする。いつ終わるともしれないお小言に発展すると思ったのだろう。

「本当に、わかってらっしゃるのかしら？」

オルトレットが御者となり、客室内にはレラマリンとティリシア。ルードとクロケット、キャメリアの六人が乗っている。

昨日、ルードたちを迎えにきた馬車は、王室所有のものだった。今日の馬車は、それに比べたら、質素な感じがする。

とはいえ、『雨の降らない城下町』であるこの道を、屋根付きの馬車で移動する者はいないだろう。御者をしているオルトレットも巷《ちまた》では有名である。街の人々も、誰が乗っているかはある程度予想できるはずだ。

今回の目的は、魔獣の近くへルードを案内するというもの。馬車で移動中、ルードは頭の中で色々考えていた。

魔獣と呼ばれるものがどういうものなのか？　どうして魔獣が移動するとき以外、行き来が難しくなるのか？　ルードは実際に見たことがないから、そのあたりが理解できていなかった。

ウォルガード手前の森にいた獣たち。メルドラードの飛龍たち。ルードは、意思の疎通が難しいとされる獣と心を交わしたり、未知の種族と会話をすることができた。

更に奥の手として、ルードの〝支配の能力〟がある。ウォルガード手前の森で、熊に似た獣を自由に操ってみせた。ルードが『できるかもしれません』と言った意味は、そこにあるのだろう。

浜辺が見えてくる。その手前で馬車が停車する。ティリシアが最初に出てくる。次にレラマリン。ルードが出てきて、馬車を振り向いたときには。クロケットに手を差し出すオルトレットの姿が。

「姫様。どうぞお手を」

「うにゃ？　そんにゃ。お姫様だにゃんて……」

そんな光景を見て、ルードとレラマリンは『いや、王女様。ここにいるでしょう？』と、心の中でツッコミを入れる。

もはやオルトレットにとって、お姫様はクロケットのこと。四百年ほど前から、オルトレットたちケットシーは、ネレイティールズ王家に感謝し、支え続けてきた。オルトレットのように王城に勧める人も、今も少なくはないのだという。

ルードとレラマリンは、その事情を話し合った。クロケットも、それほど対応に困っているというわけではなさそうだから、オルトレットの行動を笑って見守ろうということになっている。

ルードたちは、いつもの服装になっていた。あらかじめ、濡れてしまっても構わない服装に着替えるように、言われていたからだ。

ここは、ルードたちが倒れていた浜辺。レラマリンたちと初めて出会った場所でもある。

あの巨大なクレーターは、今はなくなっていた。きっと親衛隊あたりが、整備し直したのだろう。

ルードの目の前に広がる、砂浜と波打ち際。そこには、はっきりとした違和感があった。本来水平線があるはずの場所には、暗い青色をした海水の壁が見えている。

空があるはずの場所、その先にも同じ壁が存在していた。大きな鍋を逆さにした場所。その意味がやっと理解できた感じだ。

レラマリンとティリシアは波打ち際で、軽い打ち合わせをしている。

「レラマリンさん」

「ティリシア、ちょっと待って。ルード君」

ルードに呼ばれて振り向くレラマリン。

「はい？」

「もう、お友達なんだから『マリンちゃん』って呼んで欲しいんだけれ――」

「いやそれはちょっと。マリンさんで勘弁して下さい」

似たやりとりが、ルードに覚えがあった。フェリスのことを思い出したのだろう。

いくら友人となったとはいえ、そう呼べるほど、小さなころから長い付き合いがあったわけでもない。『ちゃん付け』は、さすがに無理があった。

「仕方ないですねぇ。それで我慢しますか」

「あははは。それで、その魔獣の場所なんですけど」

「あ、そうそう。クロケットお姉さん」

「にゃんですかにゃ?」

身近に年の近い女性がいなかったせいだろうか? レラマリンは昨日、クロケットたちの部屋へ遊びに来ていたらしい。物怖じしない性格のレラマリンと、案外面倒見の良いクロケット。二人はあっという間に打ち解け、仲の良い友だちのようになっていた。

「魔獣のいる場所が場所だけにですね」

ルードには遠慮のない言葉を使い、クロケットにはなぜか丁寧な言葉を使うレラマリン。ルードには気づいていなかっただろうが、クロケットと並んだレラマリンの髪は、ツヤツヤになっている。その理由はおそらく、彼女の髪の質が、一晩で変化していたこともあるのだろう。

「クロケットお姉さんには、ここでお留守番を――」

「はいですにゃ」

笑顔のクロケットは、二つ返事でそう答えた。

これからの行動は遊びではない。それくらいはクロケットも、空気を読んで留守番に同意したのだろう。

「オルトレットさん。お姉ちゃんをお願いします」

ここにはオルトレットとクロケットだけが残ることになる。

「はい。喜んで――いえ、了解いたしました。『祖の衣よ闇へと姿を変えよ』」

オルトレットは腰を深く折り、ルードに一礼した状態で、化身の術を使った。靄が晴れるとそこには、大きな黒猫の姿。

「――うにゃっ。猫しゃん。モフモフですにゃっ！」

クロケットがその場にしゃがみ、わしゃわしゃとオルトレットの背中を撫でまくる。その二人を見て、ルードたちはくすっと笑い、キャメリアも口元に手をあて、笑いを噛み殺していた。

オルトレットに対して最初よそよそしかったクロケットも、昨日あっさりと打ち解けたそうだ。

ルードはそこそこだったが、クロケットとエリスは家族の中でも飛び抜けて、モフモフしたものが好きだった。おそらくオルトレットは、クロケットの趣味・趣向を感じ取ったのだろう。

「ではティリシア。二人をお願いします。ルード君、私から離れないようにね？」

そう言うとレラマリンは、ルードの手を引いて波打ち際へ身体を向ける。海に入る手前で、ルードの手を離すと、その場にしゃがみ込む。すると彼女の口から、ルードも覚えのある呪文が聞こえる。

『祖の衣よ闇へと姿を変えよ』

「へ？」

青い魔力の靄が彼女を包む。

「これ、凄く汎用性が高い魔法よね。私もオルトレットから聞いて、驚いたのよ」

ルードの視界には、彼女の裸の背中があった。慌てて後ろを向くルード。

「ちょ、マリンさん。何してるんですか？」

「大丈夫、水着を着てるみたいなものなの——ほら」

「ルード様。前を向いても大丈夫です。私が見ても、美しいと思えるほどの、綺麗なお姿ですから」

ルードの手を軽く引いて、レラマリンの方を向かせる。目元を押さえた指の隙間から見えた彼女の姿。それは、腰から下が見覚えのある姿だった。

「あ、凄く綺麗……」

「ありがと。ルード君」

ウォルガードで引っ越すときに見た、シーウェールズ王女レアリエールの姿に似ていた。彼女の腰から羽衣のようなひれの一部が見える。

それはレアリエールの色とは違い、青い鱗《うろこ》で覆われたものだった。まるでワンピースの水着に似て、胸元を覆うように広がっていた。

レアリエールのときは、腰から下だけ虹色の鱗に覆われていたが、上半身はビスチェのような水着を着ていた。よく見るとレラマリンは少々違う。

「私の鱗だけこんな感じ。ティリシアたちは虹色なのよ。私はね、ネレイドでも先祖返りに近いらしいわ。大したことは何もできないんだけれどね。色が違うのと、こうして水着を着なくてもいいくらいなのよね」

よく見ると、背中に折りたたまれた青い翼があった。

「あ、これ？　空なんて飛べないわ。ご先祖様の、ただの名残みたい。この姿になったときだけ、出てくるのよ」

「あ、そうなんですね。どっちにしても綺麗ですよ」

「ありがと」

「じゃルード君、行きましょう――」

「あの、私もよろしいでしょうか？」

ルードの後ろに控えていたキャメリアが、一歩前に出る。

「キャメリアさん。あ、そういうことですね。わかりました、お願いします」

「ありがとうございます」

レラマリンはルードから、キャメリアが飛龍の一族だと紹介された。彼女はルードの侍女であり、護衛でもあった。自分たちより遙か上に存在する強い種族ということも、肌で理解していたからだろう。クロケットとは違い、キャメリアには留守番をお願いしなかった理由がそこにあるのだった。

腕の力と足ひれの力で、軽く前に移動する。レラマリンが移動した先には何と、海水がなくなって砂地が見えていた。

「マリンさん、これって？」

「そうね。これが私たちネレイドの持つ水の魔法。こうして気泡状態を維持したまま、外から商船を受け入れてるの」

「あー、なるほど。そういうことだったんですね」

レラマリンが足を進める。同時にルードも歩いて行く。ある瞬間から、浮遊したような感覚があった。

「もう歩かなくてもいいわ。あとは私が連れて行くから」

「はい、お願いします」

ルードたちを気泡が包んでいるようになる。足下は柔らかいクッションのようなものに乗っている感覚。レラマリンがひれを動かし、海中を移動するとそのまま一緒に移動している。

同時に不思議に思うことがあった。ルードたちはレラマリンが作った気泡の中で呼吸ができている。だが、彼女は海水に満たされた状態。それでも口元から、泡が見えているのだ。

「あ、これでしょ？　この姿だとね、海水からも呼吸ができるの。いいでしょ？」

「はい。あ、それでですね。アルスレットお兄さんが『姉さんが溺《おぼ》れるわけ、ないじゃないですか？』って言ってたあれですね。確かに、溺れる心配がないみたいですね」

「そうね。ネレイドが溺れるなんて、あり得ないものね」

くすくすと笑うレラマリン。

▼

海中をゆっくりと進んでいく――。

外は昼なのに薄暗い。ここが深い海の底だということがわかる。

ルードから少し離れた場所には、彼らが落ちてきたと思われる、海水の壁に覆われた回廊がある。それはとても不思議な光景だった。

そこからゆっくりと、海面へ繋がる回廊を浮上していく。少しくぐもった感じだが、ルードの耳にもレラマリンの声がしっかりと聞こえてくる。これも水の魔法のおかげなのだろうか？

ルードたちが通ってきたと思われる珊瑚礁帯《さんごしょうたい》。広く深い穴が続いている。商船が余裕で通れるほどの通路。まさに回廊と呼べるものだった。

先へ進んでいくと、徐々に明るくなってくるのがわかる。

「ルード君、あれ見て」

レラマリンが指差す先。そこにはいびつな半円の形をした明かりが見える。

「明るいですね。あの先が海面なんですか？」

「ううん、違うの。あのあたり。周りの珊瑚礁に擬態した、茶褐色《ちゃかっしょく》の巨大な魔獣が見えているはずよ？」

ルードは目を凝らす。大穴の半分ほどの大きさはあるもの。茶褐色で、ところどころ黒ずんだ魔獣の姿が見えてくる。

大きな球体に似た本体から、大木のような太い何かが複数伸びている。恐らくは魔獣の脚と思われるもの。

それが大穴の縁、半円状態の片側に、ゆりかごのような姿で鎮座していた。不気味に屈曲した、とてつもなく長く伸びた、脚に見えた触手。それは大穴の反対側に、余裕で届くほどの長さだった。

とにかく、ルードも初めて見る不気味とも言える生き物。それがこの魔獣だった。

「あれが魔獣。なんですか？」

「不気味に見えるでしょ？　元はね、オオダコという名前の海洋生物なの。ここまで大きく育つなんて、聞いたことがないらしいわ。ティリシアたちの調査報告があって、それがどういうわけか魔獣になったらしいの。通ろうとする私たちネレイドと商船を襲おうとするくらいに、獰猛だったって聞いているわ」

ルードは目をつむって腕組みをした。キャメリアはルードの背中に手を添え、倒れてしまわないように気をつける。

ルードがこのような仕草をするとき、〝悪魔憑き〟の能力で何かを調べているときだと、彼女も理解していた。

「（なるほどね。〝ミズダコ〟みたいなものか。あー、確かにここまで大きくならないんだ。そっか。これが……）でも、うん。やってみよ」

「あ、これ以上近寄れないわ。見て、あの目」

「あー、うん。こっちを見てるような感じがしますね」

どこを見ているかわからないような、巨大な目。こちらに触手を伸ばしてくるが、届くような感じはしない。だが、間違いなくこちらを意識していると思われる。

「あのオオダコが邪魔をしてるわけなんですね？」

「えぇ。報告ではね、一月ほど前までは一週間に一度。餌を食べるのに移動するみたいだったの。

その合間を見て、商船を通してたの。でも今は……」

「うん。これなら僕、何とかできるかもしれません」

「それって？」

「この気泡。魔力は通りますよね？」

「そうね。大丈夫だと思うわ」

「良かった。これから見るのは、マリンさんだけの秘密にして下さい。僕たちフェンリルでも、僕だけが持つ珍しい能力なんです」

「わかったわ。お母様にも話さない。約束する」

「ありがとう。マリンさん」

ルードは両目を一度閉じる。右目を手のひらで覆う。左目の裏側へ、意識的に魔力を集める。

左目だけ開けると、慣れたように白い靄を広げていく。それはあっという間に、少し離れた巨大な魔獣を覆い尽くしてしまう。

「すご……」

レラマリンにもルードの魔力が見えただろう。

『そこからどくんだ』

ルードはそう、魔獣に命令する。

何度も練習し、意思の疎通が難しいとされる、獣にも通じたこの〝支配の能力〟。

だが、おかしい。

「――あれ？　『どけって』。『邪魔だから、どいてよっ！』」

レラマリンには、ルードが何をしているのかわからなかったはずだ。だが、キャメリアは驚愕の表情をしている。

同じルードの家人として、尊敬している執事のイリス。彼女が言うに、『この世で一番恐ろしいフェンリルの能力』だったはず。それがまったく効いていないのだから。

ルードは仕方なく、能力を霧散させる。白い靄は一瞬で消えていった。そこに残ったものは、ルードの納得いかない表情だけ。

「ルード君。今、何をしたの？」

確かにレラマリンにも、魔獣を覆っていた白い靄が見えていた。

「……僕の能力はね、『僕に対して、敵意や害意を抱いている対象に、あの白い靄で覆っている間だけ、言うことをきかせることができるんです。敵意がない場合は、お願い程度にしかならないんですけどね」

「――そんなことができるんだ。それでさっき」

「はいでも。駄目でしたけどね」

肩を落とすルードの背後から、キャメリアが両肩を手で抱く。

「ルード様、もしかしたら、私たちのようにお話だけは通じるかもしれません」

「そ、そうだよね。やってみる」

落ち込み始めていたルードの表情が、一瞬だけ明るくなる。確かにルードは、言葉が理解できない状態であっても、対話が可能な能力を持っている。

態に似た獣にすら意思を伝えることができたのだ。魔獣にだって通じるはず——そう思っていたのだが、魔獣であるオオダコは、まったく耳を貸そうとしない。

「マリンさん。この魔獣ってもしかして？」

「そうね。ルード君の様子を見て、何となくわかったんだけど。オオダコは元々、海洋生物の中でも頭の良い種だと聞いてるわ。でも、魔獣となった今、何らかの理由で『頭の悪い』生き物になっちゃったのかも……」

「かもですね……」

頭が悪い。意思の疎通が叶わないから。対話もできない。支配もできない。

こうしてルードの試みは、失敗に終わってしまうのだった。

第十話　ネレイティールズを支えるケットシーの人たち。

ルードは昨日、魔獣に大敗した。ルードの自信に繋がっていた、〝支配の能力〟が通じない相手がいるとは思っていなかったからだ。

落ち込んでいるからと言って、レラマリンとの打ち合わせがないわけではない。今日の議題は、今後考えられる問題について。

砂浜の端。海水の壁に沿って建てられている砦《とりで》のような場所。ルードとキャメリアはクロケットと一緒に、オルトレットに連れられてここへ来ていた。この建物は、こちら側の端とあちら側の端。二カ所存在すると言う。

その中には、青く透明で、巨大な魔石が埋め込まれている、複雑怪奇な魔道具。外気を取り込み、この先にあるルードたちの生命線とも言える、『循環の魔道具』へ魔力が供給されている。同時に、この城下町を覆う、明かりの制御をしている魔道具へも供給されているのだという。

魔獣がこの場所に居着くまで、ここは魔力の豊富な海域だった。本来はその海水から、魔力も一緒に補充できるほどだったらしい。

ルードとクロケットは、実に面白い光景を目の当たりにしていた。

黒髪、黒い耳、黒い尻尾を持つ猫人族の男女。彼らは間違いなく、クロケットやオルトレットと同じケットシーなのだろう。彼らは朝と夕方、この場所を訪れるそうだ。

この魔道具の中心。大きな青い魔石の周りをぐるりと、小さな魔石が百個ほど埋め込まれている。常時二割弱ほど補充されているようだ。

一番上に澄んだ色魔石があり、右回りに見ていくと徐々に青黒くくすんだ色に変化している。それはこの大きな魔石に貯蔵されている、魔力の残量を示しているようだ。

男性と女性数人が、並んで順番を待っている。クロケットより年齢の高そうな女性の順番になったようだ。魔石の前で足を止める。魔石の埋め込んである台座は全て金属。その端に触ると、目を閉じて眉をひそめる。

クロケットもルードも、魔力の流れが何となくわかる。女性の両腕から手のひらへ、魔力が流れる感じがあった。ちょうど今、上から数えて、右側にぐるっと回ったあたりにあるくすんだ色の魔石が、一瞬光ってから透き通ったものへと変わっていった。

女性が手を離して、ぶつぶつと口元で何か呪文を唱える。すると、黒い靄が彼女を包み、小さな黒猫へと姿を変えてこちらへ歩いてくる。

「オルトレット様。この呪文、とても便利ですね。いちいち着替えなくて済むのは、とても助かります」

よく見ると、首元に首飾りがあるのがわかる。オルトレットがケットシーだけに、化身の術の呪文を教えたのだろう。彼女は、建物を出て行った。おそらくは、魔力の回復に努めているのだろう。

クロケットとすれ違うとき、足を止めて深く礼をすると、『クロケット姫様。ごきげんよう』と挨拶をしてくれる。

小さなころから、集落の人には『ひめさん』。子供たちからは『ひめさま』と、言われて慣れていた、ただの呼び名だった。だが、気軽に呼ばれるあのころと違って、敬うように呼ばれるのは、さすがに照れてしまうのだろう。

「そんにゃ。お姫様だにゃんて……」

クロケットはオルトレットに言われたときのような、同じ反応を見せるのだった。

魔道具の横には『一日三回、魔石目盛り三つまで』という注意書きがあった。先程の女性も、今注いでいる男性も、一回に魔石一つ分しか注げないようだ。

魔獣災害の前は、この魔石が全て澄んだ状態になるのが普通だったらしい。何か異常が発生したときに、目で見てわかるようにしていたと思われる。だがそれは、この魔道具を建国時に作った人しかわからないのだろう。

オルトレットも当たり前のように、魔力を注ぐ。注ぎ終わると獣化して、列から外れてルードたちを待っていた。

「うにゃ？　私もやっていいのですかにゃ？」

そうオルトレットに尋ねる。

「えぇ。構いません。ですが姫様。注意書きは守るようにお願いいたします」

オルトレットは、『以前三つ注いで倒れてしまった者がいますので』と、念を押して注意してくれた。

「はいですにゃ」

クロケットも、一番後ろに並んで順番を待つことにする。ルードはさすがに、枯渇するわけにはいかないので、ただ一緒に待っているだけに留めていた。

ややあってクロケットの順番が回ってくる。彼女は金属部分に両手を触れて、ルードたちに魔力を分けるときと同じように念じてみた。そのときたまたま、クロケットはくしゃみをしてしまう。

「くしゅんっ！　あにゃ？」

すると一つ光って、澄んでいく前に、隣の一つが。ぽんぽんと徐々に光り続けて、あっという間に十個ほど色が澄んでしまう。

「うにゃ？　やりすぎてしまいました、かにゃ？　壊れてしまったりしませんかにゃ？」

そうクロケットは苦笑する。

オルトレットたちケットシーは、口を開けて唖然《あぜん》としていた。

「お姉ちゃん、大丈夫なの？」

ルードはクロケットの顔色を心配した。だが、いつもと変わらないほど、健康そのもの。

「うにゃ？　まだまだ余裕ですにゃ」

ルードとキャメリアは、お互いを見て苦笑する。

「まぁ、お姉ちゃんだから」

「えぇ。クロケットですからねぇ」

「うにゃ？」

クロケットは王家の血筋だからか？　内包する魔力の量も、普通の人より多いのかもしれない。

ルードたちに魔力を分けてくれたときよりは無理をしてしまったのか、ほんの少しだけ疲れたような表情をしていた。

クロケットは、腰のポーチから何かを取り出して、口の中へ放り込んでいた。香りを楽しむかのように、右に左に口の中を転がしながら。時折軽く噛んで、頬を押さえて美味しそうなうっとりとした表情をする。

「お姉ちゃん、何食べてるの？」

「うにゃ？　これですにゃ」

ポーチを開けて見せると、前に見たことがある塊。同時に魚の濃く強い香りがしてくる。

クロケットが食べて、鼻血を出したもの。石魚《いしうお》と呼ばれる、魚の加工品だということはわかっていた。

石魚は、クロケットにとってあとを引くほど美味しいものらしい。二つ目、三つ目と、ルードが目を離しているほんの僅かな間に、頬張ってしまっていた。

少々辛そうにしていた彼女の頬は赤みを帯び、目が充血し始めている。このままだと鼻血を出してしまうようなことになり兼ねない。

「あ、これか――って、あ、ちょっ。あぁあああああ……」

案の定、クロケットは鼻血を出してしまう。キャメリアが慌てて渡した手ぬぐいを、クロケットの鼻に押し当てる。まるで魔力酔いの症状と同じだ。

ルードはクロケットからポーチを取り上げ、キャメリアに渡して虚空へ〝隠して〟もらう。

「ちょっとすみません。開けて下さい」

並んでいたケットシーの男性に、順番を変わってもらう。

「ほら、お姉ちゃん。手をついて、ぎゅっと絞り出して」

「うにゃぁ。ごめんなさい、ですにゃ――うにゃにゃにゃにゃにゃ……」

あっという間に、十個ほど補充されていく。眉を軽くひそめる程度で、やめさせておいた。彼女にとって、これくらいの方が安全な状態なのかもしれない。

鼻血が止まった頃合いで、治癒の魔法をかける。眉をハの字にしながら、ルードはクロケットを見上げた。

「お姉ちゃん。しばらくは石魚、禁止ね？」

「そんにゃぁ……」

第十一話　魔力回復補助食の開発。

ネレイティールズに足止めされて、今日で一週間になる。

レラマリンとの打ち合わせは、毎日続いていた。その際に、親衛隊からの報告内容も教えてもらっている。

魔獣の動きはこの一週間変わっていない。他の場所へ餌を求めて動くようなこともないらしい。

同時に、魔獣に軽く敗北して、ルードは落ち込んでいた。今までの経験上、落ち込んでいても何も良いことはない。ならばと、別のことを考えるようにした。

キャメリアから、クロケットが石魚を買った場所を聞く。おおよその場所がわかれば、あとは匂いで辿って行けるから。ルードは気分転換も兼ねて、その店舗へ行ってみることにした。

ネレイティールズは、シーウェールズに似たところがある。温泉関連を除けば、交易品と魚介類の加工が多いようだ。

取り扱っている商品ごとに、商店の並びが雑多になっている感じはない。同じ傾向の商品を扱う商店がまとまって軒を連ねている。これは、購入する利用者側を考えてのことなのだろう。

現在は、交易が止まっていることもあり、鮮魚を扱う商店は臨時で商材を変更しているようだ。レラマリンより聞いた話だが、魔獣が居着くまでは魔力が豊富で、その魔力を使った魔道具により魚を育てていたらしい。現在はその産業も休まざるを得ない状況。

魚介関係の交易品、および乾物を扱う問屋として営業している商会があった。そこから特徴的な濃い魚の匂いがしてくる。

「すみません」

ルードは商店の軒先にある石魚を見つける。形は不揃いで、大きさもまちまち。魚を半身にしたような形のものもあれば、大きめの切り身のもの。クロケットのポーチに入っていた、指先の大きさで賽《さい》の目の形に似たものまである。

「はいよ。何を差し上げようかね？」

ケットシーではない、茶色の毛を持つ猫人族の男性。見た目は若そうに見えるが、口ぶりから年配のようにも感じる。

「あの、この石魚なんですが」

「はいはい。石魚ね。どれくらい要り用かな？」

「はい。少し多めに買わせてもらうつもりなんですけれど、その前に詳しく教えてほしいんです」

ルードは、商売の邪魔にならない程度、なるべく手短に質問していく。

「あぁ。これはね――」

この石魚は昔からあるもの。ネレイティールズ近海で獲れていた魚で作られていた。よく見ると、色味の違う二種類のものがある。片方は乾物。片方は燻製されたもの。

この国では乾物が名物となっている。加工を行っているのは、ネレイドやネプラスたちである。その理由は、彼らが得意とする水の魔法。加工された魚から、水の魔法により水分を抜くのが得意。鮮度を落とすことなく、一気に乾燥まで行ってしまう。

ルードが以前、〝記憶の奥にある知識〟で調べた干物の作り方とは違って、ダイナミックで無駄のない方法のようだ。

姉妹国であり、同じ海沿いの国シーウェールズ。実はあの国にいるネレイドとネプラスは、国王王妃、王太子に王女。執事ジェルードの五人だけ。あとは現地で採用した人だったりするのだ。それゆえに、干物を扱う店が少なかった覚えがある。

「なるほど。だからこれだけの種類があるんですね？」

「そうだね。あと石魚は、私ら猫人が好んで食べるんだ。酒や水で一晩かけて戻したあと、炙ったり煮物にして食べることが多いかな？　あとこの小さいものを、金づちなんかで細かく砕く。布でくるんで、湯に沈めて少し煮込む。そうすると、良い出汁が出るんだよ。それで根菜や葉野菜を煮込む人もいるね。あぁ、魚介を追加しても美味しいかな？」

「こらこらお前さん。そんなうんちくだけ語っても、その子が困ってしまうじゃないか？」

奥から出てきたのは、店主のおかみさんなのだろう。灰色の毛色を持つ猫人で、眉をハの字に困った表情をしていた。

「あ、大丈夫です。僕、この国に来たばかりで、凄く助かります。それと、僕の家族が、猫人なんですよ」

「あぁ、それで。お前さん、安くしておやり。仕入れギリギリで構わないよ。さぁ、どれを持っていくかい？」

ニヤッと微笑むおかみさん。実はここの女店主で、店にいたのは旦那さんだそうだ。ルードは全ての種類を、大袋一つ分。まとめると、俵一つ分の大きさの荷物になるくらい、買っていくことにした。

「ありがとう。また寄ってくれると助かるよ」

「はい。また寄らせてもらいます。旦那さんもありがとう」

「いやいや。あんな話だったらいくらでも――」

「こら。調子に乗るんじゃないよ」

「あははは。では、またです」

ルードは、背中が隠れて見えなくなるほどの、大きな荷物を背負って足取り軽く歩いて行く。それはまるで、荷物が勝手に歩いていくようだっただろう。

途中、あたりをたまたま巡回していたティリシアたちに見つかってしまった。腕を両側から抱かれ、背中の荷物を取り上げられる。そのまま荷物ごと王城へ送還。

「言ってくださったら、お供くらいおつけしますのに」

「あはは、ちょっとした散歩だったんです。それで気になったものをつい買ってしまって（あー、どこかで見たなと思ったら、マリンさんのときと同じだ）」

「ルード様はある意味、姫様よりも目立ちますから（特に女性の目からはですけどね）」

「……やっぱりこの白髪かな？　そんなに目立ちますか？」

「はい。それはもう（可愛らしい顔立ちですから）」

レラマリンが注意されているのと似た光景。きっと彼女も、同じようにお小言を言われていたのだろうと、ルードは思った。

キャメリアにお願いして、小さな片手鍋を出してもらう。あとは、自室でちょっとしたお籠もり。

色味の違う小さな欠片の石魚を取り出して、お皿の代わりに鍋に置いてみる。商店の旦那さんは、『猫人が好んで食べる』と言っていた。

薄茶色の欠片は、クロケットがかじっていたものと同じ。こちらは乾物だ。濃い焦げ茶色の欠片は、燻製されたものだと教えてもらった。

両方匂いを嗅いでみる。薄茶色の方は、間違いなくクロケットが持っていたものと同じ。魚の凝縮された濃い匂いがある。

濃い茶色の欠片は、兎人族の村バーナルで今も作られている、綿種果《めんしゅか》をローストした香りにやや似ている。だが、魚の匂いが勝ってしまい、両方の違い程度しかわからない。

薄茶色の方を口の中へ放り込む。鼻に抜ける魚の香りは嫌いではない。むしろ好きな方だ。だが、舐めていても決して美味しいとは思えない。奥歯で齧ってみる。

「――痛っ！　何だこれ？　こんなに固いの？」

油断していたからか？　顎に衝撃が走るほどの固さを感じた。これをクロケットは、軽々と噛み砕いていた。

「あー……、金づちで叩いて砕くって言ってたっけ」

それほどまでに固いものだったはず。奥歯でごりごり削るように噛んでみた。唾液に僅かだが、魚の味がしみてくるような気がする。フェンリルと猫人族とでは、魚の味を感じ取れる割合が違うのだろうか？

ルードからしたら、このまま食べてもあまり美味しいものとは思えない。〝記憶の奥にある知識〟に照らしてみる。石魚という名前。魚介の固い乾物。砕いて湯に沈め、煮出して使う。などなど。近いものとして〝モルディブフィッシュ〟や〝鰹節《かつおぶし》〟や〝鯖節《さばぶし》〟などの情報が手に入る。ただ、見た目は似ても似つかない。香りの記述もルードにとっては抽象的すぎて、石魚に該当するとは思えなかった。

大きな欠片とにらめっこ。これをどうにかして、薄く削ってみたくなった。魚の出汁をとるもののなかに『薄削り』というものがあった。石魚を薄く削ると言っても、刃物ではやり方がわからない。〝記憶の奥にある知識〟には、〝カンナ〟かんなという導具があるとあったが、ルードは見たことがない。

そこでルードが考えた方法。石魚は、魔法で乾燥しているという。それなら、魔法で削ってみようと思ったのだ。

『凪よ』

ルードは風の魔法を使うことにした。手のひらの上に、小さな渦《うず》を作る。

「鋭く、薄く。小さく。んー、どうかな？」

風の刃が、手のひらの上に回っている。そこに石魚をそっとあててみる。すると。

「あ、ちょっと違うけど、削れる削れる――あ、散らばっちゃうよ。んー」

ルードは考える。目の前にある、何かに使えるだろうと持ってきていた、鉢植えに入った土。

「あ、これだ。『土よ』。んっと、こうしてこう」

土を固めた表面が粗い、円錐《えんすい》状のものができあがる。思いつきで作った、石製のグラインダーに似たもの。

「これをこう。鍋の中で回して……、ここで石魚を。おぉおおお、削れていく」

回っている円錐にそっと石魚を近づけ、あてて削っていく。

きめの細かい、ふわりとした粉状に削れていく。怪我をしないように、慎重にこぶし大の焦げ茶色の欠片を一つ分削ってみた。

削っているうちに、あることに気づく。それは、石魚の身と思われる部分の、外側と内側に色の違いがあるということ。ルードは外側だけを先に削る。もちろん、削った粉は捨てたりしない。外側にある焦げ茶色の部分が一割足らず。あとは内側にあった薄い茶色の部分。

片手鍋いっぱいに削れた、石魚の内側の身の粉。紙の上には、外側の身の粉が集まっている。

ルードはまず、紙の上にある外側の粉をひとつまみ、口の中へ。唾液と混ぜて、奥歯ですり潰す。舌先から舌の奥までゆっくりと通しながら、あとは飲み込み鼻の奥から表へ抜ける残り香を確認する。

最初に石魚を齧ってみて、美味しいと思えなかった味そのままだった。残り香は、香ばしい香りと石魚の香りが混ざっている。悪くはないが、味を楽しめる感じではない。

ここまでは予定通り。もう一方の内側の身の部分。これを削っていくとき、色味が変わったあたりから、魚の良い香りが漂ってきていた。外側よりも柔らかい色。魚の加熱する前によく見る、身を削ったような粉の色。

一度水を含み、口の中を洗い流す。これは二種類の部分の違いを明確にするため。ルードは少量だけ、桜色の粉を口に含む。豊かな香りが充満してくる。風味だけ言えば、これはかなりのもの。

唾液と合わせ、奥歯で同じようにすり潰す。何ということだろうか？　一つかみ合わせるごとにすり潰すごとに、僅かな量だったが特有の味がしみてくる。

ただ、それを感じたのはほんの僅かな間だった。飲み込んでしまったら、あっという間になくなってしまう。多少鼻に抜ける残り香はあっても、クロケットが夢中になるようなものは、ルードには感じられない。

再び少量だけ、桃色の粉を口に含む。唾液を含ませて、奥歯ですり潰すように噛み続ける。その間は、僅かずつだがしみてくる旨味があった。

「あー、これなのかな？　お姉ちゃんが感じた美味しさって。あ、でも、こっちの石魚じゃないんだよね。同じなのかな？　内側だけなら？」

石魚を購入した商店では、このような粉状のものはなかった。おそらくは、叩いて粉状にするのが普通なのだろう。こちらの焦げ茶色の欠片の方が、出汁を取るのに適した石魚。薄茶色の欠片は、水や酒で戻して煮たり焼いたりするのに適しているはず。

乾貨《かんか》とも呼ばれる、乾燥食材。乾いていて水分が少ないため、軽くて輸送が楽になると同時に、保存も利くという。種類によっては、一度乾燥させた方が味わい深くなると言われているものがある。そう〝記憶の奥にある知識〟には書いてあった。

どれがその系統にあたるかは、こちらの食材からはわかりにくい。それでもやってみるのが一番の近道。ルードのような、料理好きの本能だろう。

薄茶色の大きめの欠片も、大きな紙の上に削った粉状にして置いておく。これで、食べ比べができるというものだ。

クロケットが食べていたものと同じもの。その粉状にしたものを口に含む。香りは悪くない。唾液で合わせ、クロケットのように奥歯ですり潰し続ける。

「あ、美味しいかも。でも、お姉ちゃんが言うほど、後を引く感じはないんだけどね」

なぜここまでするかというと、ルードが調べ続けている、『味が濃く、美味しいと思われる食材は、魔力を大量に含んでいるかもしれない』というテーマを検証するためだ。

リーダがこだわっていた串焼きの材料である『タスロフ種の肉』もそうだ。これは、魔力の多いウォルガードで飼育された品種。

ルードの育った森で獲れた山猪に比べると、明らかに味が違っていた。豊富に魔力を含んでいるかもしれないから、『美味しさを感じる割合』も強かったのではと思ったわけだ。

キャメリアたち飛龍は以前、味というものを重視せず、生きるためだけに食事を摂る人たちであった。だが、ルードが関与したところ、『美味しい』という感覚を共有することができたのだ。だから今でもルードは、それを追求しているのだろう。

ここでひとつ引っかかることがあった。ルードにはそれ程効果を発揮することのない石魚。だが、クロケットの食味に対して言えば、中毒性が高いと思えてしまうほど、高性能な食材だと思われるのだ。

甘味、辛味、酸味、苦味、塩辛い。この五味に加えて、旨味という不確定要素を含んだものを六味と呼ばれるものがある。

美味しいと言われている地域の肉や葉野菜、根野菜にも、そのような成分が含まれているかもしれない。食べ物の旨味成分には、魔力が関係しているのではないか？　——との考えに、ルードは独学で至った。

それをイエッタに相談し、彼女から教わったことがある。その六味にあたる旨味成分について。〝グルタミン酸〟、〝イノシン酸〟、〝グアニル酸〟、この三つは彼女の話に出ていた。この話は、そのままルードの食品開発に携わってくれている錬金術師のタバサにも、わかりやすいように伝えてある。

各種成分がルードたちに、どんな影響を与えるのか？　ただその三つの成分は、抽出することも調べることもできるわけではない。確かに興味深い考え方だと、タバサも言ってくれた。

一つ一つ、〝記憶の奥にある知識〟で突き詰めれば、何かが見えてくる。そう思って長い間、独学で調べを続けてきていた。

その一番不安定で不確定な要素の、旨味成分。例えばお酒を美味しいと感じる場合や、とても甘いミルクチョコレートを美味しいと感じる人もいる。

ただ、お酒が苦手な人もいれば、甘い物が苦手な人もいるのだ。それは種族によって違っていたり、男性・女性、大人・子供でも感じる違いがあるとされている。

今回のターゲットである石魚は、クロケットたち猫人族の好物。現在はクロケットだけに高い再現性を発揮しており、例外なく魔力が増えている兆候が見られる。ということは、魔力回復の補助食品となりうる食材とも言えるのだ。

ここでルードがやりたいと思うこと。この石魚の粉を使って、美味しい料理を作ってみたい。

ルードが部屋に籠もって、あーでもないこうでもないと始めたのが、昼前二時間ほど。今はちょうど、お昼ご飯前だった。

扉がノックされる。

「ルード様。本日のお昼ご飯はどうされますか？」

キャメリアがルードに問う。

「あー、うん。厨房を借りられるように頼んでみてくれる？」

「といいますと？　何かお作りになるということでしょうか？」

「うん。簡単なものかな？　試しに作るだけだから、お姉ちゃんに食べてみて欲しいだけ。あと、オルトレットさんにも、かな？」

ルードはちょっとだけいたずらっ子な、よろしくない笑みを浮かべていた。もちろん、キャメリアはそれに気づいている。

石魚料理の、実験に付き合って欲しい人を選別する。やはり、ケットシーであるクロケットとオルトレットが一番適任なのだろう。

王城にある、厨房の一部を借りることができた。もちろん、手伝いでクロケットとキャメリアが準備を終えていた。

「お姉ちゃん。四人分のご飯炊いてくれる？」

「はいですにゃっ」

クロケットはキャメリアから米を受け取る。洗米し、水を吸わせる。

「キャメリアは、葉野菜を洗って刻んでくれるかな？」

「はい、かしこまりました」

少し放置している間に、キャメリアの方を手伝う。

ルードは人数分の生卵を、卵白と卵黄に取り分けておいた。卵白を泡立てて、メレンゲ状にしておく。フライパンを熱し、メレンゲの状態で焼いていく。

ふわりとした焼き上がりになったので、そのまま皿に移してあら熱を取っておく。

中ぐらいの鍋に水を張り、真ん中にいつも使っている乾燥させた色濃い海藻を入れておく。そのまま沸騰するまで加熱。

実はこの、ルードが持ち歩いている乾燥させた海藻は、ルードとイエッタが苦労して見つけたもの。イエッタと一緒に探していた〝昆布〟という名の海藻。この世界にはその名のものはなかった。見た目が同じようなものはあったが、そのままでも乾かしたとしても、まったく出汁が取れない。

そこで手当たり次第、色々な海藻を乾燥させ、出汁を取ってみて失敗を繰り返す。その中で、一番旨味が合ったものを使うようになった。

実はその海藻は赤黒く、血の色のような毒々しい色合い。細く短く、岩の裏側でしか見かけない。海中では、気味悪くうごめいて見える。

とてもではないが、美味しそうには思えない。そのため食べる習慣のないもので当然名がなく、意図的に採取されるようなことはない。手に入れた海藻に、たまたま混ざっていたものだった。ルードたちは『乾《かわ》き紅草《あかぐさ》』と呼んでいた。

イエッタはそのとき、言葉には出さなかったが、その海藻にはグルタミン酸に類するものが含まれていたと思われる。イエッタの記憶にある味と形が、この世界での見た目と一致するわけもないという良い例だ。

乾き紅草を水から煮立て、沸騰する前に一度火を止める。海藻を取り出して、焦げ茶色の中身の粉を、薄い布にくるんでおいたもの。これを、布ごと鍋に入れる。布全体に出し汁がしみたあたりで布を取り出し、鍋の上でかるく菜箸で絞る。

ふわりと香る、何とも言えない感じ。小皿に少量、出汁をすくって味を見る。

「あ、すっごく美味しい。ほらお姉ちゃんも」

海藻出汁の味が、倍増したような旨味を感じた。おそらく石魚には、この世界にはない鰹節や煮干しのような、イノシン酸の類いが含まれていたのかもしれない。実はタスロフ種やメルドラードの岩猪。味の弱い山猪などの肉類にも、これとおなじ成分が含まれている。それはルードか、それとも彼の研究を引き継ぐ誰かがいずれ、調べ上げることになるだろう。

「――うにゃぁ！　お、美味しいですにゃっ」

お世辞でも何でもない。そう彼女の二股に分かれた尻尾も言っていた。

出汁の味を確認し、キャメリアの切ってくれた葉野菜、根野菜を入れる。頃合いを見て、味噌を溶いて味を調える。これで味噌汁の準備は終わり。

ルードが味噌汁を作っている間に、クロケットは鍋で米を炊いていた。ルードがやる方法を何度も見ていたから、魔法で米を炊くことも熟知しているのだろう。

鼻歌交じりに米を炊く。絶妙の火加減で、思ったよりもあっさりと炊き上がった。火加減に料理を合わせるのではなく、料理によって火加減を調整するルードのやり方。

これが思ったよりも時短に繋がっているのだ。

「ご飯炊けた？」

「はいですにゃ。あと少し蒸らしたら完了ですにゃ」

「よしよし。こっちもそれくらいにできそうだからね」

ルードはキャメリアに、味噌としょう油を出してもらう。このしょう油は、タバサの工房でできたばかりの、製品化にはほど遠いプロトタイプみたいなもの。味噌汁の最後の味付けも終わり。

「はいですにゃ」

テーブルに並べられた、葉野菜と根野菜の味噌汁に、卵白のメレンゲ焼きが浮かべてある。

「ルードちゃん、ご飯炊き上がりましたにゃ」

「うん。ありがと。じゃ、キャメリア。お茶碗を、いや小さいどんぶりを四つ出してくれる？」

「かしこまりました」

「僕が盛り付けるからさ、お姉ちゃん。オルトレットさんを連れてきてくれるかな？」

「……はいですにゃ」

首を軽く捻る。クロケットとの仲は良好のはずだ。

ややあってオルトレットが到着。

「うにゃ。来てもらいましたにゃ」

「うん。ありがと」

ルードがそう言い、テーブルの椅子を軽く引く。クロケットは素直に椅子へちょこんと座る。

「ルード様。どうされましたか？」

「あー、うん。大切な仕事をお願いするところなんですが」

「お仕事と言われますと？」

「僕ね、ケットシーさんたちが、この国を裏側から支えてくれているのを知ったじゃないですか？

それで、少しでも助けになるようにと、考えてみたものがあるんです」

「それはありがたいことですな」

「では、お姉ちゃんの向かいに座ってくれますか？」

「いえ、その。ご様子を察するに、これからお食事のご予定ではないのでしょうか？」

「はい。それでも仕事なんです。とにかく座って下さい」

「いえ、わたくしのような使用人は、ご一緒するわけには――」

「いえ、これは仕事です。僕は料理を作ったのではなく、試作品を作ったということになるんです」

「ですにゃ。私も普段、お手伝いをしようとすると、キャメリアちゃんにしかられてしまいますにゃ。私だってルードちゃんのお手伝いをしたい。でもこれは、ルードちゃんの新作。どのような手順で作って、どのように味付けをしてるか。その結果、どのような味になっているか。しっかり味わって感想を言うのは、立派なお手伝いにゃんです」

オルトレットも、クロケットの正論に圧倒されたのだろう。疑念を浮かべていた先程の表情よりは、柔らかくなっている。

「ありがと。お姉ちゃんが言うように、これ僕が考えたものの、試食ということになるんです。どうぞ、座って下さい」

新作を作ったときは、クロケットも手伝いは最小限。食べることに徹するようにしていたのだった。

「はい。かしこまりました」

やっと座ってくれた。これで先に進められる。

ルードは四人分の味噌汁を、キャメリアによそうように指示を出す。

ご飯を炊いた鍋のふたを開ける。〝かに穴〟と呼ばれる、ぷつぷつと凹んだ部分。慣れたクロケットが炊いたのだ。実に甘い感じの、良い匂いが漂ってくる。

軽く混ぜ合わせて、どんぶりにご飯をよそう。

「うにゃ。良い匂ですにゃ。このお味噌汁も、たまらにゃいですにゃ。まだかにゃ？　まだかにゃ？」

「はいはい。もうちょっとだから」

苦笑するルードは、手早く準備を続ける。よそったご飯の上に、ルードが削った粉状の石魚。それをたっぷり乗せる。中央に凹みを作り、そこに卵黄を乗せた。

実に簡単な料理だが、全て手間をかけている。四つ作り上げると、ルード自ら配膳。

「まずはお姉ちゃん。オルトレットさんにも」

そう言いながら、各自目の前にどんぶりが置かれていく。このときには、クロケットの横にキャメリアもしっかりと座っている。ルードが仕事だと言うときは、彼女も文句を言わず着席するようになっていた。

「これは、ウォルガード《ほんごく》にいる、僕の家族。錬金術師のお姉さんに作ってもらった、珍しい調味料です。卵黄を軽くつついて割ってから、これを適量垂らします」

ルードは箸で卵黄をつついて割る。卵黄と粉状の石魚に、くるりとしょう油をかけてみせた。

いわゆる『ねこまんまの卵黄がけ』という簡単な料理になった。

「うにゃぁ。ものすごく、良い匂いですにゃ。これ、あの石魚じゃにゃいですかにゃ？」

「うん。よくわかったね。あれをね、細かく粉状にしたんだ。この味噌汁のお出汁も、いつものあれと、石魚の粉でとったんだよ」

「にゃんですとっ？　それにゃら、美味しいに決まってるじゃにゃいですかっ！」

「はいはい。じゃ、いただきましょう――いただきます」

「「いただきます」」

ルードに続いて、クロケットとキャメリアもいただきますをする。

オルトレットは箸を使い慣れていないと思い、匙《さじ》を添えておいた。

「いただきます？　ですか？」

「はいですにゃ。ご飯を食べるときに、お米や、お魚《さかにゃ》。獲ってくれた人、作ってくれた人。料理をしてくれた人への感謝の気持ち、にゃんです」

「なるほど。では、いただきます」

まずはルードが食べてみせる。石魚粉《いしうおふん》と、卵黄を混ぜてから、ご飯に絡める。そっと箸で持ち上げ、口へ運ぶ。

「(へぇ。これは結構美味しい。イエッタお母さんが言ってた『たまごかけご飯』のアレンジみたいなものだね。だから黄身としょう油が絶対に合うのはわかってた。それと、石魚の香りが合うんだね。噛むと味がじわっとくるよ)うんうん」

味噌汁を啜《すす》る。これもいつもの出汁より、濃厚な海の味。直接的な石魚の旨さを感じるより、間接的な旨味の方がルードはわかるような気がする。

これは、猫人族とフェンリルなど、違う種族との、石魚から味を感じる度合いの違いなのかもしれない。ルードはそう思った。

「うん。味噌汁もいつもより美味しい気がする」

ルードの笑顔で、クロケットの口の中に唾液が出まくっているのだろう。たまらなくなって、ルードを真似て一口食べてみる。

「――うにゃっ。たまりませんにゃっ！　……うにゃぁ。うまーですにゃ」

いつもは大きく開いているクロケットの目が、イエッタの糸目のように幸せそうな感じになってしまっていた。

キャメリアは先に味噌汁から味わってみた。

「（確かに。ルード様がおっしゃるように、いつもより良いお出汁が出ているかと）」

次に『ねこまんま卵黄がけ』を一口。

「（うん。美味しいのは間違いないです。ですが、ルード様から聞いていたとおり、私たちとクロケットとは、石魚の感じ方が違うのかもしれませんね）」

口には出さないが、ルードとキャメリアの見解は似ているようだ。

「こ、これはどうしたものか。この世のものとは思えない、物凄い幸せに攻め込まれているような気持ちになってしまいます……」

オルトレットはボキャブラリーに乏しい。それでも最大限の賛辞なのだろう。

「ですにゃぁ……」

いつもは精一杯の感想を、ルードに話してくれるクロケット。だが彼女も、今回ばかりは駄目だった。

クロケットもオルトレットも、同じように尻尾を立てたまま震わせている。これは嬉しいときなど、感情が高ぶっているときに現れるようだ。

なぜか、それは一目瞭然《りょうぜん》。『ねこまんま卵黄がけ』を食べ終わって、味噌汁を飲み終わる。

二人の口元には、鼻から垂れ落ちる、赤い筋があったからだった。石魚の効果がありすぎて、二人とも逆上《のぼ》せてしまったのだろう。もちろん慌てて二人を、『循環の魔道具』のある建物へ、連れて行くことになったのは仕方のないこと。

それだけ効果のあった、今回の『石魚粉ねこまんまの味卵黄がけ』。これは間違いなくケットシー向け『魔力回復のための補助食品』は成功だったと言えるだろう。

ルードが近い将来、フェリスへこの研究成果を報告するだろう。それが魔力枯渇状態を回復させるような、薬の開発へと繋がっていくのかもしれない。

第十二話　お忍びになっていない、王女様の散歩。

王城の一室、食堂にて――。

毎朝行われている、レラマリンとの打ち合わせ。ネレイティールズとウォルガードの、簡易的な首脳会談に似た、王女と王太子である二人の悩み事相談。

レラマリンの前に置かれた、小さな竹で編まれた籠の中に入った、これまた小さなおにぎり。そこからは、しょう油と海の強い香りが漂ってくる。

ルードの報告はこうだ。

ケットシー向け、魔力回復補助食品の開発に成功した。ただ今回の『ねこまんま卵黄がけ』は、振る舞うには食器が大変なことになってしまう。

そこでルードは、以前試作した『卵黄のしょう油漬け』や『卵黄の味噌漬け』を思い出す。手持ちで作れそうな卵黄のしょう油漬けを作り、おにぎりのタネにすることにした。

手まり寿司のような大きさ。一口サイズのおにぎりに、卵黄のしょう油漬けを半分。そこに石魚粉をまぶす。そうして作った小さなおにぎりで、十分効果が出ることもわかっている。それを、『循環の魔道具』で振る舞うことに決めたのだった。

「とりあえず、『循環の魔道具』は大丈夫ですね。全部の魔石が、常時澄んでる状態に保たれています」

「ルード君。いつの間に……」

これで、このネレイティールズにいる人たちの、生命に関わる部分の懸念事項。レラマリンたち王族が頭を悩ませていた問題が、昨日の今日で一つ消えてしまったのだ。彼女が驚いても仕方のないことだろう。

「はいはい。食べてみて下さいって」

「わかったわよっ」

レラマリンは悔しそうな表情で、おにぎりを一口嚙る。

「どう?」

「美味しいわよっ！　でも、何でルード君がこんなに」

指についたご飯つぶを舐めとりながら、もう一つに手を伸ばそうとしている。

「うん。僕、料理が大好きなんです。食べてもらってね、美味しいって言ってもらえるのが嬉しいんです。僕の生きがいの一つ、でしょうか？」

笑顔でそう答える。

イエッタが言うところの『女子力』のようなもの。レラマリンもある程度以上、炊事・洗濯・掃除は教え込まれている。それはなぜか？

仕事を知らないと、家人の成果を正しく評価をしてあげられない。だから上に立つものは、家人の仕事ができて当たり前。ウォルガードも、ネレイティールズも、王家で育つものは同じ考えだったようだ。

「（クロケットお姉さんから、聞いてたわ。ルード君がお料理上手だから、負けていられないって。ぐぬぬぬ……）悔しいわ。でも美味しいのは仕方ないじゃないの」

ルードは自分と同じ、国を継ぐ立場にいる。料理が大好きで得意で。話では、輸送の商会を自分で切り盛りしている。クロケットからも、キャメリアからも、評価は同じ特上のものだった。

目の前のルードに負けてしまっている。負けず嫌いなレラマリンは、ちょっと悔しい気持ちになってしまっていた。

「（マリンさん。口に出ちゃってるってば）」

▼

その日の午後――。

レラマリンとオルトレットから聞いていた、懸念事項の一つはクリアすることができた。だが、魔獣へのアプローチが手詰まりの状態は変わらない。

ルードは煮詰まってしまい、散歩でもしようと思った。だが、城下町で油断してると、ティリシアたちに見つかってしまう。お供などつけられてしまっては、目立ってしまうのだ。それはさすがにと、思ってしまった。

「あれ？　お姉ちゃんの匂いがする」

王城の中庭は、とても綺麗だ。船で行われている交易で、様々な場所から集まったものがあるのか？　色とりどりの花、木々。葉野菜、根野菜まで植えられているのだ。

ルードが一歩中庭に出たとき、風に乗って覚えのある香りが漂ってくる。忘れるはずもない。大好きなクロケットが好んで使う香油の香り。嗅覚を頼りに、クロケットの姿を探す。

どう考えても、おかしい。『循環の魔道具』から帰ったクロケットを、部屋に送ったのがついさっき。ルードを追い抜いて、この中庭に出てくる理由がないのである。

それでも間違いなく匂いがする。ルードはそれを目で追ってみた。匂いが動いている場所を発見。そこは中庭の壁沿い。見慣れない女性の後ろ姿があった。

ルードが知る限り、あのような感じの女性は見たことがない。肩より長い茶色の髪を、背中で三つ編みにしている。目が隠れるくらいの前髪。大きな眼鏡。

長袖のシャツに、膝下のワンピースドレス。色味は城内に働く職員のそれに似ている。

そんな姿の女性がなぜ今、この中庭にいるのか？　周りをきょろきょろ窺って、人のいない方向へそっと移動するのも、違和感しかない。

あの香油は確か、タバサが抽出してエリス商会で売られているものの一つ。この国ではまだ入手できないはずだ。それがなぜ、あの女性から漂ってくるのか？

「（あ、中庭出てく。でもさ、あの人って多分……）」

身長は、知っている人と同じくらい。頭の中でリストアップ。あのような怪しい行動をする人は、たった一人しかいない。興味が湧いたルードは、後をつけることにしてみる。

「（へぇ。こんな抜け道があったんだ）」

人一人抜けられる、ギリギリの隙間が中庭にあった。正面の入口や勝手口があるから、この場所から人が行き来するとは誰も思わないのかもしれない。だからこうして、〝この人〟が抜け出すこと許してしまっている。

王城を抜けると、城下町へ出てくる。さっきまできょろきょろしていた彼女は、町へ出ると迷うことなく足を進める。

最初に足を止めたところは、店先の半分が魚介の串焼きの売り場になっている商店。

「これとこれ、お願いね」

「はいよ。毎度あり」

「どう？　困ったことはない？」

「そうだねぇ。貝柱なんかは戻して使ってるけど、魚はどうしてもね、新鮮なものが獲れないから」

「そう。それはごめんなさい」

「いやいや。姫さんが謝ることじゃないだろう？」

「――馬鹿っ。何のために変装してると思ってるのよ」

「あははは。そりゃすまないね」

バレバレだ。変装していたのは、思った通りレラマリンだった。

これがティリシアの言っていた『お忍び』の一部なのだろうか？　リーダやレアリエールのように、買い食いが目的なのだろうか？

様々な商店で足を止めては話をして、また移動する。時折、美味しそうな匂いのする商店で、買い物をして手首に袋を通していく。気がついたら、両手に荷物を沢山抱えた状態。

買い食いにしては妙だ。レラマリンは、買ったものを一切口にはしない。ときどき振る舞われるお茶を飲んでいる程度。

一人ではとても、食べきれないと思われる荷物を持ち、彼女が行く先は徐々に静かなブロックへ向かっている。

足を止めたのは、少々古い感じのする白い壁の建物。レラマリンは扉を軽く二度ほど叩く。すると顔を出したのは、修道女のような服装をした、ルードたちより年上の女性。

レラマリンは、その女性に持っていた沢山の買い物を渡す。何度も何度も、女性はお礼をする。そうして中へ招かれていった。

ルードは周りを見回す。親衛隊の服装をした姿は見えないようだ。こっそり、窓側へ回ってみた。

そこから聞こえる声から察するに、ここはやはり孤児院だったようだ。

ルードは思う。リーダに見つけてもらえなければ、もし生きていたとして、こうして孤児院にいたかもしれないのだ。

同じ境遇ともいえる子供たちがここにいるんだと思うと、少ししんみりとした気持ちになってくる。レラマリンは先程までと同様、ここでも困ったことがないか聞いて回っているのだろう。

ここは別に危険な場所ではない。気をつけるべきは、親衛隊たちだけだった。だから気配を消すようなことはしていなかった。

「――おにいちゃん、なにしてるの？　おいのりはね、あさしかやってないんだよ？」

「へ？」

ルードは素っ頓狂な声を上げてしまう。しゃがんだルードの隣には、同じ目線の背の高さしかない、五歳くらいの男の子。瞳の色が黄色に近い、茶色。肌は浅黒く、眉の中央側に、可愛らしい角が一本ずつ生えている。ルードにも見覚えのない種族の子供だろうか？

ルードを見上げていたのだが、くるりと回れ右。

「あ。ちょっとま――」

「ままー。おいのりしたいひとが、きてるよー」

「あ、いや。そういうわけじゃなくてね……」

ルードの伸ばした手は空をきってしまう。

男の子は、建物のドアを開けて、閉めることなく駆け足で入っていった。そこから新たに、数人の男の子や女の子たち。先程いた、修道服の女性。開け放たれた窓から、聞き覚えのある声がする。

「ルード君。何やってるの？」

「あ、いや、その――ごめんなさい」

ルードの尾行劇は、ここまでとなってしまった。

▼

それから半時ほど経った――。

孤児院の厨房で、ルードはプリンを作っていた。大きな鍋はここで使っているもの。両手で抱えて、食堂へ持ってくる。

「「「「うわぁ……」」」」

鍋の蓋を開けると、甘い匂いが広がっていく。

「はいはい。一列に並んで。大丈夫。おかわり沢山できるくらい作ったからね」

「「「「はーい」」」」

とても良い返事が返って来る。

ルードは一人一人、お玉で大盛りのプリンを取り分けていく。

「ありがと」

「いいえ、どういたしまして」

プリンをもらってお礼を言う子供たち。そんな子たちに、ルードはお返しを言う。

子供たちは全員で十八名。犬人や猫人も、人種も。様々な種族の子たちが仲良く暮らしているようだ。

服装もつぎはぎが見えないくらい、しっかりしたもの。きっと、国で支援しているのだろう。

「ルードお兄ちゃんに、いただきますを言いましょうね」

「「「ありがと。いただきます」」」

「はい。どうぞ」

目の前には、おかわりを我先にと争う子供たち。甘いものは別腹なのだろうか？　一部は夕食に回されるとのことだが、レラマリンのお土産をしっかりと食べた後だった。

あの後ちょっとだけ大変な事態に陥った。ここの孤児院長、実は犬人族だった。子供たちに両手を引っ張られ、孤児院へ入ってきたまでは良かった。その瞬間、彼女が卒倒したように見えてしまった。

慌てて駆け寄るレラマリン。孤児院長は、『大丈夫です。私にも何が起きたのかわかりませんが、痛かったり苦しかったりするわけではありませんから』と、説明する。

彼女はルードの匂いを感じ取り、無意識に『服従の印』をとってしまった。子供たちは面白がって、孤児院長の真似をして寝っ転がる始末。

「何ていうかもう本当に、……ごめんなさい」

ルードは反射的に謝ってしまった。隠しておけないと思い、ルードは孤児院長に自分がフェンリルだと告げた。

そのあとルードは、今すぐにできる精一杯のごめんなさいが何かを考える。そこで、玉子と砂糖、ミルクを買いに行き。お詫びのしるしとして、プリンを作ろうと思った。

プリンを作りながら、ルードはレラマリンにことの顚末《てんまつ》を説明する。獣人種、その中でも犬人族には顕著に表れる現象。本能的なものだと理解してもらうまでに時間がかかった。なにせ孤児院長はその瞬間まで、ルードがここにいること自体知らなかったからだ。ルードがフェンリルということも、自分に何が起きたのかもわからず寝転がってしまった。

獣人種だからと言って、『服従の印』を親から教わるわけではない。だからひとそれぞれの姿で、無抵抗の意思を表すのだろう。彼女自身、生まれて初めてだと言うから困ったものだ。

「ルード様に責任はございません。子供たちも喜んでいますし、わたくしも良い経験ができましたので」

頭の後ろをかきながら、ルードは誤魔化し笑いをするしかなかった。

「ところでルード君」

「はい？」

「プリン、作《こ》って《れ》みせたりして、大丈夫だったの？　商会の運営上、秘密だったりするんじゃないの？」

レラマリンは心配そうに聞いてくる。

「大丈夫ですよ。レシピの公開は、大っぴらにはしていませんが、菓子職人さんには、一度手ほどきはしたことがあります。それでも手間がかかるので、作ろうと思った人は少なかったと聞いてます。もう少し簡単な蒸し菓子を教えたら、シーウェールズの名物になってしまいましたね」

ルード自身は魔法で作るから、手間はそれほどではない。だが、普通の菓子職人であれば、とんでもない手間がかかってしまっている。

アルスレットも好物だと言っていたが、レアリエールは特に好んで食べた。変装をして毎日城下町の宿屋へ食べにきていた。そんな笑い話をルードは話していた。

「へぇ。あのアルスレットお兄様が、そうなのね」

「はい？」

「いいえ、何でもないわよ。そう、レアリエールお姉様が変装を。私みたいなことをやってるのね」

「あー、うん。あの場合残念な結果というか、何というか。もう変装じゃないですよね。服だけ侍女さんのを着けてましたけど。髪型はそのままだし、耳飾りとかの装飾品もつけたままだったし。毎日ジェルードさんの馬車で来てましたから。近所の人はみな、王女様だって知ってましたね」

ルードは遠い目をしながら、苦笑していた。レラマリンは、ぽんとルードの肩を叩く。

「何ていうか、ごめんね。ルード君」

彼女も自分が従姉妹として、アルスレットと同じような気持になってしまったのかもしれない。

それからルードは、今レアリエールがウォルガードの学園で物凄く頑張っていることなどを話していた。それ自体にあまり興味を示さなかったレラマリンは、アルスレットの話になると、身を乗り出して聞いてくる。

「えっ？　ルード君って、アルスレットお兄様に親しくしてもらっていたの？」

「うん。とっても優しいお兄さんですよ」

「私もね、小さいときに二回会ったことがあるの。そういえばアルスレットお兄様って、シーウェールズを継ぐのよね？　ね、ルード君。教えてくれる？　私もっと知りたいの」

「いいですよ。僕が知ってる事ならね。あのね、僕みたいな弟が欲しかったって、言ってくれたんです。小さいころからの苦労話を話してくれたり。毎週僕に、色々な勉学を教えてくれたんです」

周りの子供たちも、話を聞きたくて集まってくる。遠く離れたシーウェールズの話など、なかなか聞けるものではない。それも、ネプラスの王子様の話だからか。

「あのね、僕なんかよりも背が高くて、とてもかっこいいお兄さんなんです――」

レラマリンも、兄弟姉妹はいないから興味があるのだろうと、ルードは思っていた。

第十三話　秘密のほうれんそうと、子をあやす母親。

エリス専属の侍女であるクレアーナを師と仰いで、キャメリアはルードに相応しい侍女であるべく日々努力を重ねている。そんなキャメリアの姉弟子とも言える存在が実はいた。何を隠そう、クロケットなのである。

クロケット今よりもっと昔。名も知らぬルードの姿を追って、憧れを抱いていた時期があった。ルードに助けられたあの日から、ルードに恩返しをしたい。だからルードの傍に来た。

ルードとリーダの役に立ちたい。そう思っていたからこそ、クレアーナから様々なことを教わってきた。二人を支えようと思うだけなら、クレアーナから教わることを反復するだけで良かっただろう。だが状況は一変する。

ルードの母リーダと、クロケットの母ヘンルーダは親友だった。そんな二人の企みからまさか自分がルードの許嫁に、果ては婚約者になるとは思っていなかったのである。

クロケットはウォルガードで、ルードの婚約者と紹介された日から、彼に恥をかかせてはいけないと思うようになった。自分に足りないものが何か？　悩んだ結果、あまりにも多すぎて余計に悩んでしまう。

そんなとき、アドバイスをくれたのが、ルードの曾祖母イエッタだった。年齢相応の女性になれるよう、立ち居振る舞いや女性らしい仕草を、教えて欲しいと願った。イエッタは二つ返事で了承し、クロケットを指導するようになった。

イエッタの特徴的な糸目はウォルガードでも有名。彼女はいつも微笑んでいるように見える。生きてきた年数もあるのか、とても落ちついていて、物凄く優しい。

彼女の曾孫ルードと、孫のエリスは、共通して『イエッタにお尻を叩かれた』という経験がある。イエッタの前で『お婆ちゃんという言葉は禁句』だと、声を揃えて同じことを言う。軽いトラウマになるほどのものだったと、クロケットも同じ話を聞いていた。

普段優しいイエッタも、ことしつけに関していえば、確かにとても厳しい人だ。イエッタを曾祖母と祖母とする、ルードとエリスだったから、口を滑らせることもあっただろう。

確かに彼女は、千年以上の生を重ねている。だが、クロケットから見たイエッタは、『美しく優しげな大人の女性』としか映らない。そんなクロケットが、イエッタに対し、どうして『お婆ちゃん』などと言えようか？

女性として何十枚も、何百枚も上手《うわて》な存在であるイエッタを、クロケットは心から尊敬している。イエッタもクロケットを、愛すべき息子であるルードの婚約者だと、生涯の伴侶たり得ると認めてくれている。

イエッタの教えは親切丁寧だが、時にはとても厳しいものとなる。クロケットは、ルードのためだと思うからこそ、鍛錬にも似た厳しい教え方も辛いとは思わなかった。もちろん、イエッタの教えにくじけない土台を築いてくれたのは、クレアーナだったのだろう。

▼

ルードたちがネレイティールズに滞在を続けて、半月以上が経っていた――。

夕食が終わると、ルードは魔獣の対応策を練ることに没頭している。キャメリアは、ルードが最近眠れないと言っていたから、眠れるように調合されたお茶を入れに行っている。

今この部屋には、クロケットしかいない。こうした短い時間に、彼女は欠かさず続けていることがあった。

クロケットは右手に手鏡を持って、口元だけを映していた。手鏡に映る自分の口を見ながら、こう話しかけていた。

「あ、あ、あ。……イエッタさん。口元、見えてますかにゃ？　私たちはこちらに来て、もう、半月以上経ちましたにゃ。今ちょっと困っているんですにゃ」

クロケットにそんな特殊な能力は持ち合わせてはいない。もちろん、イエッタと通話するような魔道具も、存在しない以上持たされてはいない。

ある日、イエッタからこんな提案を受けていたのだ。

『クロケットちゃん。もし、ね？　遠いところで困ってしまったときは、鏡にあなたの顔を映すといいわ。そうすれば我はね、あなたの目を通して、あなたの唇の動きを読んで、あなたが何を言っているのかを〝見る〟ことができると思うわ。でもね、これは誰にも見られてはいけません。もちろん、ルードちゃんにもですよ？　これは、我とあなただけの秘密です。忘れてはいけませんよ？』

イエッタの二つ名となる〝瞳〟の能力。彼女の知る特定の人が持つ瞳から、その人が見ている光景を覗き見るというもの。

それは理論上、どれだけ離れていても、魔力が許す限り無限に繋がることができると言われている。誰もが知り得ない情報を持っていたからこそ、〝瞳のイエッタ〟と恐れられていたのだ。

イエッタは長い時間をかけて、〝読唇術〟に相当する技術を身につけたのだろう。自らの〝瞳〟の能力を重ねて、何を言っているのかを判断する。わかる人には、とても恐ろしい技術でもあるのだ。

「――オルトレットさんのお手伝いをして、魔道具を動かすことでことにゃきを得ましたにゃ。それでもルードちゃんは、まるで自分のことのように悩《にゃや》んでしまっていますにゃ。私は魔法も弱くて、何《にゃに》もできませんにゃ。ルードちゃんの力ににゃることも難しいのですにゃ。キャメリアちゃんも、空の上ではにゃいので、歯がゆい思いをしていると、昨日話《はにゃ》してくれましたにゃ。今の私は、二人を見守ることしかできませんにゃ――あ、キャメリアちゃんが戻ってきそうですにゃ。今日の報告はこれで終わりですにゃ」

キャメリアたち飛龍は、特有の匂いが薄い。だが今は、クロケットと同じ髪油を使っている。だからある程度、匂いで近づいてくるのがわかるのだ。

『クロケット様。起きていらっしゃいますか？　起きていなくても入りますよ？　いいですね？』

ルードの侍女になった当時と違って今はちょっとだけ変わった感じ。ルードから『姉のように思っている』と言われ、それ以来意識するようになったようだ。

クロケットと二人きりのときは、同じルードのお姉ちゃん。そのせいか、まるで姉妹のように接してくれる。

駄目なときは駄目だと言ってくれる。ルードのことは一緒に喜んでくれる。多少遠慮がなくなった今の方が、クロケットにとって心地良かったりするのだ。

「（私だけのときは、ほんと、遠慮しにゃくにゃりましたにゃ。でもそんにゃキャメリアちゃんだから、言いたいことが言えるんですにゃ）はいはい、ですにゃ」

▼

同時刻、ウォルガード王城にあるフェリスの私室――。

フェリスとシルヴィネ、イエッタの三人は、夕食後の井戸端会議というお茶会を開いていた。

そんなとき、イエッタが『あら？』と呟く。

隣にいたフェリスが、『イエッタちゃん。どうしたの？』という感じに、不思議そうに覗き込む。

イエッタは自分の口元へ、『今ちょっとお話できないのよ』という感じに人差し指を添える。

「――そうなの。うんうん。とりあえず、生き死ににかかわる問題は解決したのね。さすがはルードちゃんだわ」

一つ一つ頷きながら、ぶつぶつと独り言を言う。それでいて、二人にも聞こえる声の大きさをキープしていた。するとイエッタは、右手の手のひらを前に出し、親指と人差し指だけ丸を作る。いわゆる『オッケー』という仕草だ。

「突然ごめんなさい。二人にも前に話したことがあったはずだと思うのだけれど？　『秘密の伝言』」

「あー、いざというときのために――って〝あれ〟のことね？　だとしたら、クロケットちゃんかな？」

「なるほど、〝あれ〟でしたか」

「えぇ。とりあえず、大きな問題はクリアできたようね。ただ、魔獣は少々困った状態になっているみたいで――」

イエッタは、自分だけで情報を抱え込まないようにしている。フェリスとシルヴィネにしっかりと伝え、判断を誤らないようにしなければならないから。

最近はこのように、イエッタが事実関係を調べ、シルヴィネが補足をし、フェリスが決定に向かえるよう、提案してくれる。今ではこうして親友を得たことにより、二人に相談できるようになった。

シルヴィネも気になったのか？　イエッタをそっと覗き込む。

「うちの娘はどうしていますか？　ルード様のお役に立てていますか？」

「えぇもう、十分すぎるくらいですよ。クロケットちゃんが心配してるほどですからね。何分水の中なものだから、キャメリアちゃんも自分を責めてしまっているのでしょう。そういうところは、ルードちゃんそっくり。それでもね、二人のことを、身体を呈してしっかりと守ってくれたのだから。立派な子じゃないですか？」

前回の報告で、クロケットから事故のことを聞いていた。もちろん、その際に大怪我をしてしまったということも。

「それくらいは当たり前です。それにしたって情けない。水くらいどうにかしなさいって……」

「いやシルヴィネちゃん。それ無理だから……」

思わずツッコミを入れてしまうフェリス。そんなときだった。

「──お忙しいところ失礼いたします」

聞き覚えのある声だった。

「どうかしたの？　イリスエーラちゃん」

フェリスが振り返ると、そこにはルードの執事、イリスがいた。だが、彼女の表情は少々おかしい。かなり焦っている感があったのだ。

「はい。その、フェルリーダ様が」

「リーダちゃんが？」

「ルード様が帰ってこられないため、とうとうけだまちゃんが泣き出してしまいまして。その際にフェルリーダ様まで、その……」

「あー、全部言わなくてもわかるわ。あの子、ルードちゃんがいないと前もこうだったのよ。ほんっと、年の割に成長しないんだから……。んーでも、気持ちはわからなくはないのよ。うん。じゃ、イリスエーラちゃん」

イリスが音を上げるということは、エリスが押さえられなくなった。きっとヘンルーダもお手上げな状態なのだろう、と。

「はい」

「フェリシアを連れていってあげて。あの子ならきっと、リーダちゃんを落ちつかせてくれるわ。あ、フェイルズはいらないわよ？」

案外、義理の息子には冷たい判断。ルードに対し、爺馬鹿な彼を一緒に行かせたら、余計に混乱させてしまうかもしれないから、仕方がないのだろう。

「ありがとうございます。そうさせていただきます」

「あとフェリシアに伝言をお願い。ルードちゃんたちは、とりあえず大丈夫だからって。私たちも後から行くから、ね？」

フェリス自身もあとで顔を出し、皆をお疲れ様と労わねばならないだろう。

「かしこまりました。では、失礼いたします」

イリスが踵を返して出て行ったあと、シルヴィネが彼女の背中を追う。

「もしかしたら、マリアーヌちゃんもまだ、ぐずっているかもしれないのです。わたくしちょっと先に行かせていただきますね」

「はいはい。お願いね」

「我たちもあとから行きますので」

シルヴィネにとって、けだまは可愛い姪。キャメリアには辛辣な彼女も、姪には優しい叔母なのだろう。

第十四話　皆さんの力を貸して下さい。

あれからルードは、ティリシアの協力を得て、魔獣へのアプローチを重ねていった。最初はレラマリンにお願いしようとしたのだが、ティリシアに止められてしまった。

仕方なくルードは、クロケットの相手をレラマリンにお願いすることにした。レラマリンはそれを了承する代わりに、全ての報告を約束させる。行動的な彼女は、きっと自分が立ち会えないのが悔しいのだろう。

ネレイティールズにも、魚の漁を生業とする人たちがいる。彼らに話を聞いてみると、オオダコと呼ばれる海洋生物が、この海域にいるのは知っていた。

ただ、個体数が少ないということもあり、漁の対象になっていなかった。それゆえに、有効的な漁法が存在しない。

ルードは〝記憶の奥にある知識〟に問いかけ、タコの漁法に関する情報を集めた。そこには数種類の方法が記載されていた。ルードは魔法が得意だったこともあり、全ての方法を試すこととなった。

まずルードが試したのは、たこ壺《つぼ》やたこ箱と呼ばれる漁法だ。それは、海中に沈めた壺や箱に、タコが隠れ家として入り込むという習性を利用したもの。

ルードは地の魔法を応用して、砂浜の砂を加工。魔獣が入ってしまいそうな大きな壺を作り上げる。ただ、作り上げた大きさが飛龍の姿のキャメリアがすっぽりと入ってしまうほどだったから。

「これ、いける？」

ルードは『ちょっとだけ無理な注文かな？』と思いつつ、キャメリアに聞いてみる。

「どうでしょう？　──あ、できました」

キャメリアに隠してもらえるか試してみたところ、一つであればできるとわかってしまう。

ティリシアにお願いして、魔獣の可視範囲と思われる場所に設置する。キャメリアが壺を取り出すと、『ゴボン』と音を立てて気泡が上がっていく。

その瞬間、魔獣がこちらを見たような気がした。ルードは『これはいけそうかも？』と、自信を持った。

▼

数時間後──。

壺の裏から魔獣のいた場所をそっと見る。動いている気配がまったくなかった……。

一つだけでは足りないのか？　そう思ったルードは、三つほど作って設置をした。その翌日確認したのだが、結果は同じ。

今後の邪魔になると思ったこともあり、壺を回収。砂に戻すことになってしまった。

これで二度目の敗北。だが、こんなところで落ち込んでいる暇はない。

次にルードが考えたのは、〝タコ餌木〟と呼ばれる〝疑似餌〟というもの。エビなどの甲殻類を模したものを木などを削って作る。それをエビのようなトリッキーな動きを再現し、興味を引かせて呼び寄せるというもの、らしい。

試しに小さなものを作ってみようとした。小さな木切れを、小刀で削っていた。角をとり、徐々に滑らかにしていく。

「ルード様。それは何でしょう？」

肩越しにそっと覗いていたキャメリアからそう、耳元で問われた。

「ん？　エビに見えない？」

ルード的には、かなり近づいていると思っていたのだが。

「いえ、その。私もエビは存じております（というより好物ですけれども）。大変残念なのですが。ひいき目に見ても、私には何かの虫のようなものにしか見えないのです」

「そんなぁ……」

すっかり忘れていた。ルードには絵画や造形というセンスが皆無。単純な形ならいいのだが、何かに似せようとすると、なぜか失敗する。

以前、プリンの持ち帰り用に、紙箱の展開図を描いていたとき、ルードは頭の中にあるものを模したつもりだったが、エリスにはうまく伝わらなかった。結局、ルードが作りたいと思っている抽象的な説明から、エリスが感じ取って描いていく。結局エリスが描いたものを、横から教えながら修正するということがあった。

錬金術師のタバサが手がけている研究用の装置も、元はといえば、ルードの考案。タバサがメモを用意した状態で、『こんな感じのが欲しいんです』や、『あんなことができると嬉しいです』という、ルードの飛び抜けた発想を具体化するのがタバサの仕事でもあった。

ちなみに、プリン持ち帰りの紙箱と容器は、エリスの図面を元に、タバサがあっさりと完成させたらしい。今も現役で、エリス商会で活躍しているとのことだ。

話はルードの左手のひらにある、木製切り出し、削り出しのエビもどき。この腹辺りに重りをつけて浮力を調整をしたあと、鼻先に細い糸をつけて、尻に特徴的な針をつけるようだ。

ただ、キャメリアにはエビに見えない。何かの虫に見えると言われ、ちょっと落ち込む。

これを数倍大きく作ったとして、そのときどうやって、魔獣の鼻先に届けたものか？　よしんば届いたとして、エビのような動きを加えるにはどうすればいいか？

この漁法が使われていたのは、海上から海面下へのアプローチに使うと記述があった。砂浜から海水の壁までは、場所によるが数十メートル。そこから魔獣のいる海面まで、軽く百メートル以上はある。

さすがにこれは、使えないだろうと思う。新しい計画は、あっさりと頓挫《とんざ》することになってしまった。

そのあとあたりが薄暗くなる時間まで、ルードは砂浜をぼうっと眺めていた。少し遠くに見える海水の壁。そのまま寝転がると、遙か上まで壁は続いている。

そのまた上に、外へと繋がる海面がある。最後の砦ともいえるその場所に居座る魔獣が、ルードの頭を痛めている原因だ。

レラマリンやティリシアたちから受けた報告、ルードが実際に見て敗北したときの状況から。あの魔獣は、魔力を瞬時に吸い取る性質を持っている。

魔獣が起こしたと思われる高波に飲まれ、脇を通過する際にキャメリアもルードも、魔力を吸われてしまったおそれがあった。

だからキャメリアは飛龍の姿に戻れず、あのような怪我をしてしまったということになる。同じようにルードも吸われていたのだろう。確かに身体にだるさを感じていたのだから。

あの魔獣が居座るせいで、この国の交易が止まってしまっている。場所に寄っては、物資が足りなくなってきているのだ。

全ての商会が、保存の利く物資を扱っているわけではない。レラマリンの聞き取りから察するに、皆、誤魔化し誤魔化し生活している。それは間違いのないことだった。

ルードが作って、効率が上がった、ケットシーによる『循環の魔道具』の運用。人々が呼吸をすることに関してだけ言えば、最悪の状況を脱することはできたのかもしれない。

それでも、今ある物資がいつまで持つか？　人々はいつまで平然としていられるのか？　城下町の人々にも一部の者にしか、この異変は伝わっていないとのこと。

魔獣の習性を期待したり、魔獣を騙しておびき寄せようという、ルードの提案はことごとく失敗。

それでも、今まで見ていることしかできなかった、待つことしかできなかったレラマリンやティリシアたちには、ルードの行動は心が締め付けられる感じがするだろう。

ルードはこの国の民ではない。ただ、巻き込まれただけ。その上に、大国の重要人物でもある。

それなのにこの国の問題である此度の魔獣騒動を、まるで自分のこと、自分の問題であるかのように対処しようとしてくれる。だから皆、彼が行っていることは、全て本気だと思ってくれているはずだ。

ルードは前に、〝支配の能力〟を使って、声を届けたことがあった。キャメリアに届いたその声は、メルドラード全体にまで伝わっていた。

膝を抱えて、ルードは海水の壁を真っ直ぐに見る。左目の奥に、魔力を溜め、薄く広く、ずっと先まで届くように、魔力で作った白い靄状の帯を伸ばす。あの魔獣には聞こえなくとも、この海域に住む誰かに届いて欲しい。そう思ってひたすら伸ばして行く。

薄く広く、あのときのように限界まで伸ばしたルードの魔力。軽く目眩《めまい》がしてきたあたりで、伸ばすのをやめる。

『僕の声が聞こえたらここに来て欲しい』

ただそれだけを伝える。それは望みの薄い、ルードのぼやきでしかないかもしれない。

時間があるとき、何かに行き詰まったとき、〝記憶の中にある知識〟に所蔵されている、様々な書物を読みあさったときがある。

ある書物には、ウォルガードの森のように、海にも知能の高い動物が数多く生息していると書いてあった。

もし、心を通わせることのできる『誰か』がいたとしたら、きっとここへ来てくれる。そんな淡い期待を持っていた。魔力の帯を霧散させ、あとはじっと待つだけ。

ルードは、港町にいる商人や漁師たちに、魔獣の元になったオオダコについて聞いて回った。その結果、オオダコがこの海域に多数いるものではないということがわかった。

もちろん〝記憶の中にある知識〟より、似ていると思った海洋生物についても調べはした。だが、それらを合わせても、『魔獣になる前の生態』しかわからない。あの魔獣の新しい情報が得られないでいる。

だからルードは、この海域にいる生き物全ての存在に、声を届けようと思った。意思の疎通のできる動物がいるのなら、あの魔獣について何かヒントが得られるかもしれない。そんな藁をも掴む思いだったのだろう。

ときおり、頭の中で魔獣への対策を考えたりしながら、ぼうっと海を眺めていた。クロケットとキャメリアには、『ちょっと考えごとしてくるから』と伝えてある。

▼

夕暮れのような明るさになった浜辺――。

海底にあるこの国は、外の明かりが届かない。だからこうして、外の時間に合わせて明かりを落としているのだと聞いている。

ルードは立ち上がり、部屋に戻ろうとしたそのとき――。誰もいないはずの波打ち際から、ルードの背中に視線を感じた。

「誰っ？」

珍しくルードは声を上げて振り向く。そこには、大きな丸い四つの目。左側にいる、モフモフとした長い毛を持つ、優しい目。右側に、短い毛を持つ、ちょっと強気な力強い目。

ルードが小さいころに、〝記憶の奥にある知識〟の辞典で見た姿にそっくり。その名前はそこにこう書いてあった。

「〝アザラシ〟？」

右側の目から『あざらししらない。なんだそれはらへった』。左側の目は、右側の個体をちらりと見たあと、『あざらししらないわ。なにそれおなかすいた』。

薄暗いけれど、はっきりと見えた彼らは、真っ白なアザラシのような海棲哺乳類のようだった。

『ちょっと待ってて、食べ物持ってくるから』

ルードはそう答える。

キャメリアを伴って、浜辺に戻ってくる。もちろん、クロケットも一緒。少し離れた場所には、話を聞きつけた町の人々。もちろん、ティリシアも駆けつけていた。

途中、ちょっと多めに食べ物を買い込む。貴重な物資でもあるから、商店で事情を話すと、加工して余った魚の頭などをわけてくれたのだ。それも、大量に。

オルトレットを伴ってレラマリンが遅れてやってくる。

「も、モフモフですにゃっ」

そんなクロケットをちょっと苦笑しながら、レラマリンが見ていた。

クロケットは毛の長い、雌だと思われる個体に頬ずりをしている。彼女は気にせず、ルードが砂から作ったタライに山積みにされた、魚の頭などをもくもくと食べていた。

同じく、毛の短い彼も、彼女に負けじとひたすら食べている。まるで、何日も食べていなかったかのように、一心不乱に。それでも嬉しいという感じがルードには伝わっていた。

「彼らは、海大猫《うみおおねこ》という、海棲動物よ。とても頭の良い、可愛らしい子たちで、私も前に一緒に泳いだことがあったわ」

レラマリンも触りたそうにしていた。

「そうですね。彼らはこの近海に住む、我々ネレイドの隣人でもあるのです」

ティリシアからそう教わる。

「でもね、あの魔獣がいるようになって――」

魔獣災害が始まり、しばらく見ることがなかったのだという。

「そうにゃんですね？　私たち猫人族みたいにゃ、名前《にゃまえ》にゃんですね」

一度レラマリンを見て、また毛に顔を突っ込むクロケット。

「それにしても、あの魔獣に捕まらずによく――」

ティリシアの言うことはもっともだ。海中では、機動性に自信のある彼女たちネレイドでも、あの魔獣の触手、手や脚の様なものをくぐり抜けて、海上へ出ることは叶わないと聞いている。

ルードが雄の海大猫の頭を撫でる。

「君たちはどうやってここまで来たの？」

周りには『ぐわっ』としか聞こえない彼の声。だがルードには。

『あのうねうね。おれたちみないふりする』

そうはっきりと言うではないか？

「見ないふり？」

「うにゃ？　ルードちゃん、この子たちの言葉、わかるんですかにゃ？」

「うん。ほら、キャメリアたちのときみたいに」

たどたどしい話し方だったが、ルードと意思の疎通をはかることができる。とても頭の良い二人。

「あー、にゃるほどですにゃ」

「る、ルード君。この子たちと、話ができるの？」

「あ、うん。魔獣のときに説明した通り、何となく、ぼやっとなんですけどね」

「じゃぁじゃぁ、この子、にゃんて言ってますかにゃ？」

「あー、それならほら」

ルードは手を差し出す。前にこうして、キャメリアやけだまと話をしていたことがあったから。

「うにゃ？　おおきにゃねこしゃん。魚《さかにゃ》、美味しいですかにゃ？」

『あたしねこしゃんじゃない。アルマ。さかな、おいしい』

「うにゃ。にゃまえあるんですにゃね？　アルマちゃんだって。じゃぁじゃぁ、こっちのねこしゃんは？』

クロケットは、彼の頭を撫でる。彼はもくもくと食べながら。クロケットの方を一瞬見て。

「ちょっとまって、ずるいわ。私も私も」

何となく理解してしまったのだろう。レラマリンはルードの、空いているもう片方の手を握る。

『おれねこじゃない。ガルマ』

「ほんとだわ。この子たち、意思の疎通ができるのね？」

「にゃにゃにゃにゃ。にゃんと、男の子だったにゃんて。ガルマちゃんって名前《にゃまえ》にゃんですにゃね。よろしくね、ガルマちゃん。アルマちゃん」

呼ばれてクロケットを見る二人。だが、そのままぷいっと魚を見て、またもくもくと食べ始めてしまう。

「うにゃぁ。私にゃんかより、魚《さかにゃ》のが好きにゃんですにゃ。ちょっと切にゃいですにゃ」

「「あははは」」

ルードとレラマリンは、久しぶりに笑った。レラマリンも久しく笑えていなかっただろう。

「(良かったですにゃ。やっと、笑ってくれましたにゃ)」

うまくいかないことが続いた辛い毎日だったが、久しぶりに心身ともにリラックスできた。クロケットは気遣ってくれたのか？　それともいつもの天然だったのかは、ルードにはわからないだろう。

ガルマとアルマ。二人と対話してわかったことがある。彼らはあのオオダコを捕食していたらしい。だから本能的に魔獣は、彼らを『見ないふり』をするかのように、目をそらすようだ。

あの魔獣が周りの魚を捕食してしまうため、食べるものが減ってしまった。ガルマたちは、本当に小さなカニやエビを食べて凌いでいた。そんなとき偶然、ルードの声を聞いて、呼ばれた気がしてこちらへ来てみたということだった。

ルードが『僕に力を貸してくれるかな？』と言うと、ガルマは『あのうねうねきらい。どうにかしたい』と同じ気持ちだったらしい。彼らはしばらく、この入江にいるとのこと。協力して魔獣と戦ってくれる約束をしてくれた。

ルードは考えた。彼らの手を借りて、魔獣と戦う良い方法はないか？

今までは、魔獣を誘導してどかす方法を模索していた。だが、彼らの手を借りたなら、もっと大胆な方法がとれるのではないか？

「ガルマたちから目を背けるなら。その間に、大きな網で、囲んでしまったらどうだろう？　それで身動きが取れない状態にして、海上にある浜辺から引き上げることはできないかな？」

「それはやってみる価値があるとは思うわ」

「うん。やってみよう」

ルードは集まっている人たちに向けて、こうお願いした。

「お願いします。僕に力を貸して下さい。僕はもう、あの魔獣に負けたくないんです」

ルードはティリシアたち親衛隊。港町にいる漁師たち。様々な人に協力を申し入れる。

第十五話　決戦前夜の母と息子。

ルードは漁師たちの手を借りて、魔獣を覆うほどの大きな網を作ることにした。網の形は、ルードが提案した、大きな投網のような形。

これは漁師たちも知らなかった。手元に一本の綱。それが釣り鐘状に裾へと広がり、大きく口を開くような形になる。その裾には重りがついていて、魔獣の動きを阻害するようになるだろうと提案した。

ここは港町でもある。縄の素材はそれなりにあった。全ての素材は、ネレイティールズ王家が買い上げ、予算は気にしなくていいと言ってくれた。

ただ、ロープを綯《な》うには、人が手でやらなければならない。魔獣を覆うほどの大きさがある網を作るには、どれだけの時間がかかるかという問題が上がった。

だが、ルードがその問題をあっさりと解決する。

ルードは、縄を手に取り、どう綯われているかよく見る。

「んっと。これをこうしてですね、『木よ――』」

地の魔法を使って、強引に手を触れず、縄の元になるものを複雑に編み込んでいく。

ルードが『元々、縄は草木から。草木は地面から生えてるでしょ？　それなら地の魔法で何とかなるかもしれないじゃない？』と、大雑把な考えを持っていた。それを実現してしまったルードは、皆から呆れられる。

「ルードちゃんにゃから」
「ルード様ですから」
「ルード君だし」

魔力が切れそうになったら、クロケットから魔力を食べさせてもらう。交互に、ご飯も食べさせてもらう。そうしながら、ひたすら縄を綯い続ける単純作業。

魔力を常時分け与え、クロケットもルードが作った、『おかかおにぎり』を食べながら、魔力の増量に努めていた。

投網の形も〝記憶の奥にある知識〟にあったもの。魔獣の大きさ、力の強さを予想して、普段漁師が使う網とは比べものにならないほど、丈夫なものができあがっていく。

強引に力で切られてしまうことも考えて、ルードは軸になるロープに、砂から作り上げた細く丈夫な鎖を編み込んでいく。その鎖は、魔法で作ったため、接合部分がない。人の力では断ち切ることは難しい。だがそれでも、あの魔獣の腕力は未知数。あくまでも保険でしかないのだった。

▼

時は少し戻って、ウォルガードの居間――。

何百年前になるだろうか？　昔もこうして、髪を撫でてもらった。ルードとは違った、安心する匂い。姉たちの冷やかす声を思い出す。忘れもしない昔の日。

リーダは懐かしい匂いで目を覚ます。

「――気分はどうかしら？　フェルリーダ」

慌てて身体を起こす。そこには、優しく見つめる母の目。フェリシアは正座をし、リーダを膝で寝かせていたようだ。

「あ。お、お母様」

泣き止んだ、小さな娘を慈しむような母の優しい瞳。きょとんとしたリーダの髪を、撫でてくれる温かい指先。

「フェルリーダ」

「はい」

怒られている声の調子ではない。怖い夢を見てしまった、あの日の朝のような。何もかもわかってくれているフェリシアの声。

「あなたはね、頑張りすぎ。どれだけルードちゃんが心配だからって、あなたがこれでは笑われてしまうわよ？」

「ごめんなさい……」

「ううん。責めてるわけではないのよ？　今までのルードちゃんを知っているでしょう？　あの子はそんなに弱くはないの」

「うん。でもね、あの子みたいに……」

亡くなってしまったルードの兄、フェムルードのことを言っているのだろう。

「それは知っているわ。本当に、悲しかった。でもね、お兄ちゃんがいたから、ルードちゃんに出会えたのでしょう？」

「うん」

「お母様から聞いたわ。ルードちゃんがいたから。私のお姉様とお父様と、最後のお別れができたって……。あなたも、そうだった。違うかしら？」

ルードがフェムルードと、さようならをさせてくれた。それは間違いのない事実。ルードの亡くなった双子の弟、エルシードと共に、今も助けてくれているのだ。

「あなたの息子フェムルードちゃん。エリスちゃんの息子、エルシードちゃん。二人ともルードちゃんを内側から支えてくれているわ」

「うん」

「それにね。エリスちゃんは、あなたの妹になったのでしょう？」

「う、うん……」

「エリスちゃんと初めて会ったとき、とても驚いたわ。あなたたち、本当の姉妹のようにそっくりだものね」

「うん」

髪の色は違えど、二人並ぶとそっくりだった。クロケットも驚いていた。一番驚き、そして喜んだのはルード。それはなぜかって？　亡くなったフェムルードも、ルードとエルシードのように、それこそ三つ子のようにそっくりだったのかもしれないから。

「でもいいのかしら？　エリスちゃんは、あなたより三百歳以上、年下なのよ？　お姉ちゃんが、そんなに情けないと、妹は苦労するわよ？」

確かに、リーダの姉たちにはリーダ自身も違った意味で苦労させられた。あのような辛い気持をエリスに味わせるわけにはいかない。

「……嫌」

「ルードちゃんはね、私にとっても息子のような存在。娘しかいなかった私を、『お母さん』って呼んでくれるのよ？　あなたが嫌がった、私の後を継いでくれるって、言ってくれてるのよ？」

ルードは祖母のフェリシアを。曾祖母であるフェリスやイエッタを『お母さん』と呼ぶ。見た目が若いからではなく、ルードがそう呼びたかったから。彼女らがそう呼んで欲しいと望んだから。

「うん」

「私だって、ルードちゃんが心配よ。フェイルズだってそう。あの人、ルードちゃんを溺愛《できあい》してるから。でもね私もお母様も。こうして、待つことしかできないの。あの子がたまに来て、甘えてくれるのを、待つことしかできないのよ？」

「あ……」

フェリシアが言った意味が何となくわかってきた。

「もしお母様が行ったら、どうなってしまうかしら？　きっと大事になると、私もそう思ってるの」

「ふふっ。そうよね。水しかないはずの海が、焼け野原になっても、おかしくないんだものね」

やっとリーダが笑顔になった。そんな彼女の髪を、くしゃりと力強く撫でる。

「クロケットちゃんは将来、私たちの娘になるのでしょう？」

「うん」

「キャメリアちゃんだって、娘みたいなものでしょう？」

「うん」

「フェルリーダ」

「はい」

「あなたには、私やエリスちゃんにはない、その能力があるのですよ？」

「はい」

「遠慮することなんて、最初からないの。確かに、ルードちゃんの自主性を高めるのは必要よ？大人になろうとしているあの子の成長を、妨げてはいけないわ。ずっと後ろをついて回るなんて、それはしてはいけないこと」

「はい」

「本当は、イエッタさんから言うべきことなんでしょう。でも、私が言うように言われたの。ルードちゃん今、困っているんですって」

「えっ？」

「ルードちゃんは考えて考えて、もがいて考えて。今、壁にぶつかっているみたいなの。そんなとき、手を差し伸べてあげられるのは、誰？」

「はい」

「一度も二度も同じ。息子と娘たちを助けてあげなくて、誰が母親なのかしら？」

「はい」

「あなたは女王になることを拒否したのです。ルードちゃんに全てを負わせたのです」

「はい」

フェリシアはその場に立ち上がる。リーダに手を差し伸べ、まっすぐに見つめる。

「ならばお行きなさい。行って、母としての責務を果たしてくるのです」

「はいっ！」

ぎゅっと両の腕でリーダを抱きしめる。額に優しく口づける。

「あなたの二人のお姉ちゃんは、あのような子たちに育ってしまいました。それは私の責任。あなたに沢山、辛い思いをさせてしまったわ。ごめんなさいね」

「ううん。姉様たちが戻るまで、しっかり代わりを務めるって、できもしない約束をした、わたしがいけないんだから」

フェリシアは『もう大丈夫』と思った。リーダから身体を離す。

「いってまいります。お母様」

「いってらっしゃい。フェルリーダ。あの子たちをお願いね」

「はい」

リーダは背筋を伸ばし、踵を返して振り返らない。

この国の第三王女としての気概のあったころのような。そんな一人のフェンリラの姿だった。

リーダはいつもの、凛とした声で呼ぶ。

「イリスエーラ。いるのでしょう？　出るわ。用意をなさい」

「はいっ。フェルリーダ様」

▼

ネレイティールズ、港にある大網作成現場――。

昨日早くから始められた、魔獣を捕獲するために必要な、網作りの作業。ルードは幾度もの魔力枯渇を重ねつつ、仮眠をとりながらロープを綯い続けるという、単純作業を続けた。

ティリシアたち親衛隊の隊員、漁師や城下町の有志の人たちも、仮眠をとりながら交代で網の編み込み作業などにあたってくれている。

その努力の成果。三階建ての建物の壁に吊られた、大きく太いロープで編まれた投網。裾の広さは、商船が丸々入ってしまうサイズのもの。

ルードは最後の作業に取りかかっていた。ルードが砂から取り出した、鉄分で作った鎖型の重りを、網の裾に縫い付ける指示をだしている。

「そこをそうです。はい」

誰が見ても、何を捕獲するのか理解不能な物体。商船一隻を丸ごと覆い、引っ張っても壊れないと思われるような、網ができあがっているのだから。

この世界にいるとされていた伝説の存在、飛龍。その対極にいると噂される水龍を捕獲しようとでも思っているのか？　そう言われてもおかしくない巨大な物体。

「私でも、焼き切らない限り、これは少々厄介でございます」

飛龍であるキャメリアですら、そう言うほどの出来だった。


夜、ルードの部屋――。

「疲れちゃったんですにゃね」

「えぇ。必死にご準備されていましたから」

クロケットの膝の上で、泥のように眠るルード。

捕獲作戦の準備を終え、レラマリンとの打ち合わせも済ませた。夕食を摂ったあと、力尽きるようにして倒れ込むところを、キャメリアが抱きかかえて連れて帰ってきた。

ルードは全てを抱える癖がある。それでも何度となく、挫折し、立ち直って、試練を乗り越えてきた。

「此度の一件。私は実に無力でございました」

「んにゃ。キャメリアちゃんがいにゃかったら、私とルードちゃん、ここにいにゃいかもしれにゃいから」

確かに、キャメリアが庇わなければ、叩きつけられてしまい、死んでいたかもしれないのだ。

「いえ。それでも」

「キャメリアちゃん」

「はい」

「ありがとう。ずっと一緒ですにゃ」

キャメリアの手を、ぎゅっと握る。全て打ち明けられていたクロケットには、キャメリアの悔しさも、十分にわかっている。

「はい。ずっとお二人のお傍にいます」

「ですにゃ」

「もちろん、駄目なときは注意させていただきますけどね」

「うにゃぁ……」

年相応に、キャメリアはクロケットに舌を出してみせた。

第十六話　魔獣捕獲作戦。

「――ネレイドさんとケットシーさんが一組になって、気泡で網を持ち上げます。そのまま海中を移動させて、魔獣のもとへ運んでいきます」

ルードがこれから行われる、魔獣捕獲の手順を説明していく。

「僕とキャメリア、ティリシアさんが、ガルマの背に乗せてもらい、アルマと一緒に魔獣を撹乱《かくらん》させます。それで魔獣の目を背けさせることができるはずです」

ガルマたちがこちらへ潜ってくる際、間違いなく目を合わせないよう、回廊の壁側を向いていたらしい。捕食する側とされる側。本能的に、海大猫であるガルマたちを恐れているのだろうか？

ルードがガルマの頭を撫でる。

『まかせろ。あ、でもはらへった』

『ガルマ、あなたたべたでしょう？』

『そうだっけ？　でもまだたべられる』

まるでコントのような二人のやりとりを聞いて、つい吹き出してしまいそうになるルード。

「その隙に皆さんで、魔獣へ網をかけて下さい。最後に、ネプラスの皆さんが持つ、三叉《さんまた》の槍で、網を縫《ぬ》い付けるように打ち込んで下さい」

彼らの持つ三叉槍の先は、釣り針のように『かえし』がある。一度刺されれば、抜けにくくなっているのだ。

「魔獣をからめとることができたなら、そのままあの小島へ上陸します。そしたら皆で、回廊の入口からあいつを、引きずり出してしまいましょう」

『おう（はい）っ』

親衛隊も、ケットシーも、皆ルードの呼びかけに呼応する。

「では、皆さんの活躍を期待しています。共に頑張りましょう」

ここまで具体的な手法で、魔獣へ立ち向かうのは初めてだ。それでもルードの主導で作り上げた立派な捕獲用の網。

親衛隊の隊長でもあるティリシアは、最初に出会ったころの可愛らしいルードから、このようなリーダーとしての資質を読み取れただろうか？

レラマリンが横に並び、ひとこと言葉をかける。

「皆様。けっして無理はなさらないで下さい。怪我をされてしまっても、誰も喜んだりはしません。無事に、仕事を終えて、皆で喜びを分かち合いましょう」

拍手が上がる。レラマリンも、この国の王女。人気があるのは当たり前なのだ。

「ガルマちゃん。アルマちゃん。ルードちゃんをお願いしますにゃ」

『まかせて。ちょっとはら――』

『まかせてガルマ。たべたで――』

『そうだった』

「にゃははは。無理しにゃいでくださいですにゃ」

「えぇ。私は何もできませんが、皆さんの無事を、クロケットお姉さんと一緒に祈っています」

「ルードちゃん、キャメリアちゃん。いってらっしゃい。ティリシアさん、お願いしますにゃ」

「はい。クロケット様」

「ルード君。お願いね？」

「うん。任せて下さい」

キャメリアもスカートの裾《すそ》を持ち上げて一礼する。

「姫様。ルード様がいたら大丈夫です。見事な作戦立案。驚いたほどですから」

「これからですよ。まだ油断はできません。終わるまでが勝負です」

ルードも目に力が入っていた。

「オルトレットさん、お姉ちゃんとマリンさんをお願いします」

「かしこまりました」

「ケットシーの皆さんをお借りします」

「ルード殿下。ご武運を」

「はい」

心配そうになっているクロケットを励ますためだろう。オルトレットは獣化していた。話によれば、この姿はレラマリンも幼少のころからのお気に入りらしい。二人で彼の背中を撫でながらルードたちを見ていた。

これから作戦が開始される。ルードは精一杯魔力を使う予定。クロケットに作ってもらった、甘い魔力玉をキャメリアが隠して持っている。それを食べながらの長期戦だ。

この海域全体をルードの薄く白い靄でアンテナを張るようにして、皆に指示を届ける。そうしながら、ルードは魔獣の攪乱を続けるのだ。魔力はいくらあっても足りないことはないだろう。

昨日、捕獲用の大網を水の魔法の浮力により、移動させるリハーサルは終えている。何も問題がなければ、二十組ほどのコンビで移動が可能だった。

網を広げたまま、五人ずつ持ち上げて歩く。水の魔法と体力増幅の魔法を重ねがけ。ケットシーの女性は、クロケットから教わった方法の発展系。ネレイドの背中に両手を添えて、魔力を吹き込むことにしていたのだ。

連携は昨日何度も練習をしていた。魔力が足りなくなったら、その場でルードの作った『卵黄のしょう油漬け』や『卵黄の味噌漬け』を中心に、石魚粉をふんだんに絡めたものをタネにした、小さなおにぎりが持たされている。それを食べて、魔力を一気に回復させて、ちょっとだけ無理をしてもらうことになっていた。

女性同士で組ませたのは、男性が補充すると色々問題が発生するかもという意見からだった。どちらにしても、男性より女性の方が、魔力の回復度合いが大きいという結果も出ていた。ネレイドとケットシー女性のコンビは、悪いものではないはず。

網を持って海へ入っていく。ネプラスの男性も途中までは手伝ってくれる。

いつもはもっと大きな商船を移動しているのだから、いくら重い網だとはいえ、無理をしているわけではない。いつも通り、やっていけばいいだけ。

手に網の端を持ち、網を広げた状態で移動する。徐々に海の中へ。最後に一人、網の頂点にあるロープを握っていた。

万が一の護衛に、一人ずつネプラスがついている。さて、これからが正念場。

「では、いきましょう」

『おう（はい）っ』

ガルマの背に乗ったルード、キャメリア、ティリシア。ガルマに寄り添って進むアルマ。彼らの背を追うように、網を持った体格の良いネプラス。後ろからペアになった、ネレイドとケットシーの女性たちが続く。

ルードが前に、キャメリアが後ろに。その後ろには、ティリシアが人の姿のままガルマの上に乗せてもらっている。

ティリシアがネレイド本来の姿に化身しないのは、海中で泳ぐ速度の関係。ガルマとアルマの方が遙かに高く、動きに追いつけないからだ。

ガルマの背中の上で、水の魔法を駆使してルードとキャメリアを気泡で覆う。これで二人は、海中での呼吸が可能となった。

ルードは左目の裏へ魔力を流す。自分を中心に白い靄の帯を張り巡らせる。

『これで僕の声が聞こえますよね？　僕たちの動きをよく見て下さい。慌てなくてもいいです』

この後、ルードたちはガルマとアルマと一緒に、魔獣の攪乱の任に出る。その間、このように〝支配の能力〟をお願いとして利用し、捕獲討伐隊の指揮をする。これがルードの考えた方法だった。

「ガルマ。ゆっくりでいいよ」

ルードはガルマの首元を撫でる。

『わかったあとではら――』

『ガルマ』

『そうだった』

横にすり寄ってきた、アルマの頭も撫でてあげる。

「あはははは」

このやりとりは、身体を寄せているキャメリアとティリシアにも聞こえている。おそるおそる、アルマの背中を撫でながら、ティリシアは声をかけてみた。

「ガルマさん。アルマさん。よろしくお願いいたします」

『わかった』

『わかったわ』

「まさか、海大猫さんとお話ができるようになるなんて、思いませんでした」

海を自由に泳げるネレイドだとして、彼らの姿を遠巻きに見ることはあっても、こうして心を通わせることなどなかった。

「ティリシアさん。終わったらもっとゆっくり、話できますから」

「はいっ、ありがとうございます。姫様に遠慮して、我慢してたものですから」

「あはは――よし、魔獣が見えてきました」

ガルマの身体には、ルードが作った簡易的なベルトが巻いてある。それにしっかりと捕まっていれば、彼から振り落とされることはない。ガルマたちを魔獣が本能的に嫌っていることもあり、ルードはそこまで速く泳ぐ必要もないと踏んでいる。

魔獣は、回廊の入口から十メートルあたりの珊瑚礁を背にしていた。よく見ると、周りにある珊瑚の色に擬態し、近くを通るルードが抱えるほどの魚をその脚で捕まえる。

口元へ持っていくところを見ると、こうして餌を捕食しているようだ。

『ぐねぐねひどい、おれもたべたい』

『ガルマ、あなたたべたでしょ？』

『はらたつ』

ガルマたちは、魚の端切れとはいえ、この作戦の前にお腹いっぱいご飯を食べてきた。それでも新鮮な魚を奪われたと思ったのだろう。腹が立ってもしかたのないことだ、ルードもそう思った。この魔獣のせいで、皆が迷惑をしている。ただもう、失敗はしたくない。慎重にことを運ばなくてはならない。

魔獣までの距離はあと五十メートルほど。慌てず回廊をゆっくりと浮上していく。

あと二十メートルという距離あたりで、魔獣がガルマたちの存在に気づいたようだ。

魔獣はうねるような動きで、目を覆う盛り上がった二つの瘤《こぶ》が移動するかのように、珊瑚の壁へと向きを変えていく。ガルマたち海大猫を、本能的に嫌うというより、怖がっているとも思えた。

魔獣の大きさは、胴体から目のある瘤。そこから後頭部のような部分まで、建物二階の大きさはあるだろうか？　脚の長さを含めると、その倍以上はありそうだ。

遠くから見ただけでは、正確な大きさはわからないが、ルードが作った網も、大きさが足りているか心配になるほど。だから念のため、予想よりも大きく網を作った。

「かなり大きい。それでもガルマたちを怖がってるみたい」

「はい。そのように見えますね」

キャメリアも元は狩猟を主とする種族。いくら大きいとはいえ、魔獣を獲物と見てそう判断したのだろう。

『ぐねぐね、ちいさいのはよくたべた』

『えぇそうね』

「あ、やっぱりそうだったんだ。美味しかった？」

　この世界のこの海に、クジラやサメ、シャチなどがいるかはわからない。それでもガルマたち海大猫と同じ種であるアザラシは、ルードが調べた限り海という生態系の中で、食物連鎖の上位に位置するはずだ。

『おれ、あれすき』

『あたしも』

「なるほどね。よし、僕もあれ倒したら、食べてみよっと」

「ルード様。食用に耐えうるものかどうか――」

「あ、大丈夫ですよ。キャメリアさん。小さな――とは言っても、抱えるほどはあるらしいですが、オオダコは食べられると聞いたことがあります。ですが、狩猟対象となるほど個体数が多くないため、ネレイティールズ《わがくに》では出回ってはいないようです」

　ティリシアがそう補足してくれる。やはり食べられるらしい。乱暴に扱うのはやめよう、魔獣はルードの中でそういう扱いになった。

「やっぱりね」

「ルード様。油断は困ります」

「うん。わかってる」

魔獣が目を背けている。この機会を逃すわけにはいかない。ルードはゆっくり、魔獣の高さを追い越す。

「ガルマ、アルマ。ゆっくりこいつの周りを泳いでくれる？」

『わかった』

『えぇ』

ガルマたちの存在をアピールするように泳がせる。魔獣の脚が、こちらへ伸びたり、戻ったりしているのが見える。魔獣の脚との距離が近くなると、身体から何かが抜けていくような感じを覚えるのだから。ルードが予想した通りかもしれない。

「やっぱりこいつ、魔力を吸ってるかも。キャメリア、ティリシアさん大丈夫？」

魚を捕食するのは、魔力も同時に取り入れているとも考えられる。その足りない分は、こうして周りから吸い続けているのだろう。ルードたちが巻き込まれた際も、魔力を吸い取られた可能性が高いのだから。

「大丈夫です」

「はい」

「辛くなったらあれ、食べて下さいね？　キャメリアも」

クロケットに作ってもらった魔力玉を、小さな器に入れて、キャメリアに持たせてある。キャメリアはすぐに取り出せるよう、大量に隠してあるのだ。

キャメリアは、ルードに一つ手渡す。ルードは口に放り込むと、軽く咀嚼して飲み込む。すると、先程までの辛い感じが和らいでいく。ルードは魔力を消費し続けている上に、いくらか魔獣に吸収されてしまったようだ。

ネレイドたちには、一人ずつケットシーの女性がついている。魔力が足りなくなったら補充してもらうようにお願いしてあるから大丈夫だろう。

「かしこまりました」

「はい」

『網を広げて待機して下さい』

ルードの指示通り、網の裾部分を広げる。ルードは魔獣から目を離さない。代わりにキャメリアが網の状態を確認してくれている。

「ルード様。準備が整ったようです」

「よし」

『今です。網を魔獣へ』

「ガルマ、アルマ。ゆっくり上に」

『わかった』

『えぇ』

網で魔獣全体を覆うことができたのを目視する。ルードは次の号令を出す。

『ネプラスの皆さん。網を三叉の槍で縫い付けて下さい。あの脚は魔力を吸うようです。待避したら、ケットシーさんは魔力の補充をお願いします』

屈強な身体をした、ネプラス男性。彼らは手に持った槍を、網の裾にある鎖へ絡め、魔獣へ槍を突き刺していく。一人、また一人と、槍を突き刺し、即離脱。

『よし、全員浮上して下さい』

ルードたちは海面へ浮上していく。魔獣は脚をばたつかせているように見えるが、網でからめとられ、うまく動けていないように見える。

「ぷはっ――」

久しぶりの外の空気。

キャメリアは念じ、背中に翼を出現させる。一つ羽ばたき、今までの鬱憤《うっぷん》を晴らすかのように、中空でホバリングしていた。その姿を、ティリシアは驚きの目で見ている。人の姿で空を飛翔する存在を目にするのは、ある意味これが初めてだからだろう。

「よしっ！　これで何があっても、ルード様をお守りできます」

「あはは。さぁ、これからだよ」

ロープの先を持って、親衛隊のネプラスたちは上陸を始めていた。ネレイドとケットシーたちも、続いて陸へ上がっていく。

「ごめんなさい『地よ――』」

ルードは、網のあたる部分にある、珊瑚を少し変形させて滑らかにする。こうしないと、摩擦で削れてしまうためだ。

「本当、聞いていたとおり、凄いものですね」

「えぇ、ルード様ですから」

ルードの魔法を見てティリシアは驚き、キャメリアは『いつものことです』という感じに、少し苦笑する。

準備は整った。船着き場に沿って、網から伸びたロープを這《は》わせる。その先に、地引き網を引くような感じで、人員を配置。

これから魔獣とルードたちの、『大綱引き』が始まるのだ。

「打ち合わせ通り、僕の号令に合わせて引いて下さい。行きますよ」

『はいっ』

「せーの、どっこいしょ」

『どっこいしょ』

ルードの足首ほどの太さはある、ロープを皆で引いていく。その先には、回廊に引っかかっている魔獣がいるのだ。

少し動いては、引きずられるように戻される。こちらはルードを含め、三十人はいる。それでも魔獣の力の方が、若干強いのだろうか？

「せーの、どっこいしょ」

『どっこいしょ』

徐々にだが、こちらへ動いてはいる。網の大きさから言って、あと半分ほど。魔獣は海面から数メートルあたりまで移動しているはずだった。

ルードの号令に合わせて、何度も引いていく。一度に一メートルは動いてはいない。それでも間違いなく、こちらへ引っ張ることができている。

「せーの、どっこいしょ」

『どっこいしょ』

「せーの、どっこいしょ」

『どっこいしょ』

あともう少し。網の隙間から、赤褐色の脚が見えてきた。珊瑚礁の色に擬態していたのが、海面で戻ったのだろうか？

「せーの、どっこいしょ」

『どっこいしょ』

頭の部分が見えた。こちらを睨《にら》んでいるような目も見える。大きい、とてつもなく大きい。

だが、これでネレイティールズも楽になる。ルードがやってきたことは無駄にはならない。

そう思ったときだった。

釣り鐘状になっている網の継ぎ目に近い部分が、鈍い音をたてて千切れていく。

編み込んでいたロープが徐々にほどけ、千切れてしまいそうになる。

「せーの、どっこいしょ」

『どっこいしょ』

最後の号令で、ロープが切れてしまった。皆はその場に尻もちをついたり、ひっくり返ったり。

ルードも一番前で引いていたから、反動で後ろへ倒れてしまっていた。

「うわぁっ！」

魔獣へ引っ張られる網。逃げるようにロープが離れていく。

「(ルード様のご苦労を無にしてなるものですかっ) 待って！」

瞬間、キャメリアは背中の翼を動かす。手を伸ばしてロープを捕まえる。だが、キャメリアは身体ごと勢いよく引っ張られてしまった。そこに待つのは、魔獣から伸びた複数の脚、脚、脚。彼女をからめとろうと、触手のように伸ばしてくる。

「――キャメリアっ！」

ルードの魔力は爆発的に膨れ上がる。着ていた服ははじけ飛び、フェンリルの姿になって地を蹴った。

キャメリアの身体へ体当たり。彼女はロープを手放す。ルードは体を入れ替え、そこに魔獣の脚が伸びる。

「ルード様っ」

キャメリアの目に映ったその姿。純白のフェンリルが、魔獣の脚にからめとられ、海へ引きずられていく。安堵の色が見える、ルードの目。それが力なく、徐々に閉じてしまう瞬間だった。

「良かった……。キャメ――」

魔獣の脚が、ルードから魔力を吸い尽くしたのか？　ルードは意識を失っていく。

「ルードさまぁあああああっ！」

キャメリアの悲痛な叫び。伸ばした右手は届かない。

背中の翼に魔力を集める。弾けるような音を立てて、飛び立つキャメリア。

辛うじてルードの姿を捉えることができた。今にも海中へ引きずり込まれようとしている。

魔獣のあの背中に炎をたたき込めば、破壊できるだろうか？　それとも、飛龍へ姿を変え、網ごと持ち上げてしまえばいいか？

キャメリアは瞬時に判断に困っていた。ルードをどうやって助ければいいか。

『これで何があっても、ルード様をお守りできます』などと言った、自分が情けない。

パニックを起こしそうな気持ちを抑え、魔力を左手に意識を集中させたそのとき。

見覚えのある新緑色の何かが、魔獣へ急降下する姿。彼女の姿がキャメリアの視界にも入っただろう。

「わたしのルードをっ、離せぇえええええっ！」

第十七話　ルードの救出と、魔獣の討伐。

ほんの少し前――。
ここまで連れてきてくれた、飛龍のアミライル。彼女の背中を蹴り、リーダは両の腕を広げてルードの下へ落下していく。

爆発的に広がる緑の魔力。普段から着ているドレスははじけ飛び、瞬時にフェンリラの姿へ変わっていく。

魔獣《こいつ》がルードを奪った。全部魔獣のせいだ。

沸騰しそうな、爆発してしまいそうな。寂しさ、悔しさ、怒りで頭がどうにかなってしまうところだ。

だがリーダは、息子の姿を視界に捉えると、急に冷静になることができた。魔獣を破壊するより、ルードを助け出すことが最優先。

いつものリーダなら、魔獣に全力で雷撃を撃ち込んでいただろう。だがここにはルードがいる。怒りにまかせて撃ち込んでしまえば、ルードごと爆発四散してしまうだろう。

ルードを助けてしまったのなら、あとに残るのは魔獣だけ。八つ当たりはいつでもできる。好きなだけ蹂躙《じゅうりん》できるのだから――と、ここまでが数瞬。

赤黒く、気味悪くうねる、何かの瘤のような物体。魔獣の頭を思い切りよく蹴り飛ばし、脚と思われるものへ音もなく着地。

リーダから漂う、彼女の強大な魔力に引き寄せられたか？　ルードを捕まえた脚以外の、数本がリーダへと伸びていく。

それをまるで八艘飛《はっそうと》びでもするかのように躱《かわ》し、魔獣を翻弄しつつ自分の姿を見せつける。

「待っててね、今助けるわ」

ルードからあまり離れていない海面に、わざと音を立て、激しい水しぶきをあげつつ着水する。

そのままリーダは、魔獣の脚に自らの牙を立てる。

魔獣の脚《それ》は、リーダの鋭い牙を押し戻すほどの弾力を持っていた。表皮から分泌される粘液状のぬめり。獣の肉であれば、あっさりと両断するほどの鋭さに抵抗できる厄介なものだった。

牙の切っ先は、表皮の僅かな抵抗のあと、ずぶりと沈み込んでいく。獣の皮膚《ひふ》を切り裂いたときのような、滲んでくる血が見られない。この生き物はリーダが知るものとは違うのだろうか？

このような状況下でなければ、この噛みごたえというか歯ごたえは、彼女にとって嫌いなものではない――だがすぐに我に返る。何度も牙をたて、魔獣の脚の繊維を断っていく。

ぶつりという最後の感触を残し、魔獣の脚《それ》はリーダの牙に負けた。残る脚はあと一本。

そうしながらも、リーダの身体に複数本の脚が絡みついてくる。そのとき、ある感覚に襲われていたのがわかる。

「(力が抜けていくような、この虚脱感。わたしを締め付けて壊そうとしているものとは違う。これがイエッタさんの注意にあった、魔力の吸収かしら？　まだ幼いルードだから、枯渇してしまったのでしょう。わたしならこの程度、慌てることもないのだけれどね)」

十五年しか生きていないルードと、四百年を超える齢を重ねるリーダ。二十倍以上の時を生きてきた彼女とは比べものにならないほど、体内に内包する魔力の総量が違いすぎる。

魔獣に吸われ続けるこの感じ、リーダにとって苦には思わない。フェリスには劣るが、ルードに比べたら底なしに近いのだから。

リーダに絡みつく魔獣の脚。そこにはルードに絡んでいたそれと同じ、吸い付く吸盤のようなものがある。だがリーダはルードと違って、魔力的にも体力的にも余裕がありすぎるせいか、脚のことはあまり気にしていないようだ。

ルードに絡む残りの一本。早く噛み切ろうとしているのだが、リーダに絡む脚が邪魔をして時間がかかってしまう。

断ち切ったはずの最初の脚も、吸盤同士がくっつき合い、再度絡もうとまでするではないか？

「あぁんもうっ。鬱陶《うっとう》しいったらありゃしない」

ただでさえ大ざっぱな性格で、細かい作業が面倒になったリーダ。残りの一本も、ルードから遠い場所で力任せに噛み切る。やっとルードを動かせる状態になった。

リーダは体力も筋力も、ルードの比ではないからか、強引に脚から離れてしまう。そのまま、どぷんと海中へ潜る。ルードの真下に潜り込み、浮上して背中に乗せる。

強者としての迫力もあってか、ひと睨みすると、魔獣はガルマたちを見たときのように、目をそらした。その隙に、犬かき状態で立ち泳ぎをしつつ匂いを確認。後ろを振り向くと、嗅ぎ慣れた匂いがあった。

離れた場所に、今までなかった陸地のようなもの。そこには、足元から冷気を漂わせ、四つの足で踏ん張る、リーダと同じ毛を持つフェンリラ。イリスの姿があった。

船着き場とはちょうど反対の位置。魔獣からは五十メートルほど離れている。

リーダは『どっこいしょ』と口に出し、さも慣れたような仕草で、海上にあるあり得ない足場を登っていく。イリスの傍には、ぽつんと立ち尽くすキャメリアがいた。

驚くのも無理はない。叫びながら飛び込んだ、ここにいるはずのないリーダ。それだけではなく、リーダが飛んだ真下あたりから、突然足場が発生したのだ。

その足場というのは、実は氷の塊。海面から数十センチは浮いている、氷山のようなもの。リーダが乗ってもびくともしないことから、海面下に沈む部分はかなりの量があるはず。

立ち尽くすキャメリアの傍に、ルードを降ろす。

「キャメリアちゃん。ルードをお願いね？」

それはキャメリアも聞いたことのないほど、迫力のある感情的な声だった。

魔獣を睨み付ける。前足を低くし、後ろ足に力を入れる。浅葱《あさぎ》色の魔力がリーダを覆い始めた。

パチパチという弾けるような音を伴い、全身に雷を纏う彼女は今にも魔獣に飛びかからんとしている。

そんなリーダの背中に、イリスが声をかけた。

「フェルリーダ様、お待ち下さい。〝あれ〟を壊してしまえば、ルード様が悲しまれてしまうと、イエッタ様より言伝を受けております――」

それを聞いたリーダから、『ぷしゅぅ』という音を立てるかの様に、纏っていた濃密な魔力が霧散されていく。それはまるで、リーダのやる気が削がれたかのような感じ。

「何よそれ？　イリスエーラ」

▼

イリスの報告により、リーダの気が抜けてしまってから数分の後――。

氷の足場に青い飛龍が飛来する。彼女の背には、話にあったイエッタの姿があった。

リーダたちに向けて歩みを進める彼女の後ろには、姿を変えた青い髪のアミライルの姿も。ルードの姿を見つけたからか、彼女が駆け寄ってくる。

「ルード様。良かったです――失礼いたしました。キャメリアお嬢様。ご無事で何よりでございます」

「アミライル。私はもう、ルード様の侍女なのです。ですからその、『お嬢さま』はやめて欲しいのですが……」

「いえ、私にとって、キャメリアお嬢さまは、シルヴィネ様のご息女でございますので」

「お嬢さまって、あー、そういうことなのね？」

リーダの目が細くなる。

「いえ、母が過去にそうだったというだけでございます。私はあくまでも、ルード様の侍女。それ以上でもそれ以下でもございません」

「ほらほら、あまりキャメリアちゃんをいじらないであげなさいな。お疲れ様。リーダさん。あらら、ルードちゃんったら、無理をしたのね。でも大丈夫――ってあら？　やっぱりまだ動いてるのね」

イエッタがルードの傍にしゃがみ込む。ルードのお腹にある魔獣の脚をつついてそう言った。

「あの魔獣は、不死の存在なのでしょうか？」

ルードに絡む魔獣の脚を見て、イリスが呟く。

「いいえ。この魔獣は、我が知る限りこのようなものですよ。いずれ動かなくなるでしょう。ところで」

ルードは今、リーダが伏せる隣で、敷布の上に横たわっている。

イリスとキャメリアが、ルードの身体に張り付く魔獣の脚に悪戦苦闘しているのが見て取れる。

「キャメリアちゃん。これ、〝隠して〟しまうこと、できないのかしら？」

イエッタは魔獣の脚を指差して言う。

「これ、まだ生きているとおっしゃってましたよね？　できるかどうかわかりませんが、やってみます」

キャメリアが指先で恐る恐る触れる。さっきまでは緊急時だったからか、あまり気にしていなかったようだが、山育ちの彼女は、このような生き物はあまり見たことがない。それゆえ、実際はあまり得意ではないらしい。

「――ひっ。で、できません。私の魔術が弾かれるようです。そのため、隠すことは叶わないのかと……」

指に張り付いた吸盤を、振りほどくように嫌そうな顔をしていた。

「なるほどなるほどうんうん。そういう〝設定〟もあるわけなのですね――いえ、こちらの話ですよ。イリスちゃん、これこのまま急速冷凍できるかしら？」

イエッタは彼女の能力を見て確信しているのか、『やりなさい』と言っている。

イリスもあまりこのタイプのものは、得意ではないようだ。嫌そうな顔をしながら、触って念じる。すると、瞬間的に凍ってしまった。

「キャメリアちゃん。これならできるでしょう？」

「は、はい」

キャメリアは、脚だったものに触る。瞬時にルードの体表から、それは消えていった。

「やっぱりね。生命活動のありなしで、うんうん。あっ」

ルードのお腹あたりに、凍結したときに割れたのか。数センチ残った脚の残骸《ざんがい》を見つける。イエッタはそれを手に取り、手のひらの熱でかるく解凍。

驚いたことに、そのまま口の中に放り込んでしまった。

「――イエッタさん。それ」

「リーダちゃん大丈夫よ。んー、ん。あら？　あらあらあら。やっぱりそうなのね。この歯ごたえ、この旨味。おしょう油があれば――あ、そういえばキャメリアちゃんが持っていたわよね？　あとで分けてもらいましょ。んー、美味しかったわ。懐かしいお味……」

『はい？』

この場にいた皆は、イエッタの行動に驚きを感じてしまった。

▼

「――これでよろしいでしょうか？」

何となく聞いたことのあるような女性の声。

「ありがとう。助かったわ」

「ええ。ありがとう。ケットシーの皆さんは、このようなことができるのですね？」

「はい。ルード様に教えていただきました。私はこれで、失礼いたします」

「あらまぁ、ありがとう。良かったわね、リーダちゃん」

「はい。それでも、頑張りすぎなのよ。この子ったら……」

ルードの目がうっすらと開く。

「……あれ？　何で母さんが？　夢？」

「ルードっ！　良かったわ。本当に良かっ――」

リーダが両腕を広げて、今抱きつかんとした刹那《せつな》。想像以上の力で、ルードから引き離されてしまう。

「ルード様も目を覚まされましたので、フェルリーダ様はお召し替えを」

「えっ？　ちょっと、まだわたし。何よ、その力。わたしより強いって――」

ずるずると、アミライルに連れられていくリーダ。

「ルード様、その」

「キャメリア無事だったんだね？」

「はい。その。ごめ――いえ、ありがとうございました」

イエッタから言われたのだろう。謝るよりも、ありがとうと言いなさいと。

「あ、うん。良かった」

キャメリアの口から、ルードにこれまでの経過を報告してもらう。なぜここでルードが寝ているのか？　なぜリーダたちがここにいるのか？　現在はまだ捕獲作戦の途中であることなどを。

「親衛隊やケットシーの皆さんは、対岸の小島で休息をとってもらっています」

「そっか。でもどうしよう。また一からやり直しになるのかなぁ……」

「大丈夫よ。ねぇ？　イリスエーラ」

いつの間にか着替えて戻ってきたのか？　ルードを後ろから抱きしめるリーダ。

「はい。わたくしとフェルリーダ様だけで、事足りるかと思われます」

そう言って、ルードの前で片膝をつく。

「母さん、心配かけてごめんなさい。イリスも、あ、その、何て言うか、ごめんね」

「いえ、わたくしはルード様の執事でございます故、その……」

「うん。ありがと、イリス」

「はいっ、ルード様」

リーダはルードの髪の毛に顔を埋めて深呼吸。

「──すぅっ。……はぁっ。落ちつくわぁ」

今まで枯渇していた『ルード分』を、取り戻すべく吸収しようとするリーダだった。

イエッタはリーダの耳元でそっと囁いた。

『リーダさん、あの魔獣はね。あの後ろをこうして、こうすれば。大人しくなっちゃうの。裏技みたいなものですよ。我もその昔。実際にやってみて、驚いたものなのです』

「あら、そうなんですね」

イエッタはリーダに、あるアドバイスを与える。おまけにイエッタの、『この世界ではない、不思議な体験談』込み。それはそれで、とても説得力のある言葉だった。

▼

リーダがルード分を十分に補給したあと――。

万が一巻き込まれてはいけないからと、ガルマとアルマもルードの横に寝そべっている。もちろん、リーダたちも先程紹介してもらった。

『ここつめたい、きもちいい』

ガルムは寝っ転がり、仰向けになって。短い前足でお腹をぺちぺちと叩いていた。

『そうね。あなたちょっとだらしない』

「あははは」

ルードの前には、新緑と深緑のフェンリラ二人。

魔獣を見下ろせる位置まで、イリスが氷の足場を作り上げてしまっていた。二人はその場所から並んで、魔獣を見下ろしている。

イエッタが教えてくれた裏技みたいなもの。リーダはその話を頭の中で反芻《はんすう》する。魔獣を見下ろしながら『なるほどねぇ。うんうん』と呟く。

「さーて、さっさと片付けちゃおうかしら?」

「はい。そうでございますね」

「ルード、ちゃんと見ているのよ？」

「はい。母さん」

「うんうん。イリスエーラ。じゃ、あとはお願い」

「はい、かしこまりました」

イリスはゆっくりと目を閉じる。彼女の足下から、白い湯気のようなものが立ち上がってくる。ただそれは、足下から漂う湿気が凍り付いたもの。

彼女の濃い魔力に吊られたか、魔獣が姿を現す。身体全体が見えたそのとき、リーダは魔獣の目を睨んだ。反射的に魔獣はぐにゃりと背を向けた——瞬間。

イリスが足下を凍らせる。次にリーダが魔獣の頭の後ろから、頭頂部にかけて、その鋭い爪で下から上に傷を入れる。折り返すように、イリスが上から下に爪を入れる。魔獣の頭が割れるように開く。

「イリスエーラ。あのあたりよ」

「はい、フェルリーダ様」

イリスがそのまま鋭い氷のつぶてを作る。風の力で射出する。頭の裏から、魔獣の目と目の間のやや下側を撃ち抜いた。

暴れだす魔獣。その開いた頭の両側を、二人は噛みつく。そのままあちら側へ勢いよく前方宙返りの要領で一回転。

イリスが氷で縫い付けるように合わせる。ちょうど、開いた頭がひっくり返るような感じになっていた。

赤褐色だった魔獣の姿。それが、イリスが撃ち抜いたあたりから、白く色が抜けていく。ついでに頭の裏側にある、魔獣の内臓と思われるものを切り落として処理を終えてしまう。

イエッタがリーダに教えた裏技はこうだった。

『確かね、目の間が急所になっていて、そこに鋭利な刃物で何度か深く切るの。目安はね、あのどす黒い褐色が、一気に白くなるくらいだったと思うのだけれど――』

要は、魔獣を活け締めする方法だったのだ。

「あ」

ルードがそう言ったかと思うと。ガルマとアルマはお腹で滑るように魔獣の真下へ。

リーダが処理して落とした魔獣の内臓を、美味しそうに頬張っていた。

『おいしいうねうね。ひさしぶり』

『えぇ、おいしいわ。うねうね』

食べきれない分はイリスが凍らせて、ガルマたちがあとでまた食べるのだそうだ。

魔獣を全て凍らせると、どうやって持って帰ったらいいか悩むことになる。

そこでルードが無茶ぶりを言う。

「キャメリア。これできる？」

「このような大きさ。できるわけありません。私はほら――」

キャメリアは『馬車三台分』と言おうとしたのだろうか？　大きさの限界だと否定しながらも、

ルードに言われたので彼女は試してみた。手を触れて魔力を流した瞬間、魔獣だったその氷の塊は、ルードたちの目の前から消えてしまった。

「あ、できてしまいました」

「凄いね、キャメリア」

魔獣をまとめて〝隠して〟しまったキャメリアが、一番驚いていた。ルードと出会ったときの魔力量。キャメリアはまだクロケットと同じ二十歳。格納できる容量が増えていたとしてもけっして不思議ではないのだろう。

なにせ、四百歳を超えるリーダですら、まだ成長を続けている感じがあるらしいのだから。

第十八話　ネレイティールズの解放。

魔獣の討伐が終わると、一度小島の砂浜へ渡ることにした。そこで、待っていたのは彼女だった。

「――お初にお目にかかります。わ、わたくし、ネレイティールズ王国、親衛隊の隊長を務めております、ティリシア・ローゼンバルグと申します。この度は、ルード王太子殿下に対して――」

ガチガチに緊張してしまっているティリシアをほぐすように、微笑み返すリーダ。

「いえ、いいのですよ。息子がお世話になっていたようですね。わたしはルードの母。ウォルガード王国の第三王女、フェルリーダ・ウォルガードです。わたしの方こそ、このような姿でごめんなさいね」

「いいえ、滅相もございません。ルード殿下からお話は伺っております。これから皆様を王城へご案内したいのですが――」

「そんなに畏まらなくてもいいわ。今まで非常事態だったのですからね」

「いいえ、その。これくらいはさせていただきたいと思いまして」

海水と、魔獣のぬめりにより大変なことになっているリーダ、ルード、イリスの姿。

ティリシアは、水の魔法に卓越している。両手のひらに軽く水を温めて、ぬるま湯の状態にして展開する。リーダの足下を濡らすと、リーダは喜んだ。

「あらあら。お湯が作れるのね。助かるわぁ」

ルードもやろうと思えばお湯は作れる。だがそれは、器があってのもの。何もないこの状況下で、お湯を出すのは難しい。だからルードは思った。あとで教えてもらおうかな、と。

リーダたちは頭からまんべんなく流してもらった。ある程度ぬめりが落ちると、ティリシアは魔法で水気を飛ばしてくれる。実に至れり尽くせり。

「これで髪油を使えば完璧よね」

「ふぇ、フェルリーダ様。その『髪油』でしたか。私にもそのっ、教えていただきたいのですが」

ティリシアは正直に話した。レラマリンはクロケットに直接教えてもらったのか、最近髪の調子がとても良いように感じる。だが、ティリシアが聞くわけにいかない。だからとても羨ましく思っていたと。

「そうね。キャメリアちゃん」

「はい」

「帰る前でいいわ。ティリシアさんに、教えてあげてちょうだい」

「かしこまりました」

ティリシアは喜んだ。わかりやすく全身で喜んだ。

「あ、ありがとうございましゅ……」

喜びすぎて噛んでしまったくらいに。

丸洗いが終わると、人の姿に戻ってみた。確かに、髪のべたつきが感じられない。シーウェールズを初めて訪れたあの日も海に潜ったが、夜は温泉に入った。ルードは確かに便利な魔法の利用方法だと思っただろう。

ティリシアの案内で、回廊先にある砂浜へと戻ってくる。砂浜の先にある船着き場は、思った以上の賑わいを見せていた。

ティリシアより先に戻っていた親衛隊の隊員から、魔獣災害収束の報告があったのだろう。商船の誘導が再開されようとしているところだった。

「ルードちゃん」

「あ、お姉ちゃん。ただいま」

「お帰りにゃ――にゃにゃにゃっ？　お――リーダ様？　イエッタさんまでっ！」

危うくお母さまと言うところだったクロケット。そんな彼女を見て、リーダは苦笑する。

「あら、クロケットちゃん。元気だったかしら？」

「はいっ。おかげさまで元気ですにゃっ」

「クロケットちゃん。お久しぶりですね」

「うにゃっ。お久しぶりですにゃっ」

思っていなかった状況に、クロケットは混乱し始める。そんな彼女を、イエッタが落ちつくように、笑顔で諭していた。

彼女の後ろでは、オルトレットがルードに深く礼をしていた。ルードはリーダの手を引き、オルトレットの前まで連れてくる。

身体を起こした際、ルードの隣にいるリーダと、彼女の後ろに控えるイリスの姿を見て、口をぱくぱくさせながら驚いているようだった。それでも必死に取り繕うオルトレット。

「母さん。こちらの男性が、オルトレットさん。『ヘンルーダお母さんたちの、ご親族と言えばわかるよね？』」

途中から、こっそりと小さな声で、細かく紹介する。

「ルードの母、フェルリーダです。ヘンルーダとも、長い間仲良くしてもらっていましたわ。……そうだったのね。あの、ジェルミスさんの？　なるほど、思った通りだわ。ヘンルーダもやはり、『こちら側の人』だったのね」

リーダの口から、オルトレットがまだ、言葉にしていないはずの名前が出てくる。

「オルトレットと申します。先代の姫様がお世話になっております。あやつ、ジェルミスとも仲良くしていただいたのですね……。感謝の気持ちしか申せません」

「お姉ちゃんはまだ、その辺理解してないっぽいんだよね。ね？　オルトレットさん」

「はい。残念ながら。ですが、初対面のときより、仲良くしていただいております」

ルードは『大黒猫の姿でだよね？』と思った。そんなルードに駆け寄ってきた、シルバーブロンドの女性。

「ルード君。ほんっとうに、ありがとう。無茶なお願い聞いてもらっちゃって、まさかこんなに早く解決してしまうだなんて――」

ルードの両手をぎゅっと握って、力一杯感謝の気持ちを表す。もはや半泣き状態のレラマリンだった。

「あー、うん。だって、友だちじゃないですか？　頑張るのは当たり前ですから。ね？　お姉ちゃん」

そうとしか返せない、照れ笑いのルード。やっと落ちついて、遅れてルードの傍にやってきたクロケットに、つい話を振ってしまう。

「はいですにゃ」

「あら、本当に、レアリエールちゃんにそっくりなのね？」

「そうそう。レアリエールお姉さん、ウォルガードで頑張ってるもんね――」

「ルード君。この方はもしかして？」

「あ、はい。そう。僕の母さんです。母さん、僕の初めての友だちで、同い年の――」

「は、初めましてっ！　わたわたわた、んっ。私、レラマリン・ネレイティールズと申します」

「ルードの母、フェルリーダです。初めまして。レラマリンちゃん」

▼

ネレイティールズ王城、ルードたちが毎日打ち合わせしていた食堂にて――。

テーブルを挟んで正面に、レラマリン、レラエリッサ、マグドウィル。こちら側が、ルード、リーダ、イエッタ。クロケットは部屋でお留守番。お相手はオルトレットがしてくれていた。

キャメリアは、ルードたちの無事を伝えるべく、一度ウォルガードへ戻っている。代わりに、イリスがこちらへ残り、リーダたちの身の回りの世話を、アミライルに託していった。

「（キャメリアは、だめなのっ――って怒られてるんだろうな）」

今ごろきっと、けだまに文句を言われているだろう。ルードはそう思いながら、少し笑えてしまっていた。

「初めまして。ネレイティールズ女王、レラエリッサ・ネレイティールズと申します。こちらは夫のマグドウィル。こちらが娘のレラマリンでございます」

「ご挨拶ありがとうございます。わたしはウォルガード王国第三王女、フェルリーダ・ウォルガードと申します。息子のルード。娘のクロケット共に、良くしていただいて感謝しておりますわ」

リーダは笑顔でそう切り出す。おかしい。リーダが感謝を口に出し、先手を取ってしまった。余計なことを言わせないで、終わらそうとしているのだろうか？

目の前に、〝消滅のフェリス〟直系の親族がいるのだ。緊張で引きつりかけている、レラエリッサとマグドウィル。レラマリンは、少々笑いを堪えていた。

「いえ、こちらこそ。魔獣災害の終息を、ルード殿下が主導で解決されていただいたこと。感謝するしかできない恥ずかしさが、何やら申し訳なくてですね」

「大丈夫ですよ。こう見えて、この子もフェンリル。ぎりぎりまで頑張りました」

「あ、でも。ちょっと詰めが甘かったというか。母さんに助けられることになっちゃったし」

「いいえ。よくやったわ。男の子だもの。キャメリアちゃんを守ったのは立派だった。成長したわね、ルード」

「あははは」

「そういえば、こちらの女性は？」

レラエリッサが聞いてくる。

「あ、はい。一番右に座ってるのは、僕のお母さんの一人で、狐人族の国。フォルクス公国のイエッタお母さんです」

「もしや？　あの？」

「えぇ。我をご存じでございますか？」

無言でうんうんと頷くレラエリッサ。恐らく〝瞳のイエッタ〟を知っているのだろう。ただでさえ白い肌が、青ざめてきているようにも見えてしまう。

「そういえばルード君」

「こ、これ、ルード殿下とお呼びなさい」

「あ、別にいいですよ。僕は構いませんし」

「(このあたりがまだ子供なのよね)」

そう苦笑するリーダ。

「あの魔獣、結局どうなったの？」

「あー、あのね。最初は作戦通りだったんです。浜に上がって、網を引いてるとき、網が切れてしまって。僕だけ捕らわれてしまうという、トラブルが起きてしまったんです」

頭の後ろをかきながら、『あはは』と笑うルード。

「それで大丈夫だったの？」

「はい。そこで偶然。母さんが飛び込んで助けてくれました。執事のイリスも手伝ってくれたので、もう怖いものなし状態でしたね。そこから、僕の出番はありませんでしたよ」

「あら？　そんなことはないわ。ルードが準備して、あそこまで事態を好転させていたのだから。誇っていいと思うわ」

謙遜。褒める。母子で、仲の良い姿が見えていた。

「あ、そうそう。魔獣はね、全体を凍らせて、キャメリアが〝隠して〟持ち歩いてくれています。もうじき戻ってくると思いますから、浜辺で皆さんに見てもらえるかと思います」

「それは楽しみだわ」

「えぇ。我も楽しみですね」

レラマリンの『楽しみ』と、イエッタのそれは少し違っていたかもしれない。こうして、顔合わせだけの、最初の会合が終わった。

正直な感想は、国同士の堅い話は帰国の前まで置いておきたい。それよりも、魔獣が食べられるということだから、早く食べたい。そう思っていたのだろう。

リーダも今回はさすがに、ウォルガードで失態を晒してしまった。そのフォローに回ってくれたイリスのことを、労わないわけにはいかないだろう。仕方なく、キャメリアが帰って来る間だけ許可を出した。

イリスはリーダから見たら、歳の比較的近い従姉妹。リーダが四百歳とちょっと。イリスが四百歳手前あたり。本来であれば、イリスは義理の妹。ルードから見たら叔母にあたる。だが、そう呼んでしまったら、一晩中枕を涙で濡らすことになってしまうだろう。

だからルードにとって、イリスはイリスなのだった。

本来であれば、イリスはルードにいつもついて回りたい。だが、イリスには致命的な欠点がある。それは高い場所が苦手ということ。それはイエッタも同じだった。

今回は、イリスもイエッタもかなり我慢して空を飛んできた。だから少しは労ってあげたいと、ルードもリーダも思っていた。

キャメリアが戻るまで、イリスはリーダに『ルード様分を補給させて欲しい』という許可を得た。そのため、ベッドの上に座った彼女の膝の上に頭を乗せるように言われた。ルードの柔らかな髪を撫でながら、至福の瞬間を味わっている。

「はぁっ。疲れが吹き飛びます。けだまちゃんも最高なのですが、やはりルード様は至高です。この柔らかさ、香り、抱き心地。もうっ、たまりません……」

ルードの執事となってから、もう何年も支えてくれている。ルードがこうして好き勝手できるのも、彼女が家を守ってくれているから。最近は猫人の集落で、けだまたちへ勉強を教えてくれているとか。ルードはもはや、頭が下がるばかりであった。

第十九話　魔獣を食べてしまいましょう。

リーダたちがネレイティールズに訪れた日の夕方――。

ここはルードたちが落ちてきたあの浜辺。

魔獣が討伐――駆除されたことで、変化が起きていた。

ネレイティールズ近海は、元々魔力の濃い海域。その状態が早くも戻りつつある。それがルードたちにも感じられるほどだった。

「キャメリア、あれ出してくれる？」

「かしこまりました」

ルードの前に置かれた、木でできたタライ。そこに、山盛りになった魔獣から取り外された内臓。

「んっと『火と水よ――』

「ルードちゃんの真似、難しすぎますにゃ……」

「あはは」

ルードは火と水の魔法を調整しつつ、海水から水を、その水を温めて。冷めたら海へ戻す。それを繰り返して、氷漬けになった魔獣の内臓を解凍していたのだ。

「これでいいかな?」

魔法を行使しても、魔力が消費されたと同時に補充される感覚。まるでウォルガードやメルドラードにいるかのような状態。

『ありがと、おまえいいやつ』

『ありがと、ガルマだめでしょ』

もくもくと食べ始める、海大猫の二人。

「うん。二人がいなかったら、魔獣を倒せなかったからさ。こちらこそありがとう」

ルードは交互に、二人の首に抱きついてありがとうと言う。

「ですにゃ」

「じゃ、お姉ちゃん。ふたりをお願いね」

「わかりましたにゃ。……んー、モフモフですにゃ」

アルマの背に抱きついて、堪能しつつルードに手を振る。

「さて、と」

少し離れた場所には、仮設のテーブル。そこにリーダとイエッタ、イリス。レラマリン親子とテイリシアたち親衛隊。オルトレットとケットシーたちが見守る。

テーブルに座るリーダを見ると、今か今かと待ちきれない表情を隠しながら、手を振って笑顔を見せる。口にはしないが、彼女の目は『お腹空いてるの、早くしてね？』と訴えていた。

「はいはい。ちょっと待ってね」

ルードは足下にしゃがみ込み、両手を砂につく。

『砂は砂。土は土らと結びつき。姿を変えて、我に応えよ』

『どんっ』という音を伴って、爆発的に広がるルードの白い魔力。それは風でも巻き起こしたかのような勢いを感じる。

うねうねと、砂がまるで生きているかのように動いて集まっていく。するとそこには砂と同じ色をした、大きな皿が形成されていた。

シーウェールズやエランズリルドなど、空港予定地を整地したときの、地の魔法を応用したもの。あのときは、広大な広さを一気に整地するものだった。

ルードは砂浜の砂を魔法で加工して、一時的に大皿を作ったのだった。慣れない魔法の行使は、思った以上に魔力を消費する。

ルードは手をグーパー、交互に繰り返す。気持ち悪さは感じない。海上だけではなく、この地の大気にも魔力が戻りつつあるのだろう。

「これで次は短縮できるかな？　――うん。枯渇する感じもまったくないね。まるでウォルガードにいるみたいだ」

この砂浜の先にある、『循環の魔道具』は、魔力を補充せずとも動いてくれるようになるはずだ。これでケットシーたちの負担も減る。ルードは安堵の表情を見せる。

「キャメリア。ここでいいよ」

「はい。かしこまりました」

キャメリアは、大皿の場所に両手をかざす。そこに突然、氷漬けになった魔獣が出現した。

元々海上の小島と違って、ここはひんやりと肌に感じるほど涼しい場所。目の前に氷の塊が現れたことで、それが更に涼しく感じるほどの効果があった。

「おぉおおおおおおお」

最初に声を上げたのは、レラマリンだった。隣に座るレラエリッサたちは大口を開けたまま呆然としている。遠くから見ている、城下の人々からもどよめきの声が上がっていた。

まさか、このような生き物に、自国が侵害されていたとは思わなかっただろう。レラマリンですら、遠くから見ただけ。魔獣の大きさは、建物の二階ほどの大きさがあったから。迫力だけは十分だっただろう。

「せーの『どっこいしょ』」

先程の土の魔法が発動される。テーブルから離れた場所では、砂が持ち上がり、オープンキッチンのような厨房設備が出来上がる。キャンプ地に設置されるような簡単なものだったが、ルードたちには十分。

「よし、と。キャメリア、あの脚出して」

「はい。これですね？」

「うん。母さんから聞いてたんだ。一部ちぎってあるってね。これかぁ、……僕に巻き付いてた部分って」

大きなまな板の上に、木製の大きなタライを出し、その中には、ルードに巻き付いていた魔獣の脚の一部が現れる。

ルードは波打ち際にそれを持っていき、『水よ――』と詠唱。海水が持ち上がるようにタライに入る。タライの水に両手を突っ込み、水温を調整しながら魔獣の脚を解凍。溶けた部分からもみ洗いをし始めた。

イエッタから『一度凍らせたタコはね、解凍したあとに洗えば、ぬめりがきれいに落ちるのですよ』というような、タコの調理法をこっそり教わっていた。聞いていたとおり、ぬめりが嘘みたいに落ちていく。

『おなかいっぱい。またくる』

『またあいましょう。やさしいこ』

クロケットと一緒だったガルマとアルマ。二人は海へと戻っていた。ルードはクロケットと手を繋ぐ。

「ありがと。またね」

「またですにゃ」

ガルマたちは一度こちらを振り向く。踵を返して、海へ潜って帰っていった。

「さて、お姉ちゃん。手伝ってくれる？」

「はいですにゃ」

タライを持ち上げ、キッチンに戻った二人。ルードの隣にクロケットが立つ。

「お姉ちゃん、お湯お願い」

「はいですにゃ」

後ろを振り向き手を伸ばす。伸ばした手に、キャメリアは虚空から鍋を手渡す。慣れた連携。キャメリアはクロケットが欲しがると思うものを用意している。

「ありがとうですにゃ」

クロケットは鍋をコンロのような形になった場所へ置く。鍋の上に両手をかざす。

『生けるものを育む青き水の力よ。我が前に集まり顕現せよ』

そう呪文を詠唱。彼女の手から、ぷくりとしみ出る水の塊。鍋にぽちゃりと張られた水を見て、今度は鍋の底に手を添える。同じように火の魔法の詠唱を開始。

今のクロケットであれば、詠唱さえ省略しなければ、暴走することは少ないだろう。ぶわっと熾《おこ》る火。一気に沸騰する鍋の水。

ルードはある程度の長さで脚肉を切っていく。キャメリアに手を伸ばす。ルードの手に、塩の入った中ぐらいの壺。ぱらぱらと湯に塩を入れる。

イエッタに教わった調理方法は、生で食べる際は皮を剥いた方がいい。茹でるならその必要はないと。ならば軽く茹でてしまおう。そう思ったのだった。

ルードは脚肉の細い方からゆっくりと、沸騰したお湯の中へ入れていく。若干だが、丸まっていく。

「お姉ちゃん。イリスから氷もらってきて」

「はいですにゃ」

ルードはイリスの能力を教えてもらった。ついさっきも、イリスから『何かお手伝いできることがありますでしょうか？』と、お願いの眼差しで言われたのを思い出す。

本当は魔法で氷を作れるのだが、ここはあえてお願いすることにした。だから喜んでイリスが氷を作ってくれている。

軽く茹で上がった脚肉。氷水であら熱をとると、手ぬぐいで水分を軽く拭う。

クロケットがキャメリアからナイフを受け取る。ルードに手渡すと、ルードは脚肉を薄くスライスしていく。

「どうぞ」

「茹でたあとの方が、切りやすいね。キャメリア、おしょう油ちょうだい」

ルードは小皿にしょう油を注ぐ。そこにぴちゃりと薄造りのタコをつける。

「はい、お姉ちゃん。あーん」

「あーん、です――うにゃ。お、おいし……」

クロケットは魚が大好物だが、海産物の味も大好きなはず。石魚を食べているときのような、恍惚とした表情を見せる。それだけで、この脚肉の味が良いことがわかってしまう。

「キャメリア。はい」

「そ、そんな。私まで」

そう言いながら、口を遠慮がちに開ける。

「こ、これは。たまりませんね……」

飛龍の姿より、龍人化した今の姿の方が味を感じやすい。彼女がこの表情を見て、ルードも満足。

ルードも一口。

「うん。これは凄いね。魔力かな？　――やっぱり」

ルードの仮説の一つ。『魔力を含む食材は、そうでないものよりも味が濃い』というもの。それは間違いないだろうと思ってしまうほど、美味しいものだった。

この場での味見は、調理しているものの特権。大事な人たちに出すのだから、間違いがあってはならない。そういう建前だったりする。

クロケットはルードが切ったタコの脚肉を、大皿に綺麗に盛り付けていく。このあたりのセンスは、ルードより彼女の方が上。

「キャメリア。あの葉野菜出して」

「はい。ここに」

これは、イエッタとルードが、以前シーウェールズの町を練り歩いて、見つけたもの。細かく叩くと、鮮烈な香りと辛味を出す、薬味に使える葉野菜だ。細かく刻んで、包丁で叩いたあと、小皿の上に。

「キャメリア、イリスと一緒に配膳の準備を」

「はい。かしこまりました」

ルードがしょう油と呼んでいる調味料。これはまだプロトタイプ。しょう油を作っている職人が作ったわけではない。あくまでも、ルードの持つ〝記憶の奥にある知識〟からレシピを辿り、タバサに試行錯誤してもらった結果でしかない。

「お待たせしました」

ルードが持つ大皿。クロケットが持つ、薬味の入った小皿としょう油。

あらかじめキャメリアとイリスに準備してもらっていたもの。イエッタにはお箸。リーダやレラマリンたちには、ナイフとフォークを。

「お姉ちゃん」

「はいですにゃっ」

一番最初に、イエッタの前に薬味が置かれ、空の小皿にしょう油が注がれる。

「ルードちゃん。我が最初で、いいのかしら？」

「うん。だってさ、このタコもおしょう油も、イエッタお母さんしか〝本当の味〟を知らないんだから。そうでしょ？」

ルードはリーダを見る。リーダは何度も頷く。目は我慢してるのが見え見え。食べたくてうずうずしてるのがわかってしまう。だがそれを我慢してまで、イエッタに食べてもらいたい。今回苦労をかけてしまったリーダの『ごめんなさい』の表れでもあったのだ。

イエッタもリーダを見る。いつもどこを見ているかわからない彼女の糸目。更に優しく見えたのは不思議ではなかった。

「そう、それならば。遠慮するのはやめましょう。では、いただきます」

薄切りにしたタコの薄造り。薬味をひとつまみ分乗せて、くるりと包む。ちょんちょんと端にしょう油をつけて、口の中へ運ぶ。

このしょう油。イエッタはこれを、わざと味見をしていなかった。こういうときの楽しみとして、取って置いたのだ。

夢見て実に千年。イエッタが自分で再現しようとしても、材料が揃わなかったため、実現できないでいた。それもルードが米を見つけてくれていたから、叶ったようなもの。

山間部で長年暮らしていたイエッタは、海で採れる魚介を食べる機会がなかった。ルードに連れられて、シーウェールズに移り住み、エビも貝柱も食べることができた。

生食に慣れていないことで、ルードに治癒の魔法をかけてもらったときもあった。だが、ちょっとだけ残念だった。それはしょう油がないこと。

ルードが味噌を知ったのは、調べ物をしていたときに偶然出てきただけ。ルードには前世の記憶がないのだから、しょう油を知らなくても仕方のないこと。それをイエッタが頼み倒して、作ってもらったというわけだった。

イエッタは此度《こたび》の魔獣災害。ルードたちの身の安全の心配をしてはいなかった。ただ何より、懐かしの味に出合えるかもしれない。そういう期待の方が大きかったのだから。

「――このコリコリした歯ごたえ。おしょう油の香りとお味。〝わさび〟っぽい、ぴりっとした刺激。おしょう油が出来上がったときに、使ってみようと思ってたの。それにこのタコ。噛めば噛む程しみ出てくる深い味わいと磯の香り。ほんと、美味しいわぁ……」

うっすらと開かれた彼女の糸目。とろんと蕩《とろ》けそうなほどの、満足げな表情。右手でお箸を持ち、左手は頬に手のひらをあてたまま。奥歯で咀嚼し続ける。

「ねぇねぇ、ルード。わたしも食べていいの？」

「はいはい。我慢しなくていいのに。慌てないで、いくらでもあるんだから」

リーダはくるくると、フォークを器用に使い、イエッタの真似をして薬味を包む。ナイフで押さえて、フォークでひと刺し。端っこにしょう油をつけて、ぱくりと頬張る。

「いただきます――むーっ！」

顔を真っ赤にして、悶え苦しむ。リーダにはこの薬味、少々きつかったのかもしれない。ルードは慌てて、グラスに水を注ぎ、リーダに渡す。リーダはそれを一気飲み。

「大丈夫？」

「だ、大丈夫よ。ちょっとびっくりしただけ」

「それでどう、かな？」

「（わたしも、イエッタさんのように何か言わないとだめかしら？　えっと……）そうね。確かに、噛めば噛むほど、『磯の味』？　あ、違った。『海の香り』が？　――だったかしら？　そうよ、それがしみ出てくる感じが――」

「辛くて飲み込んじゃったでしょ？　無理しなくていいんだってば」

ルードは破顔する。正直リーダが言おうとしていることは、十分に伝わってきている。要は『説明はできないけれど、美味しいわ』と、言いたいのだろう。それは、リーダの瞳がそう言っているのだから。

「一度熱を通してあります。マリンさんたちもどうぞ食べて下さい」

料理を前にして、彼女も我慢していたのだろう。

「い、いただきますっ」

リーダの真似をして、食べ始めるレラマリンたち親子。

「キャメリア、イリス。お酒、出してあげて」

「「かしこまりました」」

もう夕方になる。出してもいいと思ったのだろう。

「さぁ、お姉ちゃん。続き続き」

「ですにゃ」

氷漬けになった魔獣の、脚を数本切り落とす。残りはキャメリアに隠してもらった。なにせこれだけでも、どれだけの人が食べられるかわからない量がある。

「お姉ちゃん。僕がさっきやったみたいにして、洗ってくれる?」

「わかりましたにゃ」

何を作ろうか悩んでいるところで、イエッタ音もなくルードの横に来ていた。

「ルードちゃん」

「うわっ。イエッタお母さん、どうしたの？」

「あのね、ルードちゃん。石魚ってあったじゃないの？」

「はい」

「あれきっと。我が前に言ってた、〝かつおぶし〟と同じ成分だと思うの。だからね――」

イエッタがリクエストしたのは、初めて作る料理だった。それもこの魔獣があって、成立するのだという。

「せーの、『どっこいしょ』」

ルードが再度、砂から鉄分を抽出して鉄板もどきを作った。その形状はやや複雑。

あまりにも細かい作業だったので、魔力を大量に消費した。それでも魔力の戻ったネレイティールズでなら、倒れることはなかったようだ。

「キャメリアちゃん。頼んだものを持ってきてくれましたか？」

「はい。イエッタさん」

キャメリアが持ってきたもの。タバサの工房でイエッタが漬けていた、根野菜の酢漬け。

クロケットに指示をして作ってもらっているものは、〝あげだま〟や〝天かす〟という、小麦粉を水溶きしたものを、植物性の油で揚げただけのもの。

「ルードちゃん、乾き紅草《あれ》と、石魚粉で濃いめのお出汁をとってくれる？」

「はい」

こうして、分担作業が進んでいき、全ての材料が揃った。

規則性のある凹みを持つ鉄板。そこに油をひき、ルードに下から加熱してもらう。油を拭き取り、またひく。そうして何度かくり返し、油をなじませたあと。ちりちりと油が跳ねてくる良い頃合い。冷ました出し汁でゆるく溶いた小麦粉を、鉄板に薄く流し込む。そこに、親指の爪の大きさに切ったタコの脚肉を一つずつ入れていく。

冷ましてあるあげだまを、右手で崩しながら均等にばらまく。根野菜の酢漬けを刻んだものも同じように。最後にまた、上から溶いた小麦粉を。

イエッタの右手と左手には、ルードが削った、細くて丈夫な串。

「その昔ね、知り合いのおじさんの〝屋台〟で、〝アルバイト〟させてもらったの。こうしてよく、〝縁日〟で焼いたのよね」

イエッタは、ルードにはわからない言葉を呟く。

「ルードちゃん。よーくやり方を見ていなさいね？」

「はい。イエッタお母さん」

ルードも何が出来上がるか、楽しみで仕方ないようだ。

くつくつと焼けて行く生地。頃合いを見て、串で十字を切るように、生地を切り裂いていく。半円になっている鉄板の穴に沿って、右手の串をくるりと回す。左手の串は添えるように器用に動かす。それをひたすら繰り返す。繰り返す。

「ふぅ。千年以上やってなかったわ。それでも案外身体が覚えているものなのね？」

脚肉の入ったものが、徐々に丸くなっていく。外側がかりっと焼けていく。

「クロケットちゃん、さっきのお出汁。あれにおしょう油で、味をつけておいてくれるかしら？」

「はいですにゃ」

そう、クロケットに指示しながら、ひたすら焼けて行く球体を、器用にひっくり返す。ルードはじっとイエッタの手先を見続けていた。

「ルードちゃん。火止めていいわ。これで出来上がりだから」

「イエッタお母さん。これ、何て食べ物なんですか？」

「あのね。〝たこ焼き〟って言うの。本当は〝ソース〟が欲しいところなんだけれど、まだ作ってもらってないから。クロケットちゃんに作ってもらった、お出汁をつけて食べるのよ」

串で器用に六つずつ皿へ取り分ける。

「ほら、ルードちゃん。一個食べてみて」

「はい、いただ――はふっ、はふっ。あっつ。ん、カリカリしてて、中はもちもち。おしょう油の味も脚肉の味もすっごく美味しい。酸味があって、食べやすくて。それでもお腹にずーんと、満足感が凄い」

「そうそう。お祭りでよく食べたのよ。これがね、お酒にもよく合うの。今度一緒に〝おソース〟作りましょうね」

「はいっ」

「じゃルードちゃん、お願いね？　今の手順で、沢山作ってちょうだい。あちらにいる皆さんにも、食べてもらいましょ。リーダさん、できたわ。一緒に食べましょ？」

イエッタは、作った山盛りのたこ焼きを持って、リーダの元へ逃げていく。

「はい？」

ルードたちをじっと見る、ケットシーの人たち、親衛隊の人たち。匂いに我慢できそうにないという表情になってしまっていた。

「あ、うん。お姉ちゃん、手伝って」

「えっと、たしかこうやって――」

ルードはイエッタから教わった手順に沿って焼き始める。料理に魔法を取り入れているルードにとって火加減とは、自在に操れるもの。一番いいと思ったタイミングで、生地を丸めていく。音、香り、色。イエッタの作ったたこ焼きに似た感じにはなっている。

「イエッタお母さん、どう？」

「どれどれ――はふっ、うんうん。さすがルードちゃんね。はい、リーダさん」

イエッタはリーダに食べさせる。するとリーダも。

「はふはふ。うんうん。美味しいわ、さっき食べたイエッタさんが作ったものと遜色《そんしょく》ないと思うわよ」

作り方を教えたイエッタ。味にうるさいリーダ。二人がオッケーを出したということは、まず間違いないということ。

「お姉ちゃん。大丈夫。みんなに食べてもらって」

「わかりましたにゃ」

「キャメリア、イリス。お姉ちゃんのサポートお願い」

「「かしこまりました」」

「僕はひたすら作りまくるからさ、みんなに行き渡ったら、あとで一緒に食べよう」

「はいですにゃ」

ルードは焼き始める前、地面に手をつく。

「せーの『どっこいしょ』」

ルードが思い浮かべたのは、手に乗るサイズで薄く軽い、船のような形の器。真ん中に仕切りがあって、片方にたこ焼きを乗せて、片方につけ汁を。食べ終わったら、洗って砂に分解すればいい。そう思った使い捨てのもの。

「はい、キャメリア。これ使ってくれる?」

「ありがとうございます」

キャメリアとイリスは、焼き上がったたこ焼きを沢山の小皿の上に盛り付ける。空っぽになった鉄板の上に、ルードは生地の素を流していく。

クロケットとルードが頷き合う。クロケットは一皿たこ焼きをイリスから受け取る。振り向いて、とびきりの笑顔でこう言った。

「お待たせしましたにゃ、皆《みにゃ》さん。たくさん、たくさんありますから。一列に並《にゃら》んでくださいですにゃ。美味しいですから、ほっぺ落とさないように気をつけてくださいですにゃ」

イリスがつけ汁をよそう。キャメリアが並んだお客さんにたこ焼きと一緒に手渡していく。

ルードはひたすら焼き続け。横に立って、クロケットは手順を頭にたたき込む。クロケットが焼けるようになると、ルードは新しい鉄板を作って、隣に並んで焼き始める。

「そこ、立ち止まらないで下さい。ゴミはこちらにお願いします」

オルトレットら率いるケットシーたちは、材料の下ごしらえを。ティリシアたち親衛隊は、会場となった砂浜に並んだお客さんの面倒を見る。こうして、砂浜はちょっとしたお祭り騒ぎになっていた。

立派になったルードの姿を遠目に見ながら、リーダはたこ焼きを頬張る。

「あふあふ。カリカリもちもち。おいひいわ……」

いつもならば、上品に微笑んで余裕を見せるところだが、ただただルードたちの焼き上げたたこ焼きを、堪能し続ける姿は〝買い食い王女様〟だった。

イエッタはたこ焼きを頬張り、タバサが米で作った冷酒を流し込む。

「くぅっ、たまんないわね。あら嫌だ。でもほんと、ここまで夢が叶ってしまうと、今度は〝ソース〟が欲しくなるところですね。石魚や乾き紅草みたいに、予想できないものもあるし。そうだわ、ランドルフさんのところなら、材料が揃うかもしれないわね。いけるわ。〝お好み焼き〟も、〝焼きそば〟も。夢がまた広がるわ……」

小さくガッツポーズをするイエッタ。

お客さんたちの列を見ながら、ひたすら焼き続ける。クロケットと二人、大汗をかきながら。

ここまで料理を堪能したのは久しぶりだったから。二人とも楽しくて仕方がない。おそらくは今回焼き上げたら最後になるはず。

「よし、と。お姉ちゃんこっちは終わり」

「はいですにゃ。私もできあがりですにゃ」

「ちょっと手かして？」

「うにゃ？」

ルードはクロケットの両手を持ち上げる。よく見ると、あちこち軽い火傷のようなものが見えたから。

「ん。『癒せ――』」

指先や手のひらから、余計な熱が吸い出されるような感覚を覚える。

「――んっ」

「どう？」

「とっても気持ち良かったですにゃ」

まるでマッサージでもしてもらったかのような、疲れのとれた両手。

「あ、うん。これで大丈夫でしょ？　お疲れ様、お姉ちゃん」

「ルードちゃんこそ、お疲れ様ですにゃ」

二人とも顔を見合わせて、『堪能した（しましたにゃ）』という、満足げな表情。

ルードは木串を使い、ひょいひょいとたこ焼きを器に入れる。何も言わずクロケットに渡すと、彼女はこぼれないように出し汁を注ぐ。

それを二つ分作ると、クロケットと二人で一つずつ持って歩いてく。

この国のこの浜辺。水辺だからか少々肌寒く感じる人もいるのだろう。フード付きの、灰色のコートを着込んだ二人。

ここにいる人たちには、ひと通りたこ焼きの配布は終わっているようだ。だが二人は、遅れてきたのだろう。ルードたちのいる場所へ来るか悩んでいるようにも見えたのだ。

ルードとクロケットが並んで、二人に相対する。

「お兄さん。お姉さん。どうぞ、食べて下さい」

ルードは
「どうぞですにゃ」

ルードは男性にたこ焼きを渡す。

「これを俺たちに？」

「はい。無料で食べてもらってるんです」

「そう。ありがとう」

フードから覗く、彼の目は切れ長だが優しげに笑む。彼の肌は日に焼けたように浅黒く、金色に近い瞳を持っていた。髪は亜麻色の短髪。

「私も、もらっていいのかしら？」

「はいですにゃ」

「ありがとう。綺麗なお嬢さん」

彼女の方も、同じ肌。同じ瞳。同じ髪色。

よく見ると、女性の方は、ルードよりは拳ひとつ身長も高く。男性の方は、ルードより顔一つくらい高い。二人とも、年上のように見える。

「そんにゃ。お嬢さんだにゃんて」

クロケットは褒められるのに弱いのだろう。

「冷たい飲み物は、あちらのテーブルでもらえます。必要でしたら、どうぞ」

「ですにゃ」

ぺこりと頭を下げて、ルードは踵を返す。クロケットも同じようにして、ルードの後を追う。

女性の方はルードたちの背に、ひらひらと手を振って見送る。

「いや、嬉しいね。お兄さんだってさ」

「社交辞令だってば。ほら、デレッとしてないで。食べたらさっさと報告しなきゃ」

「へいへい」

二人は会場から少し離れた植え込みの前にある、ブロック石の上に腰を下ろす女性。そのまま男性の方は、少し離れたところへ腰を下ろす。寝転がるようにして、女性の太股へ頭を乗せた。

「あーん」

「仕方ないわね。はい」

「あむ。んむ……、これは凄いな。間違いなく魔力を大量に含んでる」

「どれどれ。んむんむ。……そうね。ここまで濃い魔力は久しぶりかもしれないわ」

横を通り過ぎる犬人の男女。二人は親衛隊の隊服を着ていた。

「いいねぇ。羨ましい」

「馬鹿言わないの。こちらでまだ配布しています。焼きたてで美味しいですよー」

二人はフードを外していない。まるで仲睦まじい夫婦か恋人のように見えたのだろう。

ややあって、二人は食べ終えたようだった。

「うまかった。さてと、じゃ、少し横になるからさ」

「いいわよ。こうしてたまにしか甘えてくれないんだもの。私も嬉しいわ」

「誰が――任務だって」

「わかってるわよ。いいじゃない。別に」

男性は、女性の膝の上で寝返りをうつ。お腹に顔を向けるように。外から顔が見えないように。

左耳を、左手で覆うようにする。女性はそのまま、胸を軽く押しつけるように。まるで、仲良くじゃれ合っているかのように見えただろう。

『――です。魔物の回収に失敗してしまいました。申し訳ありませんと。えぇ、そうです。いえ、良い報告もあります。興味深い対象を見つけました。戻り次第ご報告にあがりますと、殿下にお伝え下さい。そうですね。報告は以上です。通信を終わります――』

「もういいの?」

「あぁ。ここでやることはもうないな。乗船の手続き、やってしまおうか?」

「そう。久しぶりの帰投ね。さっきのお料理、初めて食べたけれど美味しかったわね」

「あぁ。いい土産話になるよ。きっと、な」

男性は起き上がる。その瞬間、フードが少しだけ落ちる。慌てて被り直すが、彼の長くとがった耳が見えていた。

だがここは、多種多様な種族の往来する城下町。誰も彼のことを気に留めるものはいなかっただろう。

二人は遠目にルードたちを見て、踵を返す。そのまま手を繋いで、雑踏の中へと消えていった。

第二十話　どういたしまして。

「叶うのでしたら、救国の英雄。ルード殿下とご縁を持ちたく――」

「嫌よっ！」

「「えっ？」」

レラエリッサとマグドウィルは、目を点にする。

「レラマリン。ルード殿下では、不満だと言うのですか？」

ルードたちがウォルガードへ戻る前の日。ウォルガードへの交易の申し出などの話が交わされた。

まだレラエリッサたちは若い。だが、年の近い独身男性のいないネレイティールズ王家では、深刻な婿不足が予想されていた。

女王レラエリッサが導き出した答えは、兄であるシーウェールズ国王のフェリッツと同じだった。

ウォルガードに属すると同時に、レラマリンをルードの側室へと思ったのだろう。

「違うの。ルード君はとても可愛らしいと思うの。強くて立派な男性だとも思うわよ？　でもね、私はクロケットお姉さんともお友だちなの。ルード君とクロケットお姉さんの間に割り込むことなんてできないわ。それにね、ルード君は私のお友だちだから、はっきり言わせてもらうわ」

レラマリンの気遣いに感謝するとともに、ルードは胸を撫で下ろす。

「（ふぅ。助かった。レアリエールお姉さんみたいなことにならないで済んだよ……）うん」

「私は年上がいいの。それにね、私より背の低いルード君はちょっと、ねぇ？」

「ぷぷぷぷ……」

リーダはたまらず吹き出してしまった。イエッタも横を向いてくすくすと笑ってしまう。

「えーっ？　僕、そんなに小さくないよ？」

「そうですにゃ。ルードちゃんは小さくても、可愛いからいいんですにゃ。ルードちゃんはルードちゃんですにゃよ？」

「お姉ちゃん、それ、フォローになってないってば……」

確かに、レラマリンとルードでは、姉と弟と言われても仕方のないほど、身長差がある。クロケットと並んでも、ルードの方が低いのだから。

「クロケットお姉さん。私、言ったじゃないですか？」

「うにゃ？　――あー、そういえばそんにゃ話《はにゃし》をしていましたにゃ」

「ルード君にも言ってくれたらって」

「あー、忘れてましたにゃ。言ってにゃかったですにゃ。ごめんにゃさいですにゃ」

ルードには何の話だか、さっぱりわからない。

「お母様。私ちょっと、ウォルガードへ行ってきます。私も外の世界を見たいんです。構いませんよね？」

「え、あの。フェルリーダ様さえよろしければ……」

状況に追いつけないレラエリッサ。

「構いませんよ。ルードが良いと言うのであればですけどね」

ニヤッと笑うリーダは、ルードに丸投げすることに決めてしまった。

「ルード君？　フェルリーダ様はこうおっしゃってますけど。連れて行ってくれるわよね？　約束したもんね？　お友達だもんねぇ？」

確かに、『魔獣騒ぎが終わって、交易が始まったら遊びに来てもいいよ』と言った覚えがあった。

「母さん……。あーはい。わかりました。連れて行きますって……」

「やった」

「良かったですにゃ」

抱き合って喜ぶクロケットとレラマリンだった。

▼

会談が終わって、ルードが滞在する部屋にて――。

リーダとルード、イエッタたちは、オルトレットから話をしてもらっていた。それはルードも知りたいと思っていた、『ケティーシャ王国最後の日に、何が起きていたのか？』ということだ。

ケティーシャ王国は、信頼していた隣国に攻め込まれた。防戦一方だったケティーシャは、結果的に攻め落とされてしまった。だが最後の抵抗として、若き日のヘンルーダたちを逃がすこととなった。

彼女たちが海を渡るまで、オルトレットたちは盾となり、時間を稼いだのだという。一人、また一人と散っていった王家の男たち。最後に一人残ったオルトレット。

もう駄目だと思った彼の前に、『正義の味方』『冒険者』と名乗る、二人の年若い女性が現れた。魔法を得意とする彼女たちは、もの凄く強かった。

二人のおかげで追っ手を退けることができた。その間にヘンルーダたちが無事海を渡れたことを知る。

その後、捕らえられてしまった人たちを、救出する際にも手を貸してくれた。秘密裏に、ネレイティールズを紹介してくれたのも彼女たちだった。同士たちを弔うことができたのも、彼女たちがいてくれたからだった。

ルードにとって、とても辛い話だった。それでも聞かない訳にはいかなかった。オルトレットがいなければ、大好きなクロケットに、出会うことすらできなかったのだから。

椅子に座ったまま、太股の付け根で両拳を握り、辛抱強く聞いていた。頬に流れた涙を無意識に袖口で拭い、また拳を握っていたことに、ルードは気づいていなかっただろう。

「フェルリーダ様とイリス殿を見て。正直驚いてしまいました。お二人の御髪《おぐし》が、顔立ちが。あのときのあの方たちと似ておられましたもので――」

リーダは頭を抱えてしまっていた。思い当たる節がありすぎたから。

「……もしかしたら、リンゼ姉様とリエル姉様かもしれないわ」

「母さんそれって」

「ルードにも話したことがあったわね。そうよ。結局帰ってこなかった、わたしのお姉様たちかもしれないの」

ウォルガードの第一王女フェルリンゼ。第二王女フェルリエル。リーダが学園にいたころ旅に出て、それ以来戻っていないリーダの姉たちかもしれないとのことだった。

「イエッタお母さん。どうかな？」

「――そうねぇ。我も万能というわけでありませんよ。あちらの大陸は広すぎるもの。知り合いのいない我には、限界というものがあるのです」

誰の目を経由すれば、二人にたどり着けるのか。イエッタですら無理がある。それこそ途方もなく時間がかかってしまう。そういうことだろう。

リーダは下を向いてしまっていた。

「母さん……」

ルードは心配になって声をかける。

「――ずるいわっ！」

「へっ？」

ルードは素っ頓狂な声を出してしまった。

「いくら待っても帰ってこない。いくら探してもいないと思ったら。こちら側にいないわけよ。東の果てで遊んでいたのね？　ずるいわ。姉様たちはほんとうにずるい……」

「どういうことなの？」

「そうね。いずれあの大陸に渡って、わたしがこの手で捕まえなきゃいけないのよ。あれほどわたしが悩んで、王位を継げなくなったのも。ルードが王太子にならなければいけなくなったのも。全部姉様たちがいけないいんだわっ！」

根の深い問題に触れてしまった。イエッタは呆れ、ルードは対応に苦しんでしまった。

第二十一話　元のお姫様と今のお姫様。

ルードたちはウォルガードに戻ってくる。リーダの部屋で、心配をかけてしまったと、平謝りしていたルードとクロケット。その相手は、クロケットの母ヘンルーダ。

「いいんですよ。ルード君が守ってくれるのですから。キャメリアさんも一緒だったのでしょう？　私は心配などしていませんよ。『フェルリーダの方が大変だったんですから……』」

キャメリアをちらっと見て、苦笑しつつ。最後の方は、リーダの方を見てぼそっと呟く。

「ちょっと、その話はやめてって――」

慌ててヘンルーダの口を手で塞ごうとするリーダ。

「――フェルリーダ様。よろしいでしょうか？」

ドアの向こうから、イリスの声が聞こえてくる。

「えぇ。入ってもらって」

「はい。失礼します」

ドアが開く。そこには、ルードたちは見慣れた大柄な男性。

入ってくるなり、深々と腰を折る。

「姫様。お久しゅうございます」

「そんにゃ。ついさっきまで一緒だったじゃにゃいですか？　ね？　ルードちゃん」

クロケットは苦笑しながらそう言う。ルードはクロケットに向けて、口に人差し指を当てて『静かにしてね？』という仕草をする。

「あにゃ？」

「ありがとうフェルリーダ。あなたが帰ってきてここに呼ばれたとき、そんな気はしてたのよ」

「やっぱり？」

「まったく、何年の付き合いだと思ってるのよ……」

ヘンルーダは、ふにゃりと表情を柔らかくする。リーダは彼女の背中を、右手で軽く叩く。

ヘンルーダは椅子から立ち上がると、事情のわかっていないクロケットの頭をくしゃりと撫でる。

そうしながら、ルードに一度微笑む。彼女の目は『ルード君も黙ってるなんて。人が悪いわよ』と言ってるのを感じた。

「(ほんと。親子よね。こんなところまでそっくりだなんて)」

ヘンルーダは、そのまま脇目も振らずオルトレットの前へ。

そのときオルトレットは、両膝をつき、彼女を迎え入れるかのように、両腕を広げて待ち受ける。

それは、ヘンルーダとの身長差を埋めようとしているのだろうか？

膝立ちになったオルトレットの高さは、ヘンルーダの目線と同じになっていた。彼女ははオルトレットの首元に腕を回して抱きつく。

事情を理解しているルードとリーダ。二人は、感動の再会を期待していたはず、だったのだが。

物凄く鈍い音がする。それはまるで、固めの布団に身体で飛び込んだかのような音。

ヘンルーダの膝は、オルトレットの腹部にめり込んでいた。そのまま勢いを殺さず反転して、彼女の着用する踝《くるぶし》までの長いスカートが広がることなく、見事なまでの後ろ回し蹴りが腹部に突き刺さる。

反動で戻るかのように逆回転。最後にオルトレットの顎に、打ち下ろしの右猫パンチ。クロケットも知る、猫人族の女性の間に伝わる、必殺の一撃が見事に決まっていた。

ルードとリーダ、クロケットは呆然としていた。

「はっはっはっ。姫様、相変わらずで嬉しゅうございます。ですがこの程度では、わたくしの僧帽筋を揺らすことも、腹筋を貫くこともできません。これでも日々、鍛錬は怠っておりませぬ故」

「うるさいっ。この変態筋肉おばけっ——なぜ。生きてたのならなぜ、教えてくれなかったのよ……」

ヘンルーダの双眸から頬にかけて、涙が流れてしまっていた。彼女の表情は、再会できて嬉しいというより、何やら悔しそうに見えなくもなかった。

「あのままもし、姫様を追っていたなら。彼奴等《きゃつら》の手が及ぶ懸念がございました。わたくしには、それだけが怖かったのです。つい先日でございますが、クロケット姫様のお会いしたとき、驚いてしまいました。それはもう、若き日の姫様に生き写しでしたので」

オルトレットが懐から純白で染み一つない、柔らかな布を取り出す。ヘンルーダに差し出すと、彼女は右手で払いのけるように受け取る。

目元を押さえながら、リーダの横へ座った。ヘンルーダはクロケットを見てから、真っ直ぐにオルトレットを睨む。表情を緩めると、自慢げな目をして胸を張った。

「そりゃそうよ。私と、あの人——ジェルミスの娘だもの」

「そうでございましたか」

「二十年前。この子が生まれた次の日。あの人が逝ったわ……」

「わたくしの甥は、姫様のお役に立てましたでしょうか？」

オルトレットは、ヘンルーダの親族だったのだ。

「えぇ。クロケットを抱いたあの人の笑顔は、とても素敵だった」

ルードはキャメリアに耳打ちをする。キャメリアは、テーブルを挟んだ場所に椅子を一つ置く。

ルードとクロケットの後ろにも。今まで二人の後ろに立っていた彼女も、椅子に座った。

ヘンルーダは椅子を指し示す。オルトレットに座るように促した。オルトレットはキャメリアが座っているのを見て、これより話が長くなることを理解したのだろう。

「では、失礼いたします」

そう言うと、ヘンルーダの向かいに座った。

オルトレットは、ヘンルーダたちを逃がしたあの日。何が起きたのか。事細かに説明を続ける。それはルードたちへ話したことと、一言一句違わぬ内容だった。

ルードは改めて強く思った。ヘンルーダの故郷は、あの海の向こうにあった。

オルトレットから聞いた話を総称すると、人種とそうでない種族との諍《いさか》いはまだ続いているようだ。ケティーシャに起きた事件は、オルトレットにとってまだ終わっていないもの。

エランズリルドで経験したこと以上の悲劇が、起きてしまっていた。膝の上に置いた両の拳を、ぎゅっと痛いほど握りしめて両肩を震わす。ルードはまるで、自分の身に起きたことのように悔しく思っただろう。

難しい表情をしていたルードに気づいたリーダは、ルードの拳にそっと手を乗せる。振り向いたルードに優しい笑顔を見せて、緊張を解きほぐしてくれるリーダ。

クロケットはルードの腕にしがみついたまま、真っ直ぐオルトレットを見ていた。

「――恥ずかしながら、わたくしだけが生き延びてしまったのです。陛下――いえ、旦那様と奥様をお助けできなくて、申し訳ございません。散っていった我が同志たちも皆、姫様の身を案じておりました」

ヘンルーダは立ち上がり、オルトレットの傍へ。彼の目の傷へ手をやり、辛そうな表情をする。

「ううん。いいの。……その目、大変だったのでしょう？」

「お気になさらないで下さい。古傷として残ってしまったようですが、もったいなくも、ルード様に治癒の魔法をかけていただいたのです。おかげさまで、見えるようになっております」

「そうなのね。ルード君と彼の母親、フェルリーダには。私たち母娘《おやこ》は何度も助けられたのよ。それはもう、恩を返せないほどにね」

リーダとルードを交互に見ながら、ヘンルーダはそう言った。

ルードは恥ずかしそうに俯く。リーダは照れ隠しをしているのか？　明後日の方向を向いてしまっていた。

「……あにゃ？　お母さんって本当に、お姫様だったんですかにゃ？」

ルードもキャメリアも、『今更？』と、ツッコミそうになる。

「そうねぇ。国がなくなってしまった今は、『だった』というのが、正解かしら？」

ヘンルーダはクロケットにそう答える。

「それにゃら。寝るとき話《はにゃ》してくれた、あの『お姫様』も？」

「そうよ。『昔話』だって言ったでしょ？　私の若いころの話よ」

「あ、でもお母さん。一度も『にゃ』って言ったの、聞いたことがありませんにゃ？」

「そりゃそうよ。あの言葉は、『お姫様が公の場で挨拶するときに使う言葉』。私はもうお姫様じゃないんだもの。使っていたらおかしいでしょう？　あなたが生まれて、代が変わったの。だから今のお姫様はクロケット、あなたなのよ？」

ヘンルーダの屁理屈を聞いて、リーダはぷっと吹き出す。ルードも『母さん駄目でしょ』と、リーダの背中を叩きつつ、苦笑を堪える。

「あらフェルリーダ。あなたもお姫様だったじゃないの？」

「わたしも、元……よ」

そこで初めてオルトレットは、ヘンルーダがリーダのことを呼び捨てにしていることに気づき、驚いた表情をしている。

「姫様、フェルリーダ様にそのような――」

「あら、私はもう姫様じゃないって言ったじゃないの？」

「そうですにゃ。お母さんとお母さま――いえ、フェルリーダ様は、昔から仲《にゃか》の良い、お友達にゃんですにゃ」

けろっとそう言うクロケットの言葉で、オルトレットは更に驚いてしまっていた。

ドアをノックする音が聞こえる。キャメリアが音もなく確認しにいく。ルードの元へ。

「ルード様、お時間だそうです――」

ルードは『うんわかったよ』と言う。

「母さん、お姉ちゃん。僕用事ができたからあとはお願いね？」

「えぇ。いってらっしゃい」

「ですにゃ」

「夜には戻るから。今度は絶対に」

四人を残して、ルードは退出。キャメリアも後へ続く。

ドアを出た辺りで、イリスとすれ違う。彼女には、ある時間になったら声をかけてもらう手はずになっていた。

「ありがと、イリス。ちょっと行ってくる」

「はい。いってらっしゃいませ」

屋敷を出て、中庭でキャメリアが待っていた。飛龍の姿になっていた彼女の背に飛び乗る。

「ごめん、急いでくれる？」

「かしこまりました。では、全力で――」

屋敷の庭が徐々に小さく見えてくる。影響のない高度まで上がると、キャメリアは大気が破裂するような音を残して飛び去っていった。

▼

シーウェールズ空港で、上空を見ているルード。この場所は『零番発着口《ぜろ》』と呼ばれる、小型の飛龍が離着陸する場所。小型の飛龍はルードを含めた家族だけしかいないため、利用者は空港関係者のみ。

「あ、来た来た。アミライル、こっちこっち」

ルードは手を振る。目の前に着陸する青い飛龍。彼女の背中には、お客さんが一人乗っていた。

「ルード君。遅れてごめんなさい」

「マリンさんいらっしゃい。どうだった？」

「うん。すっごく楽しかった」

レラマリンは、ネレイティールズを出るのが生まれて初めてだった。出国の手続きに時間がかかってしまい、ルードたちに遅れてくる形となった。

低く伏せたアミライルの背から、ルードの手を借りてレラマリンが降りてくる。

「ここが、シーウェールズなのね。感慨深い気持ちになるわ……」

「はいはい。こっちの観光はまた後日ということで。明日はウォルガードの町を案内するからさ。アミライル」

「はい」

アミライルは、レラマリンが降りた瞬間、龍人化して後ろに控えていた。

「マリンさんの迎え、お疲れ様。ありがとうね」

「いえ。いわゆる『朝飯前』でございます。大したことではありませんから」

「あはは。じゃ悪いけどさ、マリンさんと、商工会事務所で待っててくれる？　僕はちょっと迎えに行ってくるから」

「迎えに？」

レラマリンが尋ねる。

「うん。もうひとり、お客さんが来るんですよ。現地でちょっと待ってて下さいねー」

ルードは空港施設の出口へ向かう。途中、顔見知りの商人や、『ローズ商工会』のスタッフなどに挨拶されて、その度に足を止めて挨拶を返す。

出口の場所で、ルードは呪文を詠唱。

『祖の衣よ闇へと姿を変えよ』

ルードはフェンリルへと姿を変える。

「キャメリア、時間ないから乗って」

「いえ、そんなわけには……」

「あー、そんなこと言うんだ？　――なら『お願い』するけどいいの？　『キャメリアお姉ちゃん』？」

支配の能力の無駄遣いで、無理矢理乗せる、そう言っていることになる。

「……んもう」

褐色の頬を更に赤らめ、眉をハの字に困った表情。それでも渋々ルードの背に乗るキャメリア。なぜルードが乗せる側になったか？　それは、キャメリアがシーウェールズ中を飛ぶには、城下町への影響が大きすぎるのだ。

「よし、じゃ急ぐから」

ルードは空港施設の壁を駆け上がる。屋根伝いに一路海岸沿いへ。吊り橋を渡ったあたりで急ブレーキ。

「――ご無沙汰しております」

シーウェールズ王城の前に停まる馬車の前。腰を深く折った、初老の男性がいた。

「あ、ジェルードさん。何でここに？」

「そろそろお着きになる『気がしましたので』」

「……あ、うん。わかった。『執事の勘にございます』だったっけ？」

「はい。そうでございます」

王城から出てくる、背の高い見覚えのある男性。

「ルード君。久しぶり」

「はい。アルスレットお兄さん」

ルードが迎えに来たのは、シーウェールズの王太子、アルスレットだった。

そのまま馬車に乗せられ、ローズ商工会事務所へ向かうことになってしまった。さすがにルードが、『アルスレットも背に乗せる』と言うわけにいかない状況になったことがこの原因。

「ご心配に及びません。近道を利用します故」

「え？　近道なんてなかったような……」

その近道とは、町中を走らずに、砂浜を強引に走り抜けることだった。いくら海岸沿いに作られているとはいえ、砂浜を通ると遠回りになるはず。そこを有無を言わさぬ速度で駆け抜ける馬車。

「あははは……」

「すまないね、ルード君……」

▼

ローズ商工会事務所の奥――。

「ルードちゃん。久しぶりね」

「あ、はい。ローズお母さん」

出迎えたのは、商工会の事務処理を管理している、エリスの母エランローズだった。

「奥で待ってもらってるわ。アミライルちゃんが話し相手になってくれてるのよ」

「あ、そっか。確か、キャメリアと同じくらいの年だもんね」

「私の方が、年下です……」

聞くと、キャメリアの方が、ほんの数ヶ月遅く生まれたらしい。

ルードはドアをノックする。

「はい」

奥からアミライルの声。

「あ、僕だけど」

「はい。お入り下さい」

「ルード様。私が開けますのに……」

「あ、ごめんね。キャメリア」

そんなやりとりを、楽しそうに見ていたアルスレット。

「あ、ルード君。待ってたわ。ところで誰――」

レラマリンの目が点になる。

「おや？　もしかしたら君は――レラマリンちゃん、なのかな？」

「は、はいっ。しょ、しょのっ――」

「あ、噛んでる」

「噛んでらっしゃいますね」

「はい。いえ、すみません……」

真っ赤に染まったレラマリン。マイペースなアルスレット。

「ルード君の、馬鹿っ！」

「あははは……」

八つ当たりされるルードだった。

大型飛龍《ヒュージドラグナ》のリューザが背負う、空飛ぶ客車『龍車』の席。

アルスレットと、レラマリン。彼女の世話役としてアミライル。ルードとキャメリアが一緒に乗って帰ることになった。

「いや、凄いね。空を飛ぶのは初めてだけど、こんなに楽しいなんて思わなかったよ」

「そうなんです。私も先程、初めて空を飛びました。空の上は、こんなに綺麗だったのですね」

従兄妹同士のアルスレットとレラマリン。二人は向かい合わせで、窓際に座っている。

リューザは、アミライルやキャメリアの飛ぶ速度より、ゆっくりと雄大に飛ぶ。それでも地上最速と言われている、イリスの走る速度の数倍は出ている。

そんな目下の景色を見て、まるで少年のように、興奮気味のアルスレット。彼に一生懸命合わせて、地を出さないように頑張るレラマリン。

逆側から見守るルードたち。キャメリアたちに『言語変換の指輪』を外してもらって、こっそりと話すルードたち。

『絶対、「猫人を被ってる」よね？』

こちらの世界では、『猫を被る』という例えをこのように言う。

『そうですね』

『なんでだろ？　いつもみたいに話せばいいのに』

『ルード様は、「女心」というのをご理解されていませんから……』

キャメリアがぼそっと言う。

『そうですね。実に鈍いと思われます』

アミライルも同意する。

『何それ？　僕、教わってないよ？』

『しっ。いくら通じなくても、声が大きすぎますよ』

『ごめんなさい……』

何気に窘められるルードだった。

「それにしても。僕の記憶では、あんなに小さな女の子だったのだけれど」

「十年もあれば、私だって変わりますのよ？」

「そうだね。実に可愛らしくなったと思う」

「そ、そんな……」

『天然ですね。アルスレット様も意外と』

『僕もそう思う』

『キャメリアお嬢様が以前。ルード様ことを、同じように言われてたような……』

『『えっ？』』

▼

ウォルガード王国内、『ウォルメルド空路カンパニー』発着場――。

「お帰りなさいなのっ！」

到着したルードが一番最初に降りたとき、ルードのお腹に衝撃が走る。

「――ぐぇっ」

「あぁ、けだまちゃんったら……」

クロケットの声が聞こえた。ルードのお腹にめりこんで、勢いでひっくり返ってしまった原因はけだまだった。

「いたたた。どうしたのさ？」

「お迎えにきたのっ。こんどは逃がさないのっ！」

満面の笑顔でそう言われてしまったら、どうするわけにもいかない。

「あはは。誰も逃げたりしないってば。ただいま、けだま」

「お帰りなさい、なの。ルードちゃん」

「ちょっとちょっとちょっと。ルード君。そのすっごく可愛らしい子、誰なの？」

「（あ、猫人被るの忘れてる……）」

クロケットがルードのお腹から抱き上げる。

「この子は、けだまちゃんですにゃ」

「あー、この子がそうなのね？　抱かせて？　私にも抱かせてちょううだい。クロケットお姉さん」

「はいですにゃ」

レラマリンはけだまを抱いて、頬ずりまでしている。

「くすぐったいのっ。あれ？　でも、お姉ちゃんの匂いがするのっ」

「うにゃ。私と同じ香油を使ってるからかもしれませんにゃ」

そんなやりとりを見ていたアルスレットが、呆然としていた。

それもそのはず、再会してから龍車を降りるまで、レラマリンは『完璧に猫人を被っていた』のだから。

「……あ」

「あ？」

ついルードはツッコミを入れてしまう。

「あはははは……。なんだ、前と変わってないんだね？　そうそう、こんな感じに元気のいい子だった。違和感があって、僕も戸惑ってしまったんだけれど、何となく安心したような気がするよ」

けだまを抱いたレラマリンは、真っ赤になってけだまの髪の毛に顔を埋めてしまった。

それから二人は王城へ。前女王のフェリスに挨拶。

「ネレイティールズ王国の、レラマリン・ネレイティールズと申します。先日はルード殿下、クロケット様に多大なるご迷惑をおかけしました」

「夜分遅く申し訳ございません。シーウェールズ王国より参りました、アルスレット・シーウェールズと申します。姉がお世話になったうえ、本国での一件、申し訳なく思っています」

「とっくに許してるわよ？」

「「はい？」」

「二人とも、丁寧な挨拶ありがと。良いご両親の下で育ったようね。あの件は、ルードちゃんにも良い勉強になったはず。だからもういいの。二人とも、ゆっくりしていくといいわ」

フェリスの鶴の一声。

「ルードちゃん。あとでご飯食べに行くわね。プリン、沢山用意しておいてって、タバサちゃんに伝えてちょうだい」

「あ、はい。わかりました」

ルードを抱きしめてから、小走りで戻ってしまった。取り残されたアルスレット、レラマリンの二人は唖然としている。

「いつもあんな感じですよ。さ、僕たちも帰りましょうか」

夕食も終わり、フェリスは王城にある私室へ戻った。聞くと、シルヴィネが相変わらず、籠もって開発に没頭しているとのこと。なのでお弁当を作って持たせることにした。

「アルスレットお兄さん、ゆっくり休んで下さい」

「あ、ありがとう」

「マリンさんも、明日は町を案内するからって、お姉ちゃんが言ってましたよ」

「あ、そうなのね。ありがと」

「じゃ、キャメリア。案内してあげてくれる？」

「かしこまりました。アルスレット様、レラマリン様。こちらへどうぞ」

積もる話もあるだろうから、二人でゆっくり話せるようにと、並びの部屋を用意された。

そのあと、いつもの日課を終わらせると、ルードは部屋へ戻ってきた。やっと休める。そう思ってベッドへ大の字になって寝転がった。

ヘンルーダの一件は、リーダから落ちついたと聞いた。アルスレットたちもゆっくりしてもらえているはずだ。

久しぶりの自室。久しぶりのベッドの感触。

「ふぅ。これでやっといちだんら――」

ドアがノックされる。

「ルード様。お休みのところ申し訳ございません。お時間、よろしいでしょうか？」

「あー、うん。大丈夫だよ」

ドアを開けると、そこにはキャメリアとクロケットがいた。

「あれ？　お姉ちゃんも、どうして？」

「んー、にゃんだか、私も呼ばれちゃったみたいにゃんです」

「そうなんだ。なんだろうね？」

キャメリアに連れられて、たどり着いた場所は食堂兼居間。い草もどきの植物繊維で、編まれたものが敷かれた床。

高さ四十センチ足らず、奥行き二メートル足らず。幅が四メートルほど。木工職人が作ったと思われる、木組みの和式テーブルが二つ並べられている。

ルード家のような大家族では、これでも足りないときがあるほど。

これらは、リーダがフェンリラの姿だったときから、落ち着けるからとイエッタに勧められてから愛用している。

そんな広い空間に、背の高い男性と、やや高い女性の後ろ姿。庭を見下ろせる方を向き、二人並んで座っていた。

彼らは、少しだけ背筋が丸くなっている。こうしてルードが呼ばれたということは、何らかの話があったからだと思えるだろう。

「アルスレット様。レラマリン様。ルード様と、クロケット様をお連れいたしました」

振り向いた二人は、口を開こうとした。だが、言葉に詰まってしまったのか、何も言うことができないでいるようだ。

それでも、ルードにはわかる。二人の目が『困ってる』と訴えかけていることが。ルードはそう受け取って、キャメリアに指示を出す。

「キャメリア、『あのお茶と、あの一番甘いヤツ』持ってきてくれる？」

「かしこまりました」

ルードとクロケットが、二人の向かいに座る。

「あのねっ――」

「ルード君。その――」

レラマリンとアルスレット。同時に切り出すが、同じタイミングで言葉に詰まってしまう。

アルスレットがテーブルの下で、レラマリンの手の上にそっと自分の手を置いて落ちつかせようとする。そのまま真っ直ぐルードの顔を見つめてくる。

「ルード君、クロケットさん。恥ずかしい話なんだが、僕たちの相談に乗って欲しいんだ」

そこにいたのは、王太子の彼ではなく、よく知る年上のお兄さんとしての彼だった。

キャメリアとアミライルがキッチンからやってきて、お茶と白い器に入ったものを置いてくれた。

これは話が長くなるだろう。そういう意味が含まれていたのかもしれない。

ルードたちの前に置かれたのは、ホイップされた生クリームのたっぷり乗せたプリン。そこに色合いとしてチョコレートソースがかかっている。

一緒に出されたお茶は、香り高くすっきりとした味わいのお茶。焙炒《ばいしょう》した綿種果の外皮から抽出されたお茶。チョコレートに似た香りで、リラックス効果の期待できるものだ。

「ゆっくり話し合いましょう。甘いものは心を豊かにします。このお茶は、気持ちを安らかにして、考える助けにもなりますから」

エピローグ

「僕たちはなぜ、国を継がねばならないんだろう？　今日初めて、そう思ってしまったんだ――」

彼らしくない、悩みに悩んだ男の子の表情。そんな面持ちのアルスレットの口から、淡々と語られる胸の内。

十年ぶりに再会したレラマリンとアルスレット。彼女の母レラエリッサと、彼の父フェリッツは兄妹《きょうだい》であり、二人は従兄妹同士の間柄。

「クロケットお姉さんには話したんだけど。アルスレットお兄さんがね、私の初恋の相手だったの」

その瞬間、アルスレットがやや斜め下を向いてしまう。

『そうだったの？』

『はいですにゃ』

ルードたちは二人に聞かれないようこっそり、獣語で確認し合う。獣語は、吠えるだけではなく、低いうなり声のような発生の仕方がある。今は後者の方だ。

ちなみに、後ろに控えるキャメリアは、しっかりと獣語をマスターしていた。彼女もまた、違った意味で『お化け』なのである。

「そうだったんですね」

「ルード君に無理言ってね、合わせてもらって、改めて思ったの。『あぁ。私の初恋は、間違いのないものだったんだ』って」

「うん。約束だったから、ね」

「ありがとう、ルード君」

「いやその。どういたしまして」

アルスレットはレラマリンが言い終わるまで、下を向いて頬を赤くしていたようだ。

「僕――いや、私も」

「いいですよ。あのときみたいに、いつも通りで」

ルードは両肩を軽く上下させて、気楽にという仕草を見せる。

「ありがとう。僕はね、レラマリンのことを忘れたわけじゃない。それでもね、年の離れた可愛らしい妹。遠い本国にいる家族の一人。そう思っていたんだ」

「はい」

「彼女がこんなに美しく成長していたなんて、思いもしなかった」

アルスレットはレラマリンをチラリと見る。上目遣いにずっと彼を見ていたレラマリンと目が合う。その瞬間、二人はまた俯いてしまう。

『あー、うん。これって、やっぱりあれだよね?』

『ですにゃ、ね』

くすぐったい。他人の恋心とは、これほどまでにくすぐったく感じるものなのだろうか?

ルードたちは見合って苦笑する。

クロケットとルードは、お互いが鈍いくせに、自分以外のことは人並みに感じ取ることができるようだ。

二人は再会して、まだ僅かな時間しか経っていない。だが時間は関係ない。昔の誰かが言っただろう、『突然落ちてしまうのが、恋なのだから』と。

アルスレットの話をしていたときの、レラマリンの様子を思い出すと、確かに興味を持っていた感はあった。レラマリンが、十年間積み重ねたものを真っ直ぐにぶつけたとしたら、アルスレットが受け止めないとは思えない。

「そうですか。それは――」

ルードは『良かったですね』と、言ってしまいそうだった。それを偶然、レラマリンが遮る形になっていた。

「でもね、ルード君」

「はいっ」

レラマリンに急に話しかけられたルードは、慌てて前を向いた。

「私は王女で、アルスレットお兄さんは王太子なの」

クロケットはルードの手をぎゅっと、少し痛いと思えるほど強く握った。

『ルードちゃん。ダメダメですにゃ。もしかして、まったくわかっていにゃいのですかにゃ？』

『へ？』

『お母さんから、イエッタさんから。ルードちゃんから。色々なお話をしてもらいましたにゃ』

『うん』

『でもね、「お姫様と王子様。好きにゃ人同士で結ばれることが許されるのは、物語の中《にゃか》だけ」にゃんですよ？』

『あれ？　そうだったんだ？　それは僕も勉強不足だったかも……』

「そうですね……。確かに難しい問題としか言えません」

ルードは何とか話を合わせることができた。ルードは愛情を与えることは知っていても、『恋い焦がれる』という気持ちを知らない。その点においては、クロケットの方が上なのだから。

クロケットも今日、自覚したのだろう。もし、クロケットが王女だったとしたら、目の前のレラマリンと、同じ状況に置かれていたかもしれないのだから。

「ルードちゃん――『どうにかにゃりませんかにゃ？』」

もし、ルードがウォルガードの王太子として、シーウェールズとネレイティールズに対して強硬な姿勢を取り、『二人の仲を取り持ちたい』と願えば、両国とも悩み抜いた上に首を縦に振るだろう。そこまでやってしまうと、それは内政干渉になりかねない。両国とも、ウォルガードの庇護下にあるわけではないのだから。そもそもルードは、そういう考えを持っていない。

ルードを跡取りにと願っていた、エランズリルドの国王エヴァンスのように。シーウェールズの国王フェリッツも、ネレイティールズの女王レラエリッサも、『ルードがこうして欲しい』と言えば首を縦に振る。皆ルードに恩以上のものを感じているのだから。

ルードはアルスレットを兄のように尊敬しており、レラマリンを大切な友人《ともだち》と思っている。何とかしてあげたい、そう思っているのはクロケットと同じ。

「あ、……うん。僕、こうなってしまうと、まったく役に立たないね」

二人を国ごと背負うわけにはいかないのだから。

「ルードちゃん、ごめんにゃさいですにゃ……」

ルードは自分のことのように落ち込んだ。そんな表情を見てしまったアルスレット。

「ルード君が、そんなに悩まなくてもいいんだよ？　僕たちの問題なんだからさ」

「そうよ。こうして会わせてくれただけでも。気持ちを伝えられただけでも、……ね？」

そんなときだった。玄関からある人の匂いが流れてきた。

「──あ、イリスだ。イリスなら、いい方法知ってるかも」

確かにイリスは、ウォルガードにあった公爵家の元令嬢。イリスは小さな悩みでも、表情を見て心配してくれ、相談に乗ってくれたから。ルードは今回も相談しよう、と思ったのだろう。

「ルード様」

間違うわけがない、イリスの声だ。

「いいところに──」

「お話し中のところ、申し訳ございません。アルスレット様と、レラマリン様にお会いしたいという方を、お連れいたしました」

ルードは立ち上がろうとしていたが、すとんとお尻を元の位置へ。

「えっ？　あ、うん。入ってもらって」

「ありがとうございます――では、こちらへ」

「失礼いたしますわ」

姿も見えていない、イリスの背後にいる女性。そこからでも聞こえる、凜とした通る声。

アルスレットたちの髪の色に似た、シルバーブロンドの特徴的な巻き毛。シーウェールズにいたころより、落ちついた感のあるその姿。

アルスレットの姉、シーウェールズ王国王女、レアリエールだった。

「ご機嫌麗しゅうございます、フェムルード殿下」

「ご丁寧にありがとうございます。どうぞ、おかけになって下さい」

「はい。失礼いたします」

レアリエールは、レラマリンの横へ。誰から教わったたか、正座の状態で深く頭を垂れる。

「クロケット様。王太子妃になられると伺っております。遅ればせながら、お祝い申し上げます。知らなかったでは済まされないと理解しております。以前は大変失礼な受け応えをしてしまい、申し訳ございませんでした」

「あにゃ。大丈夫ですにゃ。そんにゃ、かしこまらにゃいでほしいですにゃ。いつも通りにしてほしいですにゃ。それに、お嫁さんは、まだまだ先の話《はにゃし》にゃんですから」

レアリエールは、ルードにはお礼を。クロケットには改めて挨拶をする。クロケットは慌ててしまう。

「またまたご謙遜を。タバサ先生からいつもお弁当をいただいております。大変美味しゅうございますよ？」

「にゃはは。そう言ってもらえたら、とっても嬉しいですにゃ」

レアリエールはレラマリンを見る。

「レラマリンさん、お久しぶりですね。本当に、お美しくなられて」

レアリエールから見たら、本国の王女。従姉妹とはいえ、レラマリンの方が目上だと知っているのだ。

「いえ、そのっ。レアリエールお姉様も、その、物凄く、お美しくて……」

それは決してお世辞ではなかったのだろう。

「ありがとうございます――さて、アルスレット。元気にしていましたか？　お父様もお母様も、お変わりはありませんか？」

あんぐりとだらしなく、口を開けたまま固まったようになっているアルスレット。

「アルスレット。ルード殿下の御前です。しっかりなさい」

「……あの。本当に姉さんですか？」

ルードもクロケットも、タバサからレアリエールの努力を聞いていたから。それほど驚きはしなかった。

だが、アルスレットは違っていた。レラマリンも、アルスレットから先程まで聞いていたイメージと違っていたから驚きはしただろう。

「……ルード様。少々言葉遣いが荒くなってしまいますが、笑ってお許し下さいますよね？」

「あ、はい。どうぞ」

「ありがとうございます。……さて、と。アルスレット」

「はい。姉さん」

レアリエールは笑みを浮かべたあと、上を向いて深く息を吸う。わざとらしく『はぁああっ――』と、ため息をついた。

「あなた、それでも男の子？」

「はい？」

「あなたとお父様、お母様。三人がかりで私のこと、『馬鹿だ』『駄目だ』『引き籠もり』だ、『食っちゃ寝』だと。あれほど言っておきながらその体たらく。姉さん情けなくて涙出てくるわっ！」

『あ、前のレアリエールさんだ』

『ですにゃね』

獣語でこっそり苦笑するルードたち。つい先程までは、レアリエールは見事に『猫人を被っていた』状態だったわけだ。

「ここに来る間。イリスさんからある程度の事情は聞いていたわ」

イリスはどこまで知っていたのだろうか？　彼女の情報収集能力もまた、『お化け』と言っていいのかもしれない。

「はいっ」

「一度しか言わないわ、よぉく聞きなさいよ？」

「はいっ！」

生まれて初めてだろう。いや、小さいころはこうして、姉にしかられていたのかもしれない。

「アルスレット、あなたね」

「――はいっ、そのようにいたします」

「……あのね、まだ何も言ってないんだけれど？　だからあのね、レラマリンちゃんが成人したら、あなた」

「はいっ」

「本国に行って、お婿に入りなさい」

「へ？」

力の抜けたアルスレットの声。

「えっ？」

普通に驚いたレラマリンの声。

『ぷぷぷ。そういうことだったんだ。凄いや。確かに英断だけれど、なんだか、アルスレットお兄さんに、やり返してる感じがしないでもないよ』

『ルードちゃん。駄目、ですにゃ……』

ルードは笑いを堪え、クロケットはルードを窘めているのだが、笑いを我慢している。もちろん、イリスもキャメリアも、二人の話はわかっている。イリスは必至に耐え、キャメリアはきょとんとしていた。

「わからない子ね？　私が国を継ぐから、お婿に行きなさいって言ってるのよ」

「レアリエールお姉様、それはもしや？」

「そうね。レラマリンちゃんの方が、察しがいいみたいだわ。情けないわよ、アルスレット」

「……はい？」

「あのね、私たちネレイドやネプラスは、人より長生きするの。忘れた？　それにお父様もお母様も、まだまだ若いわ。私がこちらの学園を卒業するまで待つ余裕はあるはずよ？」

レアリエールは力説した。ウォルガードの学園に入る際、学力検査が行われた。その結果、彼女が編入を許されたところは初等学舎。

更に驚いたのは、そこに通う子たちより成績が悪かったということだ。

「いくら周りの男の子が、女の子が、フェンリル様、フェンリラ様だからと言って。私よりも十《とお》も年下のお子さんたちに『お姉さん頑張って』とか、『お姉さんあともう少し』とか、応援されてみなさいよ？　顔から火が出るかと思ったくらいだわ――」

同居人として世話をお願いされていたタバサは、その話を聞いて真っ青になった。その日から、同居人ではなく家庭教師になると申し出てくれた。それよりタバサを『タバサ先生』と呼ぶようになったらしい。

「可愛い弟のためだもの。女王にだってなってあげるわ。だからね、レラマリンちゃん、約束して欲しいの」

「はい」

「必ず男の子を生んでね？　男の子だったら、ネレイティールズを継がなくていいから、シーウェールズにいられる。そしたら私、その子に王位を譲るわ」

「そ、そんな私たちまだ再会したばかり『ごにょごにょごにょ――』」

レラマリンは頬を真っ赤に染めて、下を向いてしまう。ここでやっと、アルスレットにも状況が理解できただろう。

引き籠もりだった、食べることだけが楽しみだった姉はもういない。

「でもさ、僕たちばかり幸せになって、姉さんはどうするの？」

「私はね、今ここにいられるだけで幸せなの。ルード様が考案なされた、最新のお菓子を食べて、新しいことを学べるこのウォルガードが大好きなのよ」

根本はあまり変わっていないかもしれない。

「はい？」

「可愛らしくて、お料理が上手で。優しくて、頑張り屋なルード様以上の男性が現れなければ、私は結婚するつもりはありません」

「はぃいっ？」

人差し指を唇のところへ持っていく。

「だからと言って、あまりゆっくりでは困りますよ？　レラマリンちゃんは、あなたのことをこれだけ好いてくれている。二人にはきっと、利発な女の子と優しい男の子が生まれることでしょう。男の子が大きくなったら私の役目は終わり。そのあとは、私の好きにさせてもらうわ」

ルードの顔を見て、口元を右側だけくいっと上げ、ニヤリと微笑む。そのままクロケットへ目線を移す。クロケットも気づいたのか、ルードを自分の胸に抱いて『あげませんですにゃ』と言わんばかりに、べーっと舌を出す。

それほど年の変わらないこの二人。クロケットは姉のように慕い、レアリエールは先生と呼び慕う、タバサが間を取り持ったのだろう。以前とは違い、良好な関係を築けているようだった。

▼

「ただいま戻りました」

猫人の集落は今、ケティーシャ村と名前が変わっていた。忙しいルードの代わりに、日中はオルトレットが大黒猫の姿で、村の皆を見守ってくれている。

最近けだまは朝食のあと、ケティーシャ村で子供たちに混ざり、一日遊んだり学んだりして夕方帰って来るのが日課。

「お姉ちゃん、おなかすいたのー」

「はいはい。おかえりにゃさいですにゃ」

けだまは、背中に生えた純白の翼をはためかせ、クロケットの胸元へダイブする。そのままの反動で、隣にいるルードへ抱きつく。

「ルードちゃん、ただいまなのっ」

「うん。おかえり、けだま。今日はお客さんが多いからさ、お姉ちゃんと料理の手伝いに交ざらなきゃならないんだ」

「やったーなの。ごはんなのーっ」

「マリアーヌ様。お忙しいルード様たちのお邪魔をしてはなりませんよ？」

「あ、キャメリア。いたの？　なの」

「相変わらずですね——ほら、こちらで一緒に待っていましょうね」

ルードの腕からけだまを抱き上げるキャメリア。

「いやー、なの。べーっ、なのっ」

キャメリアの腕の中で、じたばたと露骨に嫌がるけだま。

「何と我《わ》が儘《まま》に育ってしまったのでしょう。ルード様、申し訳ございません。イリスさん、可愛がっていただけるのはありがたいのですが。少々甘やかしすぎは、ありませんか？」

矛先は、執事を務めながらけだまの引率と、ケティーシャ村の子供たちの先生も兼務しているイリスに向かう。

「いえ、その。いつも良い子にしていますけれど？」

「そうなの。ねーっ、なのっ」

何とかキャメリアの腕を逃れて、けだまはイリスに逃げ込む。

「あはは。キャメリア、それくらいにしとこうよ？　けだまが元気なのは僕たちも嬉しいんだからさ。じゃ、お姉ちゃん。今日くらいは料理を堪能させてもらおうよ？」

今日のように、料理の手が足りないときくらいしか、ルードたちは料理を手伝わせてもらえないのだ。

「はいですにゃ。けだまちゃん。イリスさんと大人しく待っててくださいですにゃ」

「はいなのーっ」

レラマリンたちが来てから、十日が経とうとしている。明日二人は、ウォルガードを発つので、ささやかながら夕食会をすることになったのだ。

「タバサ先生。お久しぶりです」

「そんな前は先生だなんて呼ばなかったじゃないですか？　シーウェールズの王子様にそんな風に言われたら、恥ずかしいですって。あたしは別に――」

「とても優秀で、灰色の毛を持つ、優しい錬金術師のお姉さん。そう、ルード君から聞いてますけど？」

アルスレットの隣に、手を繋いで寄り添うレラマリンもそう言う。

「お姫様にそんな言い方されちゃうと、ねぇ？」

「私の国にも、錬金術師の女性が二人いるんですよ？」

「それは嬉しいですね。お姫様の国にも、ご同輩が頑張ってる。あたしも会ってみたいものです。

とはいえ、あたしはルード君たちの発案から、商品を開発するだけの、工場長みたいなもの。そんなに偉いものじゃ、ないんですけどねぇ」

ルードに似て、謙遜しまくるタバサ。実の姉ではないにしても、ルードが姉のように慕っているのも頷ける。

今日、ヘンルーダも、リーダの隣に座って酒を酌み交わしていた。二人の傍で、イリスとオルトレットが『執事とは何か？』のような話に没頭している。

リーダたちの横では、酒豪のイエッタとエリスが並んでまったりと飲み続けていた。

「ルードちゃん。私も『たこ焼き』というのを食べたいんだけれど。いいかしら？」

「はいはい。ママ。ちょっと待ってねー」

キッチンの奥からルードの声が返ってくる。

魔獣ダコの肉は、ネレイティールズで振る舞ったのだが、それでも食べきれないほど残ってしまったのでこちらに持ってきていた。半分を乾物に、半分を氷室に保存してある。

今晩も、タコ肉の入った料理や、石魚と乾き紅草で出汁を取った煮物が振る舞われている。リクエストに応じて、こうしてたこ焼きも作るつもりだった。

「エリスお母――うにゃ、エリス様。お待たせしましたにゃ」

「ありがと、これこれ。聞いてた通り、丸いのね？」

「そうですよ。お酒にとても合うのです」

イリスたちの傍へ行き、もう一つたこ焼きを渡す。

「けだまちゃん、イリスさんのとこにね？」

時折翼をはためかせながら、クロケットの肩口に張り付いていたけだま。

「うん、わかったの。イリスちゃんー」

「はい。こちらにいらして下さい」

イリスの膝の上にちょこんと座る。ご飯のときは、最近こんな感じ。

フォークにたこ焼きを刺し、『ふーふー』して冷ましてからけだまの口元へ。

「はい、けだまさん」

「いただきますなのっ――あふあふ。うまーなのっ」

宴《うたげ》はまだまだ続いている。料理もやっと落ちついたのか。ルードは、晩ご飯を食べ終わったところだった。

アルスレットは、お酒を飲んで絡んでくる、レアリエールの相手をしていて少々抜けられそうもないようだ。苦笑しながらレラマリンは、ルードの傍にやってくる。

「ルード君」

「あ、料理どうでした？」

「美味しかったわよ。あーもう、そんなことより」

「ん？　どうしました？」

「私とお友達になってくれて、本当にありがとう」

「あー、うん。僕もありがとう――っていうかどうしたんです、急に？」

「そうね。ちょっと違うかもしれないわ。んっと、シーウェールズにいてくれて、美味しいものを作ってくれてありがとう――と言うべきかしら？　ルード君がいなければ、レアリエールお姉さんが変わらなかったって。そうしなければ、アルスレットお兄さんと、再会できなかったかもしれないのよね」

「んー、どうだろう？　そうは思いませんけど。……そういえばオルトレットさんが、『お暇をもらいました』って言ってたけど、明日一緒に――」

「あ、そのこと。執事長を引退したって。しばらくはヘンルーダさんのところへいるんじゃないかな？」

「へ？」

ルードの背後に、音もなく忍び寄る黒い巨大な影。

「『しなければならないことが、あります故』と、女王陛下に申し上げたのでございます」

「うわっ。びっくりした……。ひどいよ」

「申し訳ございませぬ。わたくしは、フェルリーダ様、イリスエーラ殿と出会ったとき、すっかり忘れていたことに気づいたのでございます」

「それってどんなことですか？」

「はい。近いうちに東方にある大陸へ渡り、姫様と再会できたこと、報告に行かねばなりませぬ」

「ヘンルーダお母さんのこと、ですよね？」

「はい。左様でございます」

「そっか。僕もね、母さんのお姉さんたちを探すつもりなんです」

「あの、お二方のことでございますね？」

「はい。あとは、安全が確認され次第、ヘンルーダお母さんも連れて行ってあげたいと思ってます」

「そうでございますね……」

「だったら私も――」

「「駄目ですよ（でございます）」」

微妙にルードとオルトレットの声が重なる。

「何でよっ？」

レラマリンはぷりぷりと機嫌を悪くする。

「あの大陸にはさ、まだ人種とそうでない種族が争っている地域が多いって、聞いてるから」

「左様でございます」

「だからね。危ないから、ちょっと駄目かなって思っ――」

そう言い切る前に、背筋がぞわっとするような感覚がルードを襲う。

「……ルードちゃん」

「あ、はい」

声の方向。後ろを振り向くと、クロケットが正座をしていた。尻尾がぱたたん、ぱたたんと左右に大きく揺れている。

口元は笑みを浮かべているが、目はイエッタのような糸目になっていた。普段滅多に怒るようなことのないクロケット。

「(あの尻尾。確か、ちょっと怒ってるときだっけ? 小さいころ、怪我して怒られたとき、あんな感じが――)」

「一人で行くとか、言わにゃいですよね?」

手のひらにルードの顔くらいの大きさはある、火の玉を三つ出現させて、それをぽんぽんとお手玉のようにもてあそんでいる。自分の身くらい、自分で守れる。そうアピールしているだろうか?

こうして、威圧感のあるデモンストレーションをするクロケットを見て、オルトレットの尻尾もぶわっと膨れ上がっている。それだけ驚いているのだろう。

「そ、そりゃそうだよ。安全が確認されるまではさ、オルトレットさんと――」

「遠くに行くときは必ず私を連れて行くと、『約束しましたよね?』」

クロケットの言葉から『にゃ』が消えた。これはまずいとルードは思った。

「わ、わたくしが姫様をお守りいたしますので、ご一緒されても大丈夫かと思いますがどうでしょう? ルード殿下」

「あ、うん。そ、そうだね」

「あー、ずるい。だったら私も――」

「駄目っ。レアリエールお姉さんに言うよ?」

「そんなぁ……」

遠くから『姉さん飲みすぎですって。これ以上は失礼になってしまいます』という声が聞こえる。

「あ、ほら。レアリエールお姉さんが荒れてる……。アルスレットお兄さんの手伝いしてきた方が、いいんじゃない？」

「……ふーんだ」

レラマリンは唇をとがらせて、拗ねた感じにアルスレットの元へ行く。

「お姉ちゃんもほら。すぐには行かないから。少なくともネレイティールズとの定期便ができたあと？　国交を結ぶのに、フェリスお母さんも連れて行かなきゃならないし」

どちらにしても、数日後にはまた、リーダとルードとキャメリア。フェリスとシルヴィネ。イエッタとタバサのメンバーで訪れる予定になっている。

魔道具開発のこともあり、しばらくは行ってこなければならない。その間は珍しくクロケットはお留守番。

ルードたちと入れ替わりに、レラマリンがまた遊びに来るらしい。そのときはクロケットが相手をするのだそうだ。

「それにゃら、安心ですにゃ。ちょっとお酒、追加してきますにゃ」

機嫌を直して、クロケットはキッチンへ戻っていった。

「苛烈な面を持つところは、ヘンルーダ様に似ていらっしゃるのかも、しれませんね」

「えっ？　――ってことはお姉ちゃんも『猫人を被っている』ってこと？」

「おそらくは」

「うっそぉ……」

宴もたけなわ。けだまはイリスが寝かしつけに行ってくれている。

「ルード。絶対に姉様たちを見つけるわよっ」

グラスを中空に掲げ、リーダは宣言する。

「はいはい。僕も会ってみたいからね」

「そうよ。ずるいんだから。姉様たちは」

「母さん。かなり飲んだでしょ？　ちょっとお酒臭いってば」

少し離れたところで、ヘンルーダがひっくり返って酔い潰れていた。クロケットが身体を冷やさないようにと、肌掛けをかけてあげている。

「あらぁ？　これからよ、これからっ。あっエリス！　それ全部飲んじゃ駄目よ。わたしも飲むんだからねっ」

「はーいリーダ姉さんってイエッタさんったら、言ったそばから。あぁもうっ。ルードちゃんごめんなさい――」

イエッタが、リーダの言っていた酒瓶を空っぽにしてしまったようだ。

「はいはい。今替わりを持ってくるから」

ルードは小走りにキッチンへ。氷室に入ると、霜の張るよく冷えた酒瓶を数本選んで抱える。

「ルード様、それは私たちの仕事です」

「あ、ごめんね。キャメリア」

「ルードちゃんー。我にもたこ焼き、もう一ついいかしら？」

「はいはい。すぐ作るから待っててねー」

こうして宴の騒がしさが途切れぬまま、ルードの家の夜は更けていく。大好きな家族たちの、聞き心地の良い声に包まれながら。

Heart-warming Meals with Mother Fenrir

書き下ろし番外編

子離れできない
フェンリル母さん。

ルードとクロケットを乗せた、キャメリアが飛び立っていく。こうして見送るのは何度目だろうか？　とは言っても三人は、散歩に出ただけ。

ここ最近、ワーカホリック状態だったルードの気分転換を兼ねている。だからというわけではないが、本来家族総出のところを二人だけの見送りになったというわけだ。

一緒に見送るエリスの肩に寄りかかるリーダ。目を細めてルードたちを見ている。人の血が混じる狐人族のエリスと違って、リーダは純血のフェンリラ。

二人とも、薄明かりの中でも活動できるが、リーダはよりその傾向にある。秋の明るい空は、フェンリラが持つ目の性質以上に、寝たりない彼女の目には少々眩しいかもしれない。

青一面の空の先、小さくなっていく紅の点。そろそろリーダの目で追うにも、限界だったはず。ルードたちが見えなくなったからか？　緊張の糸が切れたからか？　今にもだらしなく崩れ落ちそうになっているリーダを背負い、ずるずると玄関先まで連れてくるエリス。

「リーダ姉さん。ここでいい？」

「えぇ。……いつもすまないわね。エリス」

「何言ってるんだか。じゃ、私はこのままお店に行くわ」

リーダを振り返り、手を振るエリス。

「ありがとう。いってらっしゃい。悪いけどわたしは二度寝させてもらうわ」

背中を壁に預け、首だけエリスを向いて、ひらひらと手を振り返すリーダ。

「リーダ姉さんらしいというか、なんというか」

「何とでも言いなさいな。わたしはね、午後にならないと調子が出ないのよ。眠いのだから仕方ないんだってば」

眠い目を擦りながら、リーダはエリスの背を見送る。彼女の姿が見えなくなると、リーダは壁に手をつきながら、自分の部屋へと戻っていく。

途中、すれ違う家人たちは、会釈をしたのち、笑顔で見送ってくれる。リーダが今の時間、本調子でないことを知っているからだろう。

リーダは家人たちに対しても、態度は変えたりはない。肩越しに、『はいはい。ありがとう』という感じ、少々気だるそうに手を降って応える。もし、フェンリラの姿であったなら、尻尾だけを振っていたことだろう。

ドアを開け、するりと滑り込むように部屋へ入る。この部屋のドアだけは、開けっぱなしにならない機構になっているのか、自動ドアのように閉まっていく。

リーダは脇目も振らず、ベッドへ一直線。根元を斬った木のように、そのままうつ伏せに倒れ込んでいく。

ウォルガードの外では、フェンリラの姿だったとき、どこでも寝られる特技があった。だが今は、人の姿。ベッド以外で寝ていたとき、ルードに怒られてしまったから、最低限ベッドで眠るようにしている。

鼻をすんと鳴らす。こうして匂いを確認する。やはりルードの『動く匂い』は感じられない。でもこれなら、帰ってきたときにすぐわかるというもの。

「おやすみなさい。ルード」

▼

リーダは目を覚ます。やはり二度寝は良いものだ。頭がすっきりしている。

改めて鼻をすんと鳴らす。あちこちに残り香はあるだろうが、現在動いているルードの匂いはしない。

「(やっぱりルード、いないのよね。でもルードがいないのだから、わたしが代わりにやることも、あるってものだわ)」

姿見の前に座り、髪などを直す。動きやすい服に着替え、部屋を出る。

途中、家人とすれ違う。今度は、笑顔で会釈に応えるリーダ。

外に出て、まずは商業地区へ。学園時代に『お忍び』で現れること数えきれず。何十年も飽きずに通った、馴染み深い場所。リーダの姿を見ると、いつも変わらぬ出迎えをしてくれるここにいる人たちが大好きだ。

いつもなら、クロケットかルードと一緒に、昼食をという時間だった。だが、せっかくだから、今日はここで済まそうと思った。

「おや？　買い食い王女様じゃないか。じゃ、目的はこれだろう？」

忘れもしない。学園に通っていたとき、リーダに『買い食い女王様』という愛称をつけた張本人。串焼きを焼いているから、串焼き屋の店主だと思ってしまうだろう。だが実のところ、食肉専門の商会であり、飼育から販売まで幅広い事業を行っていると聞く。

「あのねぇ。百年以上《いっ》も前のことを言ってるのかしら？　それにわたしは、もう王女じゃないのですからね」

リーダは『わたしはもう、子供ではないのですよ？』という表情で答える。そう言いつつ、彼女はタスロフの串焼きを受け取ると、口元に笑みを浮かべている。串焼きと引き換《しょうひん》えに、懐からを出したお金を店主に渡す。

店先にあるベンチのような長椅子に腰掛けると、串焼きを豪快にかぶりつく。

「――あちあち、あふあふ。んむんむ。……んーっ。これよこれ。メルドラードのお肉も美味しかったけれど、ここのはこれなのよね」

ここで使う肉は、バラ肉や三枚肉と呼ばれる脂身の一番多い部位。炭火で炙るように焼くと、串に刺された大きな脂身部分から脂がしたたり落ちる。炭火に落ちた脂が燃える瞬間、その香りがまたたまらないものになる。

リーダは、『お肉は脂身がなければ駄目。柔らかいだけの肉なんて、飲み込むだけになっちゃうもの』という持論を持っている。魚も、山鳥も、岩猪や山猪と同種のタスロフ種も、脂と身を一緒に頬張るのが大好きだった。

受け取った串焼きの肉の脂は、まだじりじりと音を立てている。まさに焼きたて。

良い焦げ具合いの香り、肉の脂がじゅわっと口の中に溢れる。リーダの顎を押し返すような、旨味の強い肉の弾力。どれをとっても、幾年もの間食べ慣れた、リーダにとってのソウルフード。

「メルドラードと言うと、キャメリアちゃんの故郷《くに》で獲れる岩猪かい？」

「えぇ。イリスと一緒に、追いかけたのよ。これに負けないくらい、美味しかったわ」

「ほほぅ。それはそれは……。確か、エリス様の商会で輸入ができるとか言ってたから、一度食べ比べてみないととは思ってはいるんだがね？」

そうは言っても、『どんな肉にも、タスロフ種は負けないよ』という自信のある表情の店主だった。

食べている間、いつものように隣の店からお茶をもらう。もちろんただではなく、料金と引き換えだ。

学園時代から、王女だからとお金を払わないわけではない。フェリスやフェリシア、フェイルズからもらったお小遣いは、全てここで消費されていたのだった。

あつあつの肉を頬張り、奥歯ですり潰し、旨味の余韻が残る口の中を冷たいお茶で洗い流し、また肉の旨味を楽しむ。

「そういや、ルード様はどうしたんだい？　今日は姿が見えないようだけれど」

「あー、うん。そのね、ルードは最近仕事をしすぎだったから、お休みを取らせたのよ。今ごろクロケットちゃんと一緒に、海の上を飛んでるはずよ。それより」

リーダは右手を差し出す。気がつけば、左手に持っている串には、肉が一切れしか残っていなかった。

「はいよ」

おかわりの串を渡す。

「ありがと」

「そうだなぁ、毎日忙しそうに行き来してるのを見かけたくらいだ。たまに休むのも必要というもんだよな」

「そうね」

お昼ご飯の代わりだったからか、リーダのお腹が満足するまでの無限ループが繰り返されていた。

「ごちそうさま」

満腹になると、リーダは商店主たちに声をかける。ここにいる人たちは皆、フェンリルでありフェンリラ。案外リーダより年上の人が多かったりする。だから顔なじみが多いのだ。

「またおいで」

「姫様また来てね」

「はいはい、またね。大丈夫よ。もう、わたしはここにいるんだから」

リーダは、ルードを連れて戻るまでに、長い間戻れなかったことを言っているのだろう。

商業区画を後にしたリーダは、ルードが運営する商会。ウォルメルド空路カンパニーの建物へ向かう。途中、エリス商会を横切り、店頭にいたクレアーナが会釈をする。手を振り、笑顔で応えるリーダ。

整地されたひたすら広い敷地の端に、ぽつんとある建物。敷地が広すぎるから小さく見えるが、実は屋敷の三倍はある。

勝手知ったる息子の商会。慣れた足取りでルードの私室である、会長室へ。

いつもの癖で、ドアを三回ノック。すると中から返事が聞こえる。

「……ルード様、いませんよ？」

ドアが開いた。声の主は、黒髪に浅黒い肌。乳白色の角を持つ、背の低いキャメリアと色違いの、黒い侍女服。黒色飛龍のラリーズニアだった。

彼女は、錬金術師であるタバサの弟子であり、工房のお手伝い。エリス商会の手伝いも兼務していた。ルードが商会を立ち上げた際、キャメリアと一緒に手伝うこともあったようだ。

「あら。ラリーズニアちゃん。ルードはね――」

リーダは『かくかくしかじか』という感じに、エリスと自分が決めて、休みを取らせたことを説明する。

「……知ってました。クレアーナさんが朝、教えてくれましたので」

「あら。そうだったのね」

エリス経由で、工房まで通達されていたということなのだろう。

リーダは、ルードの使う机の椅子を引いて座る。リーダの小指ほどの高さに積まれた、書類に目を通す。

これは、朝から今の時間までに届いた、荷のリストや運行報告書など。本来ルードが目を通している書類だ。

ルードが安心して休めるように、書類が溜まってしまわないように。問題がなければ、決済印を押して、机の上にある箱へ放り込む。

「ルードったら、こんな面倒なことを、毎日やってるのね……」

ぶつぶつ文句を言うと、ラリーズニアが入れてくれたお茶を飲む。ひと通り目を通すと、リーダは執務室を出て行く。

「ふぅ。また夕方来るわ」

「……はい。ありがとうございます」

リーダは、ラリーズニアに見送られながら、カンパニーを後にする。

しばらく歩くと、湿地が見えてくる。そこには、米の刈り入れが終わった水田。

水田を通り過ぎると猫人族の集落があり、子供たちの遊ぶ声が聞こえてくる。どしんという重さを伴い、不意打ちのようにお腹に軽い衝撃。見ると、真っ白いもこもこした、背中に翼を持つ可愛らしい姿。

「リーダちゃん、なの」

「はいはい。けだまちゃん。みんなと遊んでいらっしゃい」

「はいなのっ」

遠くからイリスが会釈をする。彼女は、小さな男の子や女の子に囲まれている。イエッタがこの場にいたならきっと、『幼稚園の先生や、保育園の保母さん』のようだと表現しただろう。

エランズリルド郊外にあった魔の森から、そのまま移転したからか。長年通い慣れた感のあるこの集落。一番奥にある、母屋へ向かうリーダ。ルードが魔法で建て直したからか、昔と違って、しっかりとした造りをしている。

「ヘンルーダ、いるわよね？」

「あら？　フェルリーダじゃない。どうしたの？」

リーダの問いかけに応じる声が、奥から聞こえる。

「あのね――」

ここでも、ルードとクロケットが休暇に出ていることを報告。ヘンルーダは、エリスと同じ放任主義。ルードとキャメリアが一緒なら心配はないでしょうと笑っていた。

お茶をご馳走になりながら、ゆったりとした、数少ない親友と過ごすかけがえのない時間。とりとめのない話をしているうちに、いつの間にか日が傾き始めていた。

母屋を出るリーダの目に入ったのは、遊び疲れてお昼寝中の子供たち。けだまと猫人の少女クロメを膝の上に寝かせながら、一緒にうつらうつらとしていたイリス。彼女の表情を見ると、つやつやてかてか、実に充実しているようだ。

猫人の集落を出たリーダは、王城へ入る。フェリスの私室へ顔を出すと、そこにはイエッタとシルヴィネもいた。タバサの工房謹製のプリンで、午後のティータイムを楽しんでいたようだ。

「フェリスお母様、ルードは――」

「知ってるわ。ね？　イエッタちゃん」

「えぇ。我も〝見て〟いましたからね」

文字通り、〝瞳のイエッタ〟には筒抜けになっているようだ。

「そうだったんですね。……それでね、ルードたちはその。大丈夫だった、かしら？」

「あのねぇ……」

フェリスはすっかり呆れ顔。そのあと、『心配性も程々になさい』と窘められ、リーダは王城を後にした。

タバサの工房へ顔を出し、そのあとエリス商会へ寄る。エリスに、フェリスから言われたことを話すと、『リーダ姉さんったら……』と、同じように呆れられてしまった。

日が沈む前にカンパニーへ寄り、書類に目を通す。山積みになっていた書類を処理していると、『くぅっ』とお腹が鳴った。

屋敷へ帰り、夕食が用意されていた居間へ入ると、そこにはルードたちが戻っていなかった。

「あれ？　エリス。ルードは？」

「あのねぇ、……リーダ姉さん。忘れちゃったの？　『温泉にでも浸かって、美味しいものを食べて、ゆっくりしてくるといいわ。何なら、一週間くらい泊まってきてもいいのよ？』って言ったじゃないの？」

あのとき、半分寝そうになっていたのは間違いない。エリスにお願いされて、そう言ったのも間違いはない。

ただ、二度寝したらすっかり忘れていただけ。まずいと、リーダは思った。姉として、恥ずかしいとリーダは思った。

「そ、そうだったわ。さ、ご飯ご飯っと」

リーダは、誤魔化すように明後日の方向を見る。

ルードの心配をするのは一時休止。皆と一緒に夕食を食べることにする。イエッタとエリスと共に晩酌をしたのち、風呂へ入り自分の部屋へ。

ルードがいるときは、二度寝してから散歩。余った時間は仮眠をとることにしていた。

ルードの匂いがしない夜は久しぶり。今日はルードがいなかったから、活動時間も長かった。疲労感とお酒の作用もあって、眠気が襲ってくる。

▼

「――姉さん」

「……ん？」

「リーダ姉さん。朝よ。ご飯できてるから、降りないと」

普段の朝は、ルードかクロケットが起こしに来てくれる。だが今日は、エリスが起こしてくれたようだ。

確かに、ルードの匂いはしない。昨日は帰ってこなかったという実感が湧いてくる。

昨日はフェリスに『心配しすぎ』だと言われた。ルードがいないからこそ、『姉として、しっかりしなければならない』と思っただろう。

「……あー、うん。わかったわ。そっか。ルード、あっちにいるんだものね」

「良かった。やっと起きてくれたわ。私、先に行ってるわね？」

「ありがと、エリス」

リーダは朝、凄く弱い。魔の森にあったルードの育った温泉の湧く家。シーウェールズでもそうだった。

ウォルガードに戻ってきてから、多少マシにはなったようだ。低血圧とかそういう概念がこちらにあるかはわからない。とにかく、彼女はスロースターターだった。

身体をひきずるように居間へ出て、最低限の食事を摂る。ルードが指導した調理人が作る朝食だ。美味しくないわけがない。

朝食を摂ると、ルードの代わりに、皆を見送る。見送りが終わると、部屋へ戻って二度寝をする。回る順番は多少違うが、最後にカンパニーで書類に目を通してから屋敷に戻ってくる。

今日もやはり、ルードは帰ってこなかった。でも今回は、ルード一人ではなく、クロケットとキャメリアも一緒。

ルードも十五歳。冬を越えれば十六歳になる。フェリスから言われたように、心配性も大概にしなければならない。リーダはそう自分に言い聞かせる。

▼

三日目の夜。身体は疲れている。お酒も入って軽く酔いが感じられる。だが、眠れない。目を閉じても、一向に眠気が襲ってこないのだ。

何か良い方法はないか？　――すると、一つ思い付いた。

リーダは部屋を出ていく。家人に気づかれないよう、気配を殺しながら。たどり着いた先は、ルードの部屋。

音を立てないようにそっと、ドアを開ける。部屋の中は暗いが、鼻の利くフェンリラなら、この程度の明るさがあれば十分。

探していたものに、迷いもなくたどり着く。リーダはルードがいつも眠る、ベッドの横に立った。

「(これよこれ)」

リーダが見ていたものは、ルードの愛用している枕だった。布でできたカバーは毎日交換されるが、米の籾殻が入った本体はそのままだ。

中の籾殻は洗うことができないため、一定の期間で入れ替えを行う。幸い、入れ替えはまだ行われてはおらず、ルードの匂いが残っていたのだった。

リーダは枕を小脇に抱え、辺りの気配に気をつけながら、抜き足・差し足・忍び足。自分の部屋にたどり着くと、カバーを取り外して籾殻枕を交換。慌てず、ルードの部屋に戻り、枕を元あった場所へ。

改めて自分の部屋に戻ると、リーダはベッドに身を沈める。ルードの枕を胸に抱いて、顔をうずめる。そこからは、ルードの匂いがした。

ルードが小さなころは、こうして毎晩抱いて眠った。あのときのことを思い出すと、やっと眠気が襲ってくる。

「(明日も頑張らなきゃ。『休むんじゃなかった』なんて言われないようにしないと――)」

ルードの匂いを胸に抱きながら、眠りにつくリーダだった。

あとがき

この屋敷の家令であり、侍女長をさせていただいております。キャメリアと申します。皆様には、いつもお世話になっております。

ついさきほどのことです。私は『お届け物です』という声を聞き、玄関に向かいました。ルード様宛に書物が届いたようです。差出人は、『はらくろ』さん？　……確か、鼬《いたち》猫人族で放浪の作家さんだと聞いています。ということは、ルード様たちのご活躍を記した、あの作品でございますか。過去四作と、絵本の二作は読ませていただきました。楽しくて、ときに悲しくて、ほっこりさせていただきました。

読みたい、という衝動に駆られて、私は包みを破こうとしていました。家人である私が、主人よりも先に楽しんではいけないと理解しています。ですが、この欲求には逆らえないのも事実です。

忘れていました。ルード様には黙ってた、私には特技があるのです。包みを破らずに一度〝隠して〟、中身だけ〝取り出す〟のです。すると、このとおり書物だけこの手に。

カットさんという方が描かれた、表紙の絵も素晴らしいです。可愛らしいルード様。リーダ様はちょっとおかんむり。私の姿はありません。少し高いところを飛んでいるからでしょう。

魔獣との綱引き――って、主人よりも先に楽しむのは、駄目な家人。ですが……こ、これは検閲です。王族の方々へ、失礼がないかどうかのチェックです。

（小一時間後）……はふぅ。ルード様、可愛らしかった。クロケットったら、こんなことを――

――はっ。そろそろルード様が戻られる時間ではありませんか？

書物を隠して、再度、包みごと取り出す。はい、元通りでございます。

「ただいま、キャメリア」

「ルード様、お帰りなさいませ。ご不在のときに、お荷物が届いておりました」

「そう？　ありがと」

もう少し遅ければ、危ないところでした。ルード様。先に堪能した私をお許し下さい。

最後になりますが皆様、ルード様を、今後ともどうぞよろしくお願いいたします。

侍女長・キャメリア

Heart-warming Meals with Mother Fenrir

巻末おまけ漫画＆コミカライズ第九話

原作　はらくろ
漫画　佐藤夕子
キャラクター原案　カット

ルード坊ちゃま
とってもふかふかですにゃ
モフ
モフ
ほんとね
くすぐったいから
そろそろ離れて
ん?
じ
まさり
たい
……
モフ
モフ
モフ
モフ
モフ
モフ
モフ
モフ
モフ
わたしも
もふもふするー

ぱく
…ん――――
おいしい！
よかったですにゃ！
クロケットお姉さん
どんどん料理の腕
上がってるね
けど
見た目はもうちょっと
工夫しよう…
はい
ですにゃ

さて
エリスレーゼと
クレアーナが加わって
1カ月が経ちました
ぱくっ

ミケーリエル亭の新作なんだけど
どうかな？

おいひぃですふぁ
ええ とっても!
このアイス…だったかしら?
果実を混ぜてみてもさらにおいしくなりそうね
なるほど
飴とかで華やかに飾ってみてはどうでしょうか
カップケーキもクッキーもバリエーションを増やして…
甘さも控えめなものも…
予算のやりくりならまかせて!
ママ そういうの得意なの!
すみませーん

こんな感じでどうでしょうか
これだけ大きな氷室ならたくさん作り置きできそうね
ありがとうございます！
もうすぐルード坊ちゃまとリーダ様いなくなっちゃうですにゃね…
坊ちゃまのお菓子は私たちがちゃんとお店に届けますから！

な泣かないでよ
ちょっとの間
ウォルガード王国に
行くだけでしょ…
ウォルガード王国
フェルリーダの故郷である
フェンリルの国
ルードとリーダが
ウォルガード王国へ行くことに
なったのはルードが
エリスレーゼとクレアーナを
連れ帰ったその夜――
母さん

ルード どうしたの？
こんな夜更けまで
起きて
母さんに話したい
ことがあって
あのね 僕
ウォルガード王国に
行きたいんだ
…なぜ？
ママとクレアーナを
城から助け出すとき
衰弱したママに僕の
生命力を分け与えるとき
フェムルード兄さんが
フェンリルとしての力を
貸してくれたような
気がするんだ

僕にはやらなければいけないことがある
そのためにはこの力が
フェンリルの力が必要なんだ
だからフェンリルのことちゃんと知りたい

…わかったわ
あなたにそこまで
覚悟があるなら
ウォルガード王国に
連れていきましょう
けれど ルードの立ち位置は
とても不安定なの
最悪の場合 争いごとに
なるかもしれない
お婆さまなら
力になってくれるかも
しれないから
話を聞いて
もらいましょう

シーウェールズ王国よりもさらに北へ
フェンリルの足でも2日はかかるその距離をひたすら走りました

目が覚めた？ルード

あれ？
え…？
ふふっ
わたしよ
フェルリーダ
母さん？え？
なんで人の姿に…
もう着いたのよ
ウォルガード王国に
ここはね
わたしの屋敷なの
しばらく帰ってなかったけど
綺麗にしててくれたみたいね

この国はね 魔力が
濃いみたいでね
わたしたちもこの姿を
保てるのよ
びっくりした？
うん！
びっくりした
母さん
すごく綺麗
やだぁー
素直なんだから！
ほほほほ
わしゃ
わしゃ

ぐきゅるるるる
あっ
何か食べに行きましょうか
いらっしゃ…おや？
ジュウウウウ
フェルリーダ様じゃないか！
帰ってきてたんですか
ええ 息子を連れてちょっと里帰りを
この人もフェンリルなんだよね

この国にはフェンリルしか住んでいない
男性は青系女性は緑系の毛色をしている
ルードのような白い髪は誰ひとりいない
ルードは不安に思いました

人間であり
フェンリルの息子である自分は
母さんの家族に
受け入れて
もらえるかな…

──それでね
お婆さまが王位に就いた時のことだけど就任の宣言の時にね
お婆さまったら噛んじゃったのよフェンリルのところをフェンリラってね
へー
ふふ
顔を真っ赤にして引っ込んじゃったのすごく悔しそうだったわ
そのあとすぐに戻ってねお婆さまは開き直って『女性を尊敬の念をもってフェンリラと呼ぶように』と押し通してしまったの
自分は間違ってない噛んでもいないのよって

とても優しくて穏やかで
それでいて負けず嫌い
怒らせるととっても怖かったわ
街を1つ消し去ってしまったこともあったのよ
…ひいお婆さま僕のこと認めてくれるかな…
うーん…
そうだわ！

ルードのプリン！
持っていったらきっと
喜んでくれるわ

フェルリーダ
お久しぶりね
フェムルード
はじめまして

私がウォルガード王国女王のフェリス
あなたの曾祖母《そうそぼ》です

原作 はらくろ Harakuro
漫画 佐藤夕子 Yuko Sato
キャラクター原案 カット Cut

Heart-warming Meals with Mother Fenrir
フェンリル母さんとあったかご飯 @CoMiC

コミックス1 2巻
好評発売中!!

豪華声優タッグが贈る ボイスコミックス配信中！

ルード役
CV天﨑滉平

〈代表作〉

『ヒプノシスマイク -Division Rap Battle-』
Rhyme Anima　山田三郎役

『異世界チート魔術師』
西村太一役

『DOUBLE DECKER! ダグ&キリル』
キリル・ヴルーベリ役

リーダ役
CV佐藤利奈

〈代表作〉

『とある科学の超電磁砲』
御坂美琴役

『美少女戦士セーラームーンCrystal』
火野レイ/セーラーマーズ役

『すのはら荘の管理人さん』
春原彩花役

クロケット：**貫井柚佳**　クレアーナ、フェムルード：**奥紗瑛子**　エリスレーゼ、ボニーエラ：**川崎芽衣子**
エラルド：**前田弘喜**　ヘンルーダ、ミケーラ：**河野茉莉**　ミケーリエル：**町山芹菜**　ミケル：**波賀悠来**
ナレーション：**三好翼**　その他：**松久博記**

TOブックス公式YouTubeチャンネルにて

フェンリル母さんとあったかご飯
～異世界もふもふ生活～5

2020年11月1日　第1刷発行

著　者　はらくろ

発行者　本田武市

発行所　TOブックス
〒150-0002
東京都渋谷区渋谷三丁目1番1号　PMO渋谷Ⅱ　11階
TEL 0120-933-772（営業フリーダイヤル）
FAX 050-3156-0508

印刷・製本　中央精版印刷株式会社

本書の内容の一部、または全部を無断で複写・複製することは、法律で認められた場合を除き、著作権の侵害となります。

落丁・乱丁本は小社までお送りください。小社送料負担でお取替えいたします。

定価はカバーに記載されています。

ISBN978-4-86699-070-5
©2020 Harakuro
Printed in Japan